中公文庫

剣神　颪を斬る

神夢想流林崎甚助4

岩室　忍

中央公論新社

目次

主要登場人物

林崎甚助重信　素戔嗚尊に神夢想流居合を授かり、父数馬の仇討を果たした後、廻国修行を続ける。
志我井　重信の母。願掛けの薬断ちにより死去。
深雪　妙穐尼。重信の妻。
勝信　重信と深雪の長男。
藤原義祐　熊野明神の祠官。
大中楚淳　祥雲寺の大和尚。
森薫　重信の子、元信と幸信を産んで死去。
森惣太郎　薫の弟。祖父の名、栄左衛門を名乗る。
小川弥左衛門　薫の大叔父。会津赤井村で道場を構える。
お咲　法隆寺そばの百姓家の娘。
五助　お咲の夫。
お道　お咲と五助の長女。重信に引き取られる。
次郎　お咲と五助の次男。重信に引き取られ、次郎右衛門重任と名乗る。
最上義光　山形城城主。
山野辺義忠　義光の四男。
伊達政宗　米沢城城主。
茂庭綱元　政宗の重臣。秀吉に賭け碁で勝ち、香の前を妻にする。
加藤清正　熊本城城主。
吉岡直綱　四代憲法で吉岡道場の主。
疋田景兼　新陰流を開いた剣聖上泉信綱の甥で高弟。
柳生石舟斎宗厳　柳生新陰流を開いた剣豪。
柳生兵庫助利厳　石舟斎の孫。
宝蔵院覚禅坊胤栄　宝蔵院院主。十文字鎌槍を考案した。
阿修羅坊胤鹿　宝蔵院で修行する大坊主。
奥山休賀斎　徳川家康の剣術師範を務め奥山流を開いた剣客。
美冬　重信に弟子入りした、休賀斎の孫娘。
丸目蔵人佐長恵　上泉伊勢守の高弟。肥後の剣客。
浅野蜻蛉之介　丸目蔵人佐に預けた重信の養子。
田宮平兵衛重正　重信の弟子。後の神夢想流二代目。
長野十郎左衛門業真　重信の弟子。後の神夢想流三代目。
一宮左太夫照信　重信の弟子。後の神夢想流四代目。
風魔幻海　北条家に仕える忍び・風魔の一人。鎖分銅を使う。
竜太郎　箱根の馬子の親方。

大西大吾　将監鞍馬流三代目。
富田五郎左衛門勢源　一乗谷城下に道場を開く盲目の剣豪。
鐘捲自斎　富田勢源の弟子。戸田一刀斎。
伊藤一刀斎　鐘捲自斎の弟子で一刀流の開祖。
神子上典膳　伊藤一刀斎の弟子。小野次郎右衛門。
古藤田勘解由左衛門俊直　伊藤一刀斎の弟子。
津田小次郎　富田道場の門弟。巌流。
新免無二斎　黒田官兵衛の家臣で当理流の開祖。
新免武蔵　無二斎の子。力が強く粗野で横暴。
富田重政　勢源の甥。後の名人越後。
真壁氏幹　金砕棒を振るう「鬼真壁」。塚原卜伝の弟子。
師岡一羽　塚原卜伝の高弟で、一羽流開祖。病にて死去。
根岸兎角　一羽の弟子。道場を抜け、微塵流を開くが……。
岩間小熊之介　一羽の弟子。一羽を裏切った兎角を追うが、兎角の門人に卑怯討ちされる。

土子土呂助　一羽の弟子。重信の廻国修行に同道する。
片山久安　神夢想流を伝授した岩国の片山松庵の甥。
高松良庵　重信の叔父。武蔵一ノ宮の社家。
阿国　出雲の巫女神楽で舞う巫女。
中村三右衛門　阿国の父で、出雲大社の鍛冶方。
三河屋七兵衛　家康に信頼され、江戸移転を命じられた岡崎城下の土倉と酒屋の主。
勧修寺尹豊　紹可入道。天皇の信任厚い「化け物公家」。九二歳で大往生を遂げた。
勧修寺晴豊　尹豊の孫。大納言。

剣神　風を斬る

神夢想流林崎甚助4

一章　勇気ある者たち

別れの時

その夜、お咲《さき》は娘のお道《みち》と二人だけで話した。

「お道、今日、お見えになった林崎《はやしざき》さまは神夢想流《しんむそうりゅう》という剣法を考えられた強い、強い剣豪なんだよ。お前が産まれる前、この辺りに悪い侍がいっぱいいたんだが、林崎さまは一人で追い払って下さった……」

「死んだお婆に聞いたことがある」

「うん、その林崎さまがここに泊まられてお前が産まれた……」

「おっかさん……」

「もう、わかるな。強い林崎さまが大好きだった。だからお前が産まれたのだから……」

「あの人が？」

「うん、お前の本当のお父上さまだ」

「お父上さま……」

「そうなの……」

「知らなかった」

「話したことがないから。そのお父上さまがお前を迎えに来た。一緒に行って幸せになりなさい」

「おっかさん……」

「泣くんじゃない。五平《ごへい》も一緒に連れて行ってくださる。五平がお侍になるんだ。お前がしっかりしないと五平が可哀そうなことになる。わかるな？」

「うん……」

「ここにはもう戻ってこないんだから、いいね……」

「おっかさん……」

「五平のことを頼むよ……」

母と娘の別れの時が来た。

五助《ごすけ》は五平を説得していたが、こっちはお道と違って説得に難航した。

結局、五助は説得に失敗して、臆病で煮え切らない長男の五平ではなく、元気がよく陽気な次郎《じろう》を代わりに行かせることにする。

「いいよ。侍になるんだろ？」

「姉ちゃんも一緒だから……」

「うん！」

五平より一つ年下の十二歳で、次郎は明るい性格で負けん気が強い。

「お咲、次郎でいいな？」

「次郎、姉ちゃんのこと頼んだよ……」

「いいよ、大丈夫だ」

結局、お道と次郎が一緒に行くことになった。お咲の家は二人の子どもが家を出ることになって、その支度で大騒ぎする。

約束の四日後、重信《しげのぶ》が土呂助《どろのすけ》を連れてお咲の家に現れた。

「旦那、五平は怖がって駄目だわ。代わりに次男の次郎でいいかな？」

五助が困った顔で重信に聞いた。

「あの腕白な次男坊か、いいだろう」

お道がお咲の後ろから重信を見ている。産まれた事情をお咲から聞いた顔だと重信は思う。

お咲の傍に置いておけば静かな人生を送るだろうとも考えた。だが、わが子とわかっている娘を放置しておくことはできない。

「次郎！」

「はい……」

「そなたに新しい名をやろう。今日から浅野次郎右衛門重任《あさのじろうえもんしげとう》と名乗れ」

「浅野……」

「次郎右衛門重任だ」

「わかった……」

「お道の名はお道でよい」

「はい……」

「土子《ひじこ》殿、次郎を元服させる」

「承知いたしました」

「あ、頭を剃るのか……」

逃げようとする次郎を捕まえて前髪を少し切り落とす。まだ髷《まげ》を結べるほど髪は伸びていない。

次郎はわけもわからず武士になる覚悟だけはした。旅支度をするようにと、重信がお咲に渡した銭で身支度はすべて整っている。

昼過ぎには四人がお咲の家を出た。

「旦那、よろしくお願いします」

五助とお咲、お咲の母親とお道の兄弟たちが庭に出て見送った。お道は思いの外しっかりしていて泣かない。

次郎右衛門は遊びにでも行ってくるという風情で、ニコニコと手を振って旅立った。

「お道」

「はい……」

「そなたがこれまで行った一番遠いところはどこだ？」

「太子さまの法隆寺《ほうりゆうじ》……」

「そうか、法隆寺か。世の中はもっともっと広い。これから色々な人や物を見ることになる。何でも学ぶつもりでいることだな」

「はい……」

「わからないことがあったら聞くことだ。聞くことは恥ずかしいことではない。知らないままでいることの方が恥ずかしいことだ」

「はい……」

次郎右衛門は土呂助と仲良くなって「土呂助殿、剣を教えてください」などと言って土呂助をうれしがらせている。まだ幼いながら姉弟とも気性は人懐っこくお咲に似ていた。

夕刻、重信はお道を背負い、土呂助は次郎右衛門を背負って宝蔵院《ほうぞういん》に戻ってきた。

二人は歩き疲れて背負われるとすぐ寝てしまった。

翌朝、お道と次郎右衛門は重信に連れられて胤栄《いんえい》と対面した。

「宝蔵院の院主さまです。ご挨拶を……」

「はい、お道にございます」

「次郎……」

「次郎右衛門！」

「そう、次郎右衛門です」

「二人ともいい子だな。お道にはここで拙僧の世話をしてもらおうか。次郎右衛門殿は道場で稽古をしなさい」

「お道は院主さまのお傍で仕事をしてもらう。次郎右衛門は剣や槍の稽古をしなさいということだ。わかったかな？」

「はい！」

姉弟の慣れない厳しい修行が始まった。

胤栄は可愛らしいお道を気に入って平仮名など文字を教え始める。

次郎右衛門は土呂助が教育係で、剣の稽古から学問まで教える。宝蔵院の僧兵たちも二人を気に入って色々面倒を見るようになった。

そんな日が一ヶ月過ぎて、年が明けた。

文禄五年（一五九六）は慶長元年と改元される。

三月になって、お道と次郎右衛門はだいぶ宝蔵院に慣れてきたが旅立つ時が来た。

わずか三ヶ月ほどだが多くの人々に可愛がられ、お道と幼い次郎右衛門は見違えるほど成長した。

宝蔵院を辞した重信一行は柳生《やぎゅう》の荘に向かう。

この時、柳生石舟斎《せきしゅうさい》は七十歳になっていた。五男の宗矩《むねのり》を徳川《とくがわ》家に仕官させ安堵していた。石舟斎はお道を見てすぐ気に入り、傍に呼んであれこれと用事を言いつける。素直なお道はよろこんでそれをする。

「甚助《じんすけ》殿、兵助《ひょうすけ》を見てくれぬか？」

「はい、承知いたしました」

重信はお道を石舟斎の傍に残し、次郎右衛門と土呂助を連れて道場に出た。そこには凄まじい剣気を放つ若者がいる。

この若者こそ、石舟斎自慢の孫の兵助こと柳生兵庫助利厳《ひょうごのすけとしよし》で、その強さは柳生一族の中で、右に出る者がいないといわれる男だ。

この時、弱冠十八歳だった。

まだ荒々しい剣風で相手が次々と羽目板に突き飛ばされる。凄まじい迫力の剣だ。

石舟斎が手塩にかけて育てた孫で、兵庫助の気性がそのまま剣に現れている。実に強い剣だった。

「次ッ、腰抜けッ、立てッ！」

「おうッ！」

いきなりの鍔迫り合いで、体ごとぶつかり合い相手を突き飛ばす。中には羽目板まで突き飛ばされて気絶する門弟もいる。

「まいったッ！」

「次ッ！」

当たるを幸いに斬り捨て突き飛ばす凄まじい剣法だ。

兵庫助は、父厳勝《よしかつ》が戦場で鉄砲に撃たれて大怪我をし、剣が使えなくなったことが無念でならない。

そこで父に代わって祖父石舟斎に願い柳生新陰流を習う。

石舟斎は幼い頃から膝に乗せて可愛がり、柳生新陰流をこの元気のいい孫にすべて手ほどきした。

それは溺愛といえるもので、今でも自ら兵庫助の手を見てやり細かく指南する。

重信が座ったのをチラッと見た。もちろん、兵庫助は重信を知っている。子どもが一緒にいるので戸惑ったようだ。

「小僧ッ、出て来いッ！」

「行けッ！」

「おれか？」

土呂助が次郎右衛門の尻を押した。

臆することなく木刀を握って次郎右衛門が立ち上がった。子どもが道場の中央に出て行くのをみんなが見ている。

「小僧、木刀が重そうだな？」

「うるさいッ、小僧じゃねえ！」

「ほう、元気がいいな……」

負けず嫌いの次郎右衛門が、木刀を振り上げると兵庫助に突っ込んで行った。

ところが木刀を振り下ろさず、兵庫助の前で立ち止まると、棒切れで叩くように兵庫助の足をコツンとやった。油断だ。

「痛ッ……」

幼い次郎右衛門がどう来るのか分からず、兵庫助は構えを取らずに立ったまま油断した。

「痛《い》てえじゃないか、この野郎ッ！」

木刀を引きずって次郎右衛門が逃げる。

それを見ていた門弟たちがゲラゲラ下品に笑う。剣士兵庫助に餓鬼大将の次郎右衛門が勝った。一気に緊張が緩んだ。

兵庫助はニヤリと笑って「油断した……」と次郎右衛門を追わない。子どもに一本取られた格好だ。

兵庫助

柳生道場は宗矩が徳川家の剣術師範になったことで、武芸者が続々訪ねてくるようになった。たちまち柳生新陰流ありと天下に知れ渡った。

柳生の荘は伊賀《いが》や甲賀、奈良や京に近く、古くから武芸の盛んなところだった。石舟斎も健在であることから柳生道場は隆盛を極めた。そこに若いが無類の強さと評判の兵庫助がいる。

石舟斎は兵庫助が二十四歳になり、加藤清正《かとうきよまさ》に懇願されて五百石で仕官させるまで、傍に置いて手放そうとしなかった。

柳生新陰流の奥義をすべて伝授し、「兵庫助は一徹で短慮者ゆえ、いかような儀を仕出かしても、三度までは死罪を堅くご容赦願いたい」と、条件を付けて加藤家への仕官を許すことになる。

石舟斎の危惧した通り、兵庫助は一年足らずで同僚を斬り浪人する。

清正は石舟斎との約束通り罪を問わず、兵庫助は清正の肥後を去った。

すると浪人の兵庫助を二千石で仕官させたいと福島正則《ふくしままさのり》が申し出たが、清正に対する旧恩があるため仕官はできないと兵庫助は辞退した。

石舟斎が亡くなると、柳生家の先祖代々の本領二千石は嫡男厳勝が相続。その父の旧領五百石が兵庫助に譲られる。

そのため、不自由することなく弟子を連れて十年間廻国修行を行い、三十七歳になった年、尾張徳川義直《よしなお》の家老成瀬隼人正の推挙で、御三家の若き当主義直の剣術師範として仕える。

その時、兵庫助は駿府城に呼ばれ家康《いえやす》と対面する。

兵庫助は家康に「それがしは江戸の叔父と違い、諸役のご奉公は一切ご免蒙りたい」と願い出た。

柳生宗矩と違い政治向きでのご奉公は辞退したいという。

剣術指南だけでのご奉公と家康に申し出た。

家康がそれを受け入れ義直への仕官が決まり、政治向きの江戸柳生に対して、剣術重視の尾張柳生が誕生する。

その兵庫助の子に入道連也斎《れんやさい》厳包《よしかね》が産まれ、江戸期における無類の剣豪として活躍する。

晩年の兵庫助は京の妙心寺《みょうしんじ》に入り入道如雲斎《にょうんさい》となる。

珍しく道場にお道を連れた石舟斎が姿を見せた。石舟斎の柳生新陰流は活人剣を標榜していた。元来、剣は人を殺傷するものだが、用い方によって人を活かす剣になるということだ。

門人がいる時に石舟斎が道場に出て来ることはほとんどない。兵庫助の手を見る時だけ出てくるが夜の静かな時が常である。

「林崎殿、お願いする……」

「承知いたしました」

重信が木刀を握って立ち上がった。

「兵助……」

「はいッ!」

「知っているな。神夢想流居合の林崎甚助殿だ」

「はい、存じ上げております」

「三本だ……」

「はいッ……」

「よく学べ、いいか?」

「はッ……」

石舟斎が兵庫助に三本の立ち合いを告げた。

兵庫助は石舟斎の傍に座っている可愛らしい美女に気を取られている。兵庫助をチラッと見てうつむいたお道に、瞬間、若き剣豪柳生兵庫助が一目ぼれしてしまう。

「爺、誰だ？」

「林崎殿の姫だ……」

「ふーん……」

「未熟者がッ、さっさとやれッ！」

お道に見とれている兵庫助を石舟斎が叱りつける。困ったものでお道を見て兵庫助がニッと笑った。その視線に慌ててお道が顔を背けた。

石舟斎はこれでは勝負にならないと思う。

「行けッ！」

「うん！」

兵庫助がにやけた顔を引き締めて重信の前に立った。

「お願いします」

「おう……」

二人がサッと木刀を構えた。さすがに石舟斎の秘蔵っ子だ。全く隙がない。だが、重信に勝つにはまだまだ修行が足りないとすぐわかる。

若い勢いだけでは重信には勝てない。

兵庫助が気合を発して足を半歩出して誘った。間合いが遠い。重信がツッと間合いを詰めた。

それを嫌い兵庫助が二歩、三歩右に回った。

すかさず重信が間合いを詰める。

スーッと眠っているように重信の剣先が下がって動きが止まった。兵庫助は重信のピリピリと痺れる威圧を感じる。

剣先が下がったのに誘い込まれる。兵庫助は押されるのを嫌い踏み込んだ。

その瞬間、重信の木刀が後の先を取った。目覚めた剣が走って兵庫助の右胴から右脇の下を背中まで斬り抜いた。

神伝居合抜刀表一本秘剣《ひけん》夢想《むそう》、兵庫助は剣が走るのを見て斬られたとわかった。力が抜けガクッと膝が崩れる。

「まいったッ！」

「もう一本！」

道場が静まり返っている。兵庫助が負けるのを門人は見たことがない。兵庫助は何か考えながら元の位置に戻った。

二本目も負けるわけにはいかない。何か手があるはずだ。

なんとか鍔迫り合いに持って行ければ重信を突き飛ばせる。だが、その前に居合という俊敏な剣に斬られることがわかる。

どう考えても手の施しようがないのか。中段に構えて間合いを取った。

遠間からの攻撃を考えたが兵庫助は迷っている。居合は一瞬の勝負だ。それを崩す方策が見つからない。

兵庫助が負けたのを見て、お道は頑張って兵庫助が勝つようにと思っている。

だが、剣はそんなに甘くない。重信と兵庫助では修行の年月がまるで違う。簡単には超えられない壁だ。

遠間からいきなり兵庫助が攻撃を仕掛けた。

間合いを詰めるように重信も踏み込んで、兵庫助の剣先を潜るように行き違いざま、左胴を深々と斬り抜いた。

神伝居合抜刀表一本引返《ひきかえし》、いかんともしがたい。兵庫助は腹を木刀がこすった感触があった。前につんのめって床に転がった。

「まいった！」

「もう一本まいる……」

「はいッ！」

若き剣客は重信に歯が立たないことを悟った。

だが、戦う気迫は消えていない。さすがに石舟斎が期待する柳生新陰流の剣士だ。

「では、お願いいたします」

「承知！」

三本勝負の最後の一本だ。

恐るべし神夢想流居合、兵庫助は三本続けて負けることはできない。

なんとか居合の一角を破る方法はないか考える。最初の一撃を止めることができれば、攻撃に転ずることができるとわかるがどうする。

兵庫助が考えても防御方法は見つからない。そのはずで、九寸五分の間合いで、三尺を超える大太刀を抜けるという恐るべき技が神夢想流の居合なのだ。どこにも隙のあるはずがない。

重信が神に与えられた無敵の秘剣こそ居合である。

石舟斎も居合の恐ろしさは認めていた。やがて柳生新陰流の中でも居合は取り入れられる。

江戸期には、三百流派とも五百流派とも言われる流派に居合は取り入れられた。

その嚆矢《こうし》が剣神林崎の神夢想流居合なのだ。

なんの解決策も見つからないまま、凄まじい勢いで踏み込んだ兵庫助より、同起した重信の剣が一瞬速い。右に回りながら兵庫助の首を掻っ斬った。

神伝居合抜刀表一本廻留《まわりどめ》、ピタッと切っ先が兵庫助の首に張り付いた。

恐怖の感触だ。

棒立ちになって力が抜け、兵庫助が膝から崩れ落ちた。お道の願いもむなしく兵庫助は敗北する。

「ご指南をいただき良い勉強になりましてございます」

「誠に良い剣気です。盤石にございます」

「恐れ入ります」

石舟斎がニコニコと満足そうに、「お道、行くぞ……」とお道を連れて道場を出て行った。

その夜、次郎右衛門がお道につぶやいた。

「兵庫助が姉ちゃんを呼んで来いってさ、どうする?」

「兵庫助さまが、どこに?」

「道場の裏、真っ暗だよ……」

「そう……」

「行くか?」

次郎右衛門がお道の顔を覗き込んだ。

その次郎右衛門は兵庫助に道場の裏へ呼び出され、お道のことをあれこれ聞かれて、「呼んで来い！」と命じられた。

「断ろうか？」

「行ってみる……」

「真っ暗で化け物が出そうだぞ……」

「ほんと？」

「ようやく顔が見えるぐらいだ。断ろうか？」

「いい、行ってみる……」

「一緒に行こうか？」

「行ってくれるの？」

「うん、おっかねえな、真っ暗だから……」

姉と弟はおっかなびっくり、兵庫助に呼び出されて暗闇に消えた。

父と娘

星明かりの中を姉と弟は手をつないで道場の裏に歩いて行った。

兵庫助が銀杏の大木の傍に立っている。

「次郎、お前はもういい、あっちへ行け！」

「何《な》んだよう、呼んできてやったのに……」

「いいから行け！」

「大丈夫だから……」

お道に言われ「チッ！」と舌打ちして、渋々来た道を戻った。

「お道！」

「はい……」

「お前、好きな男がいるか？」

「そんな人いません……」

急に単刀直入、酷い聞かれ方をしてお道がうつむいた。泣きたくなる。

「お道、おれを見ろ！」

「はい……」

「おれを好きか？」

「そんな……」

「好きか？」

「は、はい……」

兵庫助は強引だ。好きだと言わないと殺されそうだ。

「それなら、おれの嫁になれ！」

「あの……」

「いいな、嫁になるな？」

「は、はい……」

お道はうなずいてしまい、顔を両手で覆って崩れるように屈み込むと泣いた。

「泣くな。立て！」

兵庫助がお道の腕を摑んで立たせると抱きしめた。お道の体がプルプル震えている。

「泣くな！」

「はい……」

「ついて来い！」

兵庫助がお道の手を引いて道場の表に出て行った。

「姉ちゃんを泣かせんな！」

次郎右衛門が飛び出してきた。

「うるさいッ！」

「馬鹿野郎ッ！」

罵って次郎右衛門が二人についていくと、重信と土呂助のいる長屋の前で立ち止まった。

「ここで待っていろ！」

「はい……」

姉と弟を置いて兵庫助が戸を開けて中に入った。重信と土呂助が振り向くと怒った顔の兵庫助が立っている。

「老師、お道を嫁に貰いたい！」

兵庫助の速攻だ。

「嫁？」

「お道殿をそれがしの嫁に貰い受けたいのです。よろしいか？」

外で聞いているお道が顔を覆って屈み込んだ。

「姉ちゃん……」

次郎右衛門は姉を兵庫助に取られるとわかった。

「石舟斎さまはご存じなのか？」

「これから話す！」

「これから……」

「爺がいいと言ったら、老師に異存はないか？」

お道は十七になった。嫁に出せる歳だが、いかんせん武家のことは何も知らない。困ったことになったと思う。

「老師、よろしいか？」

「構わぬが……」

「よし、爺に話してくる」

兵庫助が長屋を飛び出した。お道の手を引いて石舟斎の部屋に向かう。重信が長屋を飛び出して後を追う。

「次郎ッ、ついてくるなッ！」

お道の手を引っ張って兵庫助が石舟斎の部屋に飛び込んだ。

「爺、お道を嫁にする。いいな！」

「嫁？」

部屋の隅に座ったお道を見る。

「お道、ここにおいで……」

「はい……」

お道が傍に来ると「そなた、兵助の嫁でいいのか？」と聞いた。お道がまた両手で顔を覆った。

突然の急転にお道はどうすればいいのかわからない。泣くしかなかった。

「泣いていては分からぬぞ。いいのかな？」

お道が小さくうなずいた。

そこへ「ご免！」と重信が入って来た。だが、お道がうなずいては勝負は決まったようなものだ。

兵庫助の猛攻で見事に一本が決まった。

「二人は隣の部屋で待て……」

そう石舟斎が命じた。兵庫助がお道の手を引いて去ると、入れ替わって石舟斎の前に重信が座った。

「石舟斎さま、お道はわが娘ながら、武家のことは何も知らぬ娘にて……」

「甚助殿、わかっておる。何も知らぬからよいのだ。兵助もそこに惚れたのよ。どのようにでもこれから染まるではないか？」

「さりながら……」

「わしはこの先、畑を耕し百姓をして暮らそうと思う。お道と一緒にな……」

「石舟斎さま……」

「任せてくれぬか、兵助は頑固者だが悪い男ではないぞ……」

石舟斎はすべて見抜いていた。

お道がどんな素性か想像がついている。重信は兵庫助の不意打ちに負けた。すべてを石舟斎に任せるしかない。

「なにとぞ、よしなに、お願い申し上げまする」

「それでよい、それでよい……」

石舟斎は重信が清和源氏土岐《とき》流の浅野《あさの》だと知っていた。柳生家は菅原道真の末裔という。家格では浅野は柳生に負けていない。むしろ上かも知れない。

林崎とは重信が神の名を勝手に名乗ったものだ。その本姓は浅野である。

「浅野道殿であれば何んの支障もない。そうであろう甚助殿……」

「恐れ入りまする」

「二人とも出てまいれ……」

兵庫助とお道が呼ばれて出てきた。もう仲が良い。

法隆寺の傍で育った何も知らないお道が激動の人生に船出する時だ。部屋の戸を一寸ほど開けて次郎右衛門が中の様子を見ている。

「二人が夫婦になることを許す……」

「有り難く存じます」

「有り難うございます」

若い二人が石舟斎に挨拶する。重信は全て石舟斎に任せる覚悟だ。何とも情けないが若い二人に手も足も出ない重信だった。

「住まいなどを整えるのに四、五日ほど待て……」

お道は石舟斎の身の回りを世話することになった。

結局、兵庫助の速攻にお道を始め、重信や石舟斎までが大惨敗だ。徹底して押しまくられた。

結婚が決まった兵庫助の稽古が一変、柳生の猛稽古が地獄の猛稽古に変貌する。

「張り切って、若殿はどうしたんだ。殺されるぞ！」

「おめえ、知らないのか。神さまの娘を嫁にするんだとよ……」

「あの、お道さんか？」

「暢気《のんき》な奴だなお前は。若殿が一晩で一本取っちまったのよ。神さまから……」

「ゲッ、おれの観音さまが一晩でか、まいったな」

「若殿の速攻だ。誰も逃げられめえ、違うか？」

「やさしそうないい姫だったな……」

「これからは奥方さまだぞ。大殿がひどく気に入っておられるというから……」

「だろうな。美人だしおとなしいし、大殿好みだな」

「それがしもあのような姫を嫁にしたいものだ」

「無理、無理、あきらめろ……」

道場では稽古そっちのけで二人の結婚話で持ち切りだ。

「これ以上、若殿に張り切られると殺されるな？」

「ああ、早いとこ結婚してもらいてえ、少しは緩くなるんじゃねえか？」

「そう願いたいものだ」

「ところでよ。あの神さまの居合だけど、恐ろしいな……」

「ありゃ、剣法ではねえ、神技だよ！」

「習うか？」

「いや、おれには使えねえよ……」

「おれはやりたい。無敵になれる気がする」

柳生道場で重信は毎日、兵庫助と稽古を続けた。

「お道のことお願いする……」

「はい、大切にいたします」

「よしなに……」

お道は不安だろうと思うが、こうなると父親は何もしてやれない。

こんな時、母親のお咲がいてくれたらと思う。

娘といいながら重信はお道のことを何もわかっていない。剣士としては神かも知れないが、お道には無力な父親なのだ。

そんなある日、重信はお道だけを連れて磨崖仏《まがいぶつ》に出かけた。

柳生の荘には磨崖仏や道端の地蔵尊が多い。阿弥陀磨崖仏、六地蔵磨崖仏など、柳生の荘は仏の里でもある。

「お道、人は神や仏を信じないと生きていけないのだ」

「はい……」

「この柳生の荘は仏さまの多い里だ。困った時だけでなく、いつでも祈れ……」

「はい……」

「わしは六歳の時に父を殺され、その仇討《かたきうち》をするため六歳から神さまと生きてきた。今もそうだ。道場でそなたが見た技は神さまから十六歳の時にいただいたものだ」

「聞いてもいいですか？」

「何んだ……」

「お父上は一生、旅をするのですか？」

「お咲に聞いたのか？」

「はい……」

「授かった剣の技を国中に広めると、十六の時に神さまと約束した。この約束だけは果たさなければならない」

「そうですか……」

二人は話しながら路傍の地蔵や磨崖仏を回って歩いた。重信がお道にしてやれることはこのようなことしかない。

お道が兵庫助の妻になって三日目、重信と次郎右衛門、土呂助の三人が柳生の荘を後にした。

江戸

突然のことで一番衝撃を受けているのが次郎右衛門だ。

姉を兵庫助に取られた気持ちだが、土呂助が慰めたり説得したりして旅立った。十三歳になって次郎右衛門は少し聞き分けが出てきた。

「姉ちゃんをいじめると、殺しにくるからな！」

次郎右衛門は兵庫助に捨て台詞を言って別れた。

三人は東海道に出ると東に向かう。

東海道は江戸に大きな城下ができたこともあって、人や物や銭が大量に行き来している。

特に徳川の大軍が往来するため街道を整備することになった。

街道に並木を植えるようになったのは、信長《のぶなが》が道を整備し始めたからだが、東海道のあちこちに松が多く植えられた。

この頃、鷹ヶ峰《たかがみね》の道場にいる片山久安《ひさやす》が、京の愛宕《あたご》神社に参籠したり修行を続けていた。

そんな時、豊臣家から四歳の秀頼《ひでより》の剣術指南役の話があった。疋田景兼《ひきたかげとも》の紹介だ。剣術指南といっても遊び相手のようなものだ。

剣術の力が確かなこと、若いこと、人間として優れていることなどが検討され、剣の力量があり、二十二歳と若く、林崎甚助という誰もが尊敬する剣客の弟子であることなどが高く評価される。

大坂城に出仕するよう久安が命じられた。

豊臣家滅亡後は周防岩国城主吉川広家に仕え、その子広正の剣術兵法指南役となり、久安は一貫流こと片山伯耆《ほうき》流の開祖となる。

久安の居合は美の田宮に劣らぬ品格を持っていた。

三人の旅はまだ足弱な次郎右衛門がいるためゆっくりだが、土呂助が時々背負って歩き、朝夕には四半刻ほど剣の稽古をした。

十三歳にしては小柄だが機敏で動きは悪くなかった。

お道がいなくなって寂しがったが、その分、土呂助を頼り自覚が出て来て稽古も熱心だ。

まだものになるか分からないが、剣の筋は悪くないと土呂助は見た。

重信が箱根に着いて竜太郎《りゅうたろう》の家に顔を出すと、囲炉裏の傍に幻海《げんかい》とお仲が座っている。

「おう！」

突然の重信の来訪に幻海が驚いていた。

「老師、京から？」

「うむ、暫くですな……」

「さあ、上がってください」

上がり框に重信が腰を下ろすと次郎右衛門と土呂助が入ってきた。

「可愛らしいお弟子さんですこと、山は寒いですから囲炉裏に……」

「世話になります」

土呂助がお仲に頭を下げた。

「ご無沙汰をしておりました」

「京ではたいへんお世話になりました」

「その後は？」

「氏直《うじなお》さまがあのようにお亡くなりですから、大坂からすぐここへ戻りました」

「あんな急にお亡くなりになるとはのう……」

「はい、あまり丈夫な方ではありませんでしたから……」

北条《ほうじょう》氏直は小田原征伐の後、妻が家康の娘だったことから助命され、高野山《こうやさん》に配流になったが家康の力で翌年には赦免《しやめん》された。

ところがその年のうちに疱瘡《ほうそう》に罹ってあっけなく亡くなってしまう。

幻海たち北条家の家臣は散りぢりになった。

箱根に戻った幻海が何をしているか重信は知らない。

ただ、竜太郎の家は箱根の荷運びがうまくいき、建て増されて大きくなり繁盛していることがわかる。

夕刻になって竜太郎とお満が戻ってきた。

男勝りのお満は子どもを六人も産んで、荒っぽい馬子や馬借《ばしやく》を仕切っている女親分のようだ。

今も腰に脇差を差している。重信は剣を教えたことがある。

「お師匠さん、おらの子どもだ……」

男が四人、女が二人、一番上と二番目は男で竜太郎の仕事を手伝っている。

「お満殿は頑張り屋だな」

「へへッ、すぐ子どもができるもんで稼がないと……」

「それはいいことだ」

「でも、そろそろにしないと……」

「そんなことはない。後二人でも三人でも産むことだ」

「そんなことを言うとお師匠さん、あの人が本気になるから……」

「いいではないか、子は多ければ多いほど良いのだ。子宝というではないか……」

「うん……」

二人の話を竜太郎が黙って聞いている。

次郎右衛門がすぐ仲間に入って家の中は大騒ぎだ。幻海の子どもがいない。既に大きくなっているのだろうと重信は思った。

三人は箱根に三日間逗留、土呂助は箱根の湯に行き、次郎右衛門は子どもたちと遊ぶのに忙しい。

重信は小田原征伐で焼けてしまった箱根神社に参拝。幻海が江戸に出るということで三人旅が四人に増えた。

「幻海殿、鎌倉の鶴岡八幡宮に参詣したいのだが？」

「それでしたら江の島にも立ち寄られてはどうです。鎌倉までは二里ほどです。いかがですか？」

「そうしましょうか……」

幻海に案内され、平塚で相模《さがみ》川を渡ると東海道を離れ、江の島の見える浜辺の道に出る。波打ち際の砂浜を、江の島を見ながら歩いた。

江の島は欽明天皇十三年（五五三）に、勅命で島の洞窟に宮を建てたのが始まりというが、寿永元年（一一八二）に頼朝《よりとも》の命で文覚《もんがく》上人が島の岩屋に弁財天を勧請したことを創建ということもある。

島の裏、南側に一面海岸の岩場が広がり、島の絶壁の岩に洞窟が穿《うが》たれている。その岩屋に弁財天が祀られていた。四人は島の山頂まで登り、島の裏の岩場に下りて弁財天を参拝した。

その南には果てしなく広大な海が広がっている。

江の島から戻って海岸沿いに鎌倉に向かう。腰越から七里ガ浜を歩き、稲村ケ崎まで来ると笠の庇に布を下げた二人の男が行く手を塞いだ。

「幻海、久しぶりだな！」

「左近《さこん》ッ！」

「北条が滅んで風魔《ふうま》はバラバラか？」

「うるさいッ、うぬの知ったことではないッ！」

「どうだ。真田《さなだ》に来ないか。おぬしなら喜んで迎えるぞ」

「左近、頭領になったそうだな？」

「ほう、どこで聞いた？」

横谷《よこや》左近は真田昌幸《まさゆき》に仕える滋野《しげの》吾妻《あずまし》忍《の》びという。江戸を見に行き、京、大坂を回って、配下一人を連れて上田に戻る旅をしていた。

「うぬの世話にはならぬ！」

「食って行けるのか？」

「余計なお世話だ。やるのか？」

「いや、林崎さまが相手では、吾妻忍びが全滅するわ……」

「確か、二度目だな？」

重信が聞いた。

「はい、以前は箱根の麓です……」

「そうだな……」

左近は以前、幻海と一緒にいた重信を何者なのか調べた。それで居合という不思議な剣を使う剣豪だとわかった。左近は重信がどんな技を使うかまで調べ上げている。

「幻海、気が変わったら上田に来い！」

左近は真田昌幸に仕え、関ヶ原の後は昌幸の嫡男信之に仕えるが、左近の弟重氏は真田幸村《ゆきむら》に仕えることになる。

重信がいなければ斬り合いになっていたかも知れない。

忍びには忍びの意地もあれば見栄もある。

幻海の風魔と吾妻忍びはまだ仲のいい方で、越後《えちご》の軒猿《のきざる》は風魔にも吾妻忍びにも天敵だ。

忍びの世界もなかなか恨みつらみがある。

風魔は北条、吾妻忍びは真田と武田《たけだ》、軒猿は上杉《うえすぎ》の間者で、北条と武田は同盟していたことがあり上杉は双方の敵だった。

幻海は黙って左近を見送った。

四人は鎌倉に入るとすぐ旅籠を取った。

次郎右衛門が浜歩きにひどく疲れていたからだ。部屋に入るとくたびれた次郎右衛門は寝てしまった。

鎌倉の鶴岡八幡宮は源氏の守護神である。

重信も土岐源氏で鶴岡八幡宮は守り神なのだ。

康平六年（一〇六三）に河内源氏の二代目源頼義が戦勝祈願のため、京の石清水八満宮を鎌倉由比の鶴岡に、鶴岡若宮として勧請したのが始まりという。

永保元年（一〇八一）二月に三代目源八幡太郎《はちまんたろう》義家が修復したと伝わる。

由緒正しい源氏の神だ。

翌早朝、四人は鶴岡八幡宮に参詣してから旅立った。鎌倉から戸塚に向かい東海道に戻る。ほぼ二里半だ。

戸塚に出れば江戸まではほぼ十里ほどで、もう急ぐ道のりではない。

保土ヶ谷宿から一里余りを、疲れてしまった次郎右衛門を土呂助が背負い、神奈川宿で旅籠を取った。

江戸はもう目の前だ。

翌日は品川まで五里ほどを歩いて早めに旅籠に入った。

ここまで来ると新城下の江戸の喧騒が感じられる。

街道のざわめきが増えて徳川家の威勢だとわかった。この城下は間もなく京や大坂を抜いて巨大な城下に変貌する。

その城下作りが始まったばかりだ。

徳川家の旧領三河《みかわ》、遠江、駿河《するが》などから、多くの職人や商家が移ってきている。京や大坂からも来ていた。

中には移転の条件で家康から特典を貰っている者も少なくない。

江戸はたちまち人であふれる。

「老師、それがしはここでお別れします。年内に一ノ宮にお伺いいたします」

「かたじけない。ぜひ、お出で下さい」

「次郎右衛門殿、熱心に稽古するのだぞ……」

「うん！」

「土呂助殿、またお会いしましょう」

「お待ちしております」

幻海は旅籠に泊まることなく品川で姿を消した。

江戸のことは小熊之介《おぐまのすけ》の消息を訪ね歩いたことで、土呂助が結構詳しいことまで知っている。

翌朝、土呂助の記憶を頼りに江戸に入った。

うかうかすると跳ね飛ばされるような賑わいで、数日前に降った雨で踏み潰された道は壊れている。

どろどろの道端を選んで歩くしかない。

「老師、これでは道ではなく田んぼの中のようです」

「雨が降れば道がなくなるな……」

この頃の江戸城は江城と呼ばれていた。

この地を本拠にしたのは平安末期の江戸重継《えどしげつぐ》で、江戸家の館があった。

その後、太田道灌《おおたどうかん》が子城、中城、外城の三重構造の本格的な城を築いた。

だが、小田原征伐の後に、家康が秀吉に国替えを命じられ移封された時は荒廃していた。

荒れ果てた大手門の付近に茅葺の家が百軒ほどあるだけだった。その周辺には茅原と野原があり広大な武蔵野《むさしの》にまで広がっていた。

そこに家康は惣構えで周囲四里の、巨大な城を築城し新城下の建設に取り掛かった。本格的な築城は家康の天下になってからで、慶長八年（一六〇三）から天下普請といって諸大名に築城を手伝わせる。

天下普請とは幕府の命令で、諸大名が普請の費用を自前で出して、江戸城の建築や城下の整備を行うことだ。

慶長の天下普請は家康が健在で大規模だった。

外郭石壁は細川《ほそかわ》、前田、池田、加藤、福島、浅野、黒田、鍋島、堀尾、有馬《ありま》、寺沢《てらざわ》、京極、蜂須賀《はちすか》などの大名、天守台は黒田、本丸は毛利《もうり》、吉川など、石垣は山内、藤堂、木下などが担った。

外様の各大名が莫大な私財を投入しての築城になる。

慶長の天下普請の後に元和の天下普請、寛永の天下普請と、幕府は各大名が蓄財しないよう江戸城の築城に私財を使わせた。

江戸城の普請が大きければ大きいほど、各大名たちは幕府に逆らえなくなった。

天下普請とはそういう仕組みで、江戸城の修理などはいつまでも各大名に割り当てられた。

蓄財できず、謀反ができないようにするのが家康の狙いだった。

重信が見た江戸城はまだ築城が始まったばかり、それでも城下はひどくごった返している。

三人は旅籠に入って二晩逗留し、三日目の朝に中山道《なかせんどう》を板橋に向かった。

五里ほど歩いて早めに蕨《わらび》で旅籠に入った。次郎右衛門を連れてのゆっくり旅になっている。

旅人は通常、日に八里から十里ほどは歩いた。

ゆっくりでもついに一ノ宮まではあと二里半ほどになった。さすがに元気だった次郎右衛門がぐったりだ。

翌日、昼前に武蔵一ノ宮《むさしいちのみや》氷川《ひかわ》神社に着いた。

「ずいぶん長かったな……」

叔父の高松良庵《たかまつりょうあん》が首を長くして重信を待っている。

良庵は重信の父数馬《かずま》の弟だ。数少ない身内の一人だ。重信は休む間もなく昼前に道場に出た。

門人は十数人しかいなかった。

重信がいると門人は増えるが、旅に出るとその門人がポツポツと減ってしまう。

良庵の息子は高松勘兵衛《かんべえ》信勝《のぶかつ》と名乗って元服していた。

翌日から土呂助が張り切って猛稽古が始まった。次郎右衛門も疲れを見せず稽古に打ち込んでいる。

次郎右衛門は体の強い子だった。

幼い子は少し無理をすると発熱したりするものだが、次郎右衛門は土呂助と相性がよく長旅を二人で乗り切った。

「甚助、こんな人たちが訪ねてきたぞ」

良庵は重信を訪ねてきた武芸者を書き留めている。そこには懐かしい名前が並んでいた。

羽黒《はぐろ》山の蓮覚坊《れんかくぼう》、柳生宗章《むねあき》、古藤田勘解由左衛門《ことうだかげゆざえもん》、田宮平兵衛《たみやへいべえ》、巌《がん》流小次郎、風間《かざま》出羽守《でわのかみ》などだ。重信が驚いたのは奥山休賀斎《おくやまきゅうがさい》という名があったことだ。

奥山休賀斎は本姓を奥平《おくだいら》、名を孫次郎公重《まごじろうきみしげ》という。

三河亀山城の奥平美作守貞能《みまさかのかみさだよし》の家臣奥平貞久《さだひさ》の子で、幼少から剣術を好み、孫次郎に及ぶものなしといわれる腕前を見せた。

上泉伊勢守《かみいずみいせのかみ》が甲斐《かい》に来た時、甲斐まで会いに行って、弟子になり新陰流を伝授されたという。

修行に熱心な剣士だった。

元亀元年（一五七〇）に信長と家康の連合軍が、浅井《あざい》、朝倉《あさくら》の連合軍と戦った姉川の戦いに、奥平軍として参戦し見事な戦いをしたと言われる剣客だ。

その戦いぶりを見た家康が剣術師範として招き、七年もの間、家康は奥平孫次郎から剣術を学んだ。

家康の剣の師である。

それが認められ家康から公の字を賜り定国から公重と名乗り、御台所御守役を命じられた。

徳川家や奥平家では大切な剣客である。

その後、病を得て奥平貞能のもとに戻り、奥山流の開祖となった。剃髪して音寿斎とも名乗っていた。

その奥山休賀斎が重信を訪ねてきたことは驚きだ。

重信は休賀斎と会ったことはないが名前は知っている。海内無双の剣客と呼ばれ門人が多いとも聞いていた。

今は浜松城下の奥山明神にいるはずだ。

上泉伊勢守《いせのかみ》門下では疋田景兼の弟弟子になる。重信はどうしても会わなければならない人だと思う。

この時、休賀斎は七十二歳の老剣客だった。

休賀斎

夏の近い季節で雨が心配だったが、重信は休賀斎に会うため浜松まで行こうと決心した。柳生の荘から一ノ宮に来たばかりで、重信は東海道を引き返すことになる。

老体が一ノ宮まで来てくれたことへの礼儀だ。

重信が会いたいと思う人は多いが、何はさておいても奥山休賀斎に会うべきだと考えた。

既に高齢で機会を逃すと二度と会えない剣客だ。

「叔父上、休賀斎さまにお会いするため、浜松まで行ってまいります」

「そうか……」

「半月ほどで戻ってまいります」

「気をつけてな……」

一ノ宮に着いた二日後には旅支度をして、重信は一人で浜松に向かうことになった。

「道場のこと頼みます」

「ご心配なく……」

土呂助が道場を預かる。

重信は一ノ宮から川越《かわごえ》に向かい、小田原城下に出て東海道を箱根に向かった。箱根の竜太郎の家に幻海は戻っていなかった。

そのまま箱根峠を越えて三島に出た。

三島から浜松までは三十六里余りで四日ほどかかるが、重信の健脚であれば三日でも歩ける。

剣客は足が丈夫でなければ話にならない。重信は急いだ。

奥山明神を訪ねると休賀斎は重信を見て、すぐ誰なのか分かったようでニッと小さく微笑んだ。

「林崎殿ですな？」

「はい、林崎甚助にございます」

「よくお出で下された」

「休賀斎さまには一ノ宮までお出でいただきましたが、留守にしておりまして、たいへんご無礼をいたしました」

「京の鷹ヶ峰と聞いておったのだが、江戸に行ったので一ノ宮におられるかと思ってのう。立ち寄ってみたのじゃ」

屈託のない老剣客は眼光鋭く気迫は健在だった。

「恐れ入ります」

「評判の神夢想流居合をぜひ拝見したいと思ってお訪ねしたのだが……」

「有り難く存じます」

老剣客が重信の居合を見たいというのは有り難いことだ。

そのためにわざわざ一ノ宮まで訪ねてこられたことに恐縮し感謝した。

剣の求道心は年齢も身分も関係ない。道を求める者は全て剣士だ。ただ、持てる力量に違いはある。休賀斎のように道を究めた者、道を究めつつある者、遥かに遠く及ばない者など様々だ。

違いはあっても真剣に道を求めているかだけが大切だ。

その道は果てしなく遠くへ続く。

「是非、休賀斎さまに神夢想流をご披露いたしたく伺いましてございます」

「それはかたじけない。孫左衛門、林崎殿の相手をいたせ……」

「はい、承知いたしました」

孫左衛門は休賀斎の息子で奥山流の二代目である。三人は稽古が終わって誰もいない道場に出た。

「木刀を拝借いたします」

刀架から木刀を握って重信は二度、三度と素振りをした。

「では、まいります」

孫左衛門が中段に構え、重信がそれに合わせて中段に構えた。

その孫左衛門は重信の力量をすぐ悟ったようで、スッと下がって間合いを取った。

その分、重信が前に出て間合いを詰める。

孫左衛門が一足一刀の重信の間合いを嫌って、気合と共に右に回ったが重信がそれを追う。蛇に睨まれた蛙のようで逃げられない。

右へ右へと重信が孫左衛門を追い詰める。何ともいえない重信の気迫だ。

奥山流二代目として何とかしたい。

いきなり踏み込んできた孫左衛門の左胴から、重信の木刀が横一文字に真っ二つに斬り抜いた。

神伝居合抜刀表一本水月《すいげつ》、後の先を取られて一瞬だった。

孫左衛門には胴に来た剣がわずかに見えていた。だが、どうにも防ぎようのない一閃である。

膝から崩れて床に手をついた。

「まいりました！」

「もう一本まいりましょう」

「お願いいたします」

二本目は孫左衛門が最初から遠間に間合いを取った。

　重信は中段に構えて間合いを詰めずに、孫左衛門が踏み込んでくるのを待つ。

「居合は待つことにあり……」

　強靭な精神力で相手の攻撃を待つことが大切だ。

　後の先で動くことがほとんどで、先の先で動くことは滅多にない。

　まったく殺気のない重信の静かな佇まいを見て、孫左衛門は怖い剣だと思う。攻撃に慎重になった。

　それを感じた重信がツッと間合いを詰めた。

　無言の圧力で攻撃を誘っている。

　追い詰められると人は反撃したくなる。下がって攻撃しなければそのまま押し潰されるからだ。

　攻撃せずに押されることは剣客の最も嫌うところでもある。

　孫左衛門はジリジリと羽目板に追い込まれた。どうしても重信の静かな剣気に押される。

　どんな剣士もこの重信の静かな剣気に誘い込まれるのだ。

　踏み込んできた孫左衛門の木刀をコツッと弾いた瞬間、重信の木刀が孫左衛門の左肩を砕いている。

　神伝居合抜刀表一本金剛《こんごう》、ビシッと肩を抑え込まれ孫左衛門が床に膝をついた。

「まいりました！」

重信と孫左衛門では力の差が歴然だ。

「失礼いたしました」

「有り難うございました」

挨拶をして双方が引いた。

「林崎殿、型を見せてくださらぬかのう？」

「承知いたしました」

木刀を刀架に戻すと乱取備前《らんどりびぜん》を腰に差した。

道場の中央に正座すると瞬間太刀を抜いた。同時に片膝を立てると真剣の切っ先がグッグッと伸びた。

間違いなく相手を真横に斬っている。

血振りした乱取備前が鞘に戻ってきた。その時、道場に夏の風が吹き込んだ。瞬間、スルスルと鞘走って左下から右上へ逆袈裟に斬り上げている。

道場に入り込んだ微かな風が真っ二つに斬られて床に落ちた。

重信が神夢想流の型を披露する。休賀斎と孫左衛門が目を凝らして舞うような剣技を見ている。

四半刻ほどで終わると重信が休賀斎の前に座った。

「神夢想流居合にございます」

「納得、なるほど天下一の剣に間違いない。居合とは良い名だ……」

「恐れ入ります」

「神の剣とは聞いていたが、一瞬、剣先に神が現れる。美しい剣だ。得難い技である、精進なさるがよいぞ」

「お言葉、肝に銘じまする……」

「今日はここに泊まって卜伝《ぼくでん》さまの話を聞かせてくれぬか？」

「畏まりました」

「孫左衛門、夕餉《ゆうげ》に酒をつけてくれ、今日は久しぶりに気分がよい。少し飲もう……」

「それはようございました。早速に……」

休賀斎と重信が二人で夕餉を取っていると、腰に脇差を差した剣士が部屋に入ってきた。

重信はすぐ女だと分かった。ガシャッと太刀を脇に置いた。

怖い顔で怒っているようだ。

「孫の美冬《みふゆ》じゃ……」

「林崎です」

「爺、林崎さまと勝負をさせてください！」

いきなり重信と勝負したいという。何んとも気の強い姫さまだ。

「お父上が二本取られたそうですが納得がいきません。是非、美冬にも勝負をさせてください！」

「孫左衛門に聞いたのか？」

「はい、居合というそうですが、お父上が二本も取られるなど、どうしても納得できません！」

尊敬する父親が二本取られたと聞いて怒っている。

これまで父の孫左衛門が負けるのを見たことがない。何かの間違いだと納得していないのだ。

「そなた、林崎殿に無礼だぞ？」

「それは勝負してからにございます！」

なかなか強気で休賀斎もたじたじ、手塩にかけて育てた掌中の珠なのだ。

十七歳になるが嫁に行こうともしない。育て方を間違ったと思うしかない。困った顔の休賀斎だ。

天下の剣客も孫には甘い。

「負けたら嫁に行くか？」

「それとこれとは話が違います！」

「困った孫だな……」

「休賀斎さま、それがしはお受けします。ただし、真剣にて勝負させていただきたいのですが……」

「真剣で？」

「そんな……」

サッと美冬の顔色が変わった。真剣での勝負などしたことがない。斬られるではないか。

「勝負というからには真剣で願いたい。逃げられても結構ですが？」

「何ッ！」

逃げてもいいと言われ美冬が気色ばんだ。重信が仕掛けている。

休賀斎は重信の意図を読んだ。

美冬に剣をあきらめさせ、気持ちを切り替えさせて、嫁に行かせようというのだ。

そのために真剣勝負だと機先を制した。

あの居合はどんなに力んでも美冬の腕でどうにかなるものではないとわかっている。

「休賀斎さま、挑戦されたからには受けて立つしかございません」

「そうか。真剣でだな。いいだろう……」

「爺ッ！」

「美冬、道場で待て！」

「クッ！」

怒った美冬が太刀を摑んで部屋から出て行った。

「厄介をおかけする……」

「いや、それがしにも同じ歳ごろの娘がございまして、この春、柳生の荘にまいりました折に、石舟斎さまにお預けしてまいりました」

「ほう、柳生殿に……」

結局、重信が休賀斎の孫と真剣で立ち合うことになった。

夕餉を済ませて休賀斎と重信が道場に出て行く。怒った美冬が道場の中央に座り、周りに孫左衛門や母親、家人や門人が集まって、重信に謝罪して試合を中止にするよう説得中だった。

「嫌だッ！」

孫左衛門にも抗う気性の激しさで、男に生まれていれば一軍の将に間違いない。一城の主かもしれない。

なかなかに強情だ。

口の悪い者は三河の鬼姫とか、奥山明神の鬼神などという。

「みな下がれ、負ければ、美冬は嫁に行く……」

「爺ッ、そんな約束はしていない。卑怯だぞッ！」

「いいから、言うことを聞け！」

重信が中央に進むと、説得していたみなが一斉に道場の隅に引いた。重信は襷《たすき》をかけ紐で鉢巻をする。

まるで仇討のような支度だ。美冬は道場着に着替えている。

互いに太刀を腰に差した。

「覚悟はよろしいか！」

「黙れッ！」

「では、斬りますぞ……」

「うるさいッ！」

凄まじい重信の威圧だ。

強がりの美冬は言葉で弾いたが内心では震えている。すでに重信にはその怯えが見えていた。

三河屋七兵衛

美冬の恐怖心を重信は見抜いているが勝負は勝負だ。

真剣で立ち向かうことがいかに危険か美冬はまだわかっていない。まさか殺されることはないだろうと考えている。

美冬が無造作に剣を抜いて中段に構えた。

恐れを知らない純粋ないい剣だが、その構えから未熟さは隠しようもない。隙だらけだ。

重信は鞘口を切って柄に手を置いた。いつでも抜ける。

それを見て美冬はおかしな構えだと思う。見たことのない珍妙な構えだ。

「抜けッ！」

美冬が見えない剣に怯える。無言の気合で重信がグッと間合いを詰める。

孫左衛門たちが、道場の入口に一塊になって心配そうに見ていた。どう見ても勝てる見込みなどない。

休賀斎は道場の主座に座っている。

「抜けッ！」

重信がツッと間合いを詰める。美冬が下がった。美冬はこれまでで初めて怖いと思った。

鞘の中の剣がどう抜かれるのかわからない。

父親がどんな剣法に負けたのかもわかっていない。何とも無鉄砲なじゃじゃ馬な姫さまだ。

「抜けッ！」

ジリッ、ジリッと追い詰められ、いらついた美冬が上段から踏み込んだ。

その瞬間、重信が右に回り込んで美冬の首を掻っ切った。真剣がピタッと美冬の細い首に張り付いた。

神伝居合抜刀表一本廻留、首に剣を感じて腰から砕け、グニャッと倒れて美冬が気を失った。

「美冬ッ！」

一瞬、美冬が斬られたと思った母親と孫左衛門が駆け寄る。

「驚いて気を失っただけです」

「お手を煩わせて申し訳ござらぬ……」

孫左衛門が美冬を抱き起こして活を入れる。

蘇生した美冬は何が起きたのか、キョロキョロ見回してワッと孫左衛門に抱きついて泣いた。

怖かった。本当に斬られたと思った。

重信の太刀が鞘走ったところはかすかに見えていたが、その先がどうなったのかまったくわからない。

お転婆な姫も真剣勝負に痺れてしまった。

孫左衛門の肩にすがってふらつきながら奥に消えた。

夜遅くまで休賀斎と重信は剣談義をする。剣豪は剣豪を知る。二人には相通ずることが多い。

休賀斎も奥山明神に神伝を受けたという。

翌朝、まだ暗いうちに重信は旅立った。二代目の孫左衛門が見送りに出てきた。

二人は話しながら並んで歩いた。孫左衛門が仕える奥平家は家康から重く遇されている。

奥平貞能は隠居して伏見に住んでいる。

当主の奥平信昌は家康の長女亀姫を正室に迎えていた。孫左衛門は貞能に呼ばれて間もなく伏見に行くと話す。

重信は京の鷹ヶ峰の道場を紹介し、立ち寄ってくれるように願った。

「大西大吾《おおにしだいご》というものが師範をしております」

「是非、伺わせていただきます」

「大吾にご指南いただければ有り難く存じます」

重信は孫左衛門の剣の力量は認めている。奥山流の二代目として充分な力量だ。

「ところで林崎さまは仕官の考えはございませんか、よろしければ殿から徳川さまに取次いでいただくこともできますが？」

「かたじけなく存じますが、それがしは出羽楯岡《たておか》城の、今は亡き因幡守《いなばのかみ》さまの家臣にて大恩がございます。以来、仕官のお話はご辞退してまいりました」

「これからも？」

「はい、生涯をかけてもお返しできないほどの大恩にございます」

「そうですか。武家はそうありたいものにございます」

孫左衛門は重信の因幡守に対する気持ちを充分に理解した。

神夢想流のために生涯を捧げる覚悟だとも思った。

居合には充分にその価値がある。重信と戦った孫左衛門だからこそ居合の凄さがわかるのだ。

奥山流の後継者として孫左衛門は素晴らしい人格者だ。歯が立たない居合という新しい剣に驚いている。

「孫左衛門殿、この辺りで。わざわざの見送りかたじけなく存じます」

「また、お会いできればよいが、京になりますか？」

「一ノ宮に一、二年ほどいるつもりです。その後、京へまいります」

「それではまた……」

二人は再会を約して別れた。孫左衛門は半里ほど見送った。

重信は一人旅の時は、日に十里以上歩くことにしている。

通常、旅人は八里かそこら歩ければ充分だが、旅慣れている剣客は星明かり、月明かりがあれば夜でも歩いた。

この頃は山賊や盗賊とも出会わない。

重信は喉の渇きを感じ腰の小瓢簞を振ってみたが音がしない。袋井宿の茶店で縁台に腰を下ろし老婆に茶を頼んだ。

昼が過ぎ陽は傾き始めている。

「お武家さま……」

二人の供を連れた六十は超えているだろう老人が声をかけてきた。

「それがしに、何かな？」

「お武家さまはどちらまで行かれますのじゃ？」

「武蔵一ノ宮ですが、ご老人は？」

「わしは江戸じゃが、奉公人との旅は味がない。そこでお武家さまに声をかけさせていただいたのじゃ。武蔵一ノ宮まででしたら、江戸まで道連れを願えませんかな？」

「構いませんが……」

重信は小田原から八王子、川越と来た道を帰るつもりだったが、何か訳がありそうな老人の誘いに乗って江戸まで行くことにした。

「お武家さまの足なら金谷や島田ぐらいまでは楽に行けましょうが、今日は掛川泊まりということでお願いしたいのだが？」

「掛川に何か用向きでも？」

「いや、わしは小夜《さよ》の中山《なかやま》の夜泣き石が怖いのじゃよ。お笑い下さい……」

「ほう、あの夜泣き石が？」

「お武家さまと違い、意気地のないものでして……」

重信は老人の話から、夜泣き石が怖いのではなく、奉公人の背負っている荷物が大切なのだと見た。

なかなか正体のわからない老人だ。悪人には見えない。

老人は商人だろうが脇差を差していて、奉公人が太刀のような長いものを背負っている。

夜泣き石とは日坂宿と金谷宿の間の、小夜の中山峠にある石で、難所の峠道の真ん中に鎮座《ちんざ》している伝説の石だ。

昔々、身重の女が小夜の中山に住んでいた。

その女の名はお石と言ったそうな。

お石が麓の菊川村で仕事をした帰りに、中山の峠の大石の傍にある松の根元で、急な陣痛に見舞われてうずくまった。

通りかかった業右衛門《ごうえもん》という侍が親切に介抱してくれた。

だが、お石が懐に銭を持っているとわかると豹変し、お石を無惨にも斬り殺し銭を奪って逃げた。

その時、斬られた傷口から子どもが産まれたという。

恐ろしい話だ。

すると傍の大石に、殺されたお石の霊が乗り移って、毎夜、毎夜泣いたそうだ。以来、村人は夜泣き石といって恐れるようになった。

産まれた子は運よく近くの久延寺の和尚に発見され、音八という名をつけられ、飴をなめさせられて育ったという。

音八は成長すると大和《やまと》の刀研師の弟子になった。

腕のいい刀研師になり、ある日、客の侍が持ち込んだ刀を見て「良い刀だが刃毀《はこぼ》れしているのが残念だ」と言った。

するとその侍が「今から十数年前、小夜の中山の大石の傍で孕《はら》み女を斬った時、その大石に当たって刃毀れした」と語った。

この侍が母親の仇だと知った音八は侍に名乗った。

「その大石の傍で殺されたのは身重の女だ。運よく子は産まれた。その子がこの音八だ。母の恨み、覚悟しろッ！」

音八は尋常に名乗って業右衛門を討ち取り、母お石の無念をはらしたという。

その話を聞いた弘法大師空海《こうぼうだいしくうかい》は中山の峠を通りかかった時に、大石に仏号を刻んだと伝わる。その夜泣き石を老人が怖いといった。

確かに、夜や夕暮れにそこを通るには少々気持ちの悪い話だ。

「ご老人はどちらから？」

「三河の岡崎《おかざき》城下からまいりました。お武家さまはどちらから？」

「浜松の奥山明神からです」

「おう、休賀斎さまの明神さまですな……」

「休賀斎さまをご存じですか？」

「ええ、奥平さまにお世話になっておりますので、休賀斎さまにも孫左衛門さまにも厄介になっております」

「それは奇遇です」

老人は岡崎城下で何代も続く土倉であり酒屋だった。

土倉とは質屋のような仕事だ。他に薬種も扱っている。なかなか手広い商家だ。

家康が力をつけてくると替銭《かえせん》や割符《さいふ》なども扱い、老人は京の土倉の角倉了以《すみのくらりょうい》や、家康の家臣だった茶屋四郎次郎清延《ちゃやしろうじろうきよのぶ》などとも取引をしている。

三河屋七兵衛といい、家康が江戸の城下を整備するにあたり、家康の命令で特別に敷地を貰って江戸に移った。

家財はまだ岡崎城下に残っていた。

この数年後、家康が天下を取り貨幣制度を整備すると、金座、銀座を設置し慶長小判や慶長丁銀の鋳造を命じる。

金一両が銀五十匁、銭四貫文などと決まると、七兵衛のような土倉や替銭屋などは、両替商となって江戸の繁栄を支えていくことになる。

貨幣の流通が活発になると本両替、脇両替などに分化し、三百とも五百とも言われる大小の両替商がうまれてくる。

江戸城下は武家の城下でもあるが、じきに商人が貨幣の流通を握り、たちまち商人の城下に変貌していく。

やがて銭の力で大名の台所まで抑え込んでしまう。

そのような力を持つようになるのが七兵衛のような商人たちだった。

そんな男と道連れになった。

夜泣き石

重信と七兵衛の一行は掛川宿で旅籠に入った。

いつも重信が泊まるような安宿ではなく、宿場でも一、二という上等な旅籠で、重信が酒を飲まないのを知ると山海の珍味が並んだ。

「七兵衛殿、このようなことをされては困ります。道連れをお断りしなければならぬが……」

「これは失礼いたしました。今夜だけ、お近づきの祝いの膳とお考え願いたいのじゃ」

「ならば馳走になるが、以後、くれぐれもこのようなことは……」

「承知いたしました」

七兵衛と二人の供は異常に警戒して湯に行くにも一人ずつだ。その夜、旅籠に盗賊が入った。

旅籠の外の不穏な気配に気づいたのは重信だ。

七兵衛一行が狙われているとすぐ分かって、重信が起きて支度をしていると七兵衛が目を覚ました。

「林崎さま……」

「七兵衛殿、外に盗賊どもが集まっている。十人ほどだな……」

「盗賊？」

「こっちから先に仕掛けます」

重信は下げ緒で襷をかけ紐で鉢巻をする。

星明かりがあるようだと窓の外を確かめ、乱取備前と二字国俊《にじくにとし》を腰に差した。乱闘になりそうだ。

「静かに供の方を起こしてください。おそらく狙われているのは七兵衛殿ですから……」

「何んと……」

「では、行ってまいります」

部屋を出た重信は急いで階下に行き、潜り戸を開けて外に出た。宿の中より外の方が明るい。満天の星が降っていた。

「おのれッ、あの浪人だぞッ！」

「邪魔するなッ！」

「そうはまいらぬ。道連れになったのも何かの縁だからな。おぬしら、あきらめるなら今のうちだぞ……」

「うるさいッ、うぬ一人では防げまいよ！」

「やればわかる……」

街道に巣くっている追剥《おいはぎ》なのか、それとも獲物を狙う浪人どもなのか、なぜ七兵衛が狙われたのかもわからない。

理由はともあれ夜陰に旅籠を襲うとは許せない所業だ。

「狙いは銭か？」

「そうだッ！」

「愚かな……」

「うるさいッ！」

重信は潜り戸の戸口を閉めて二歩、三歩と前に出た。深夜の戦いだ。

だが、もう重信に気付かれては盗賊の負けだ。

気合もなく男が上段から襲ってきた。素早く乱取備前が鞘走って男の右胴から横一文字に斬り抜いた。

神伝居合抜刀表一本荒波《あらなみ》、ゲホッと悲鳴にもならず頭から地面に突っ込んだ。

「この野郎、強いぞ！」

「こりゃあ駄目だッ、逃げろッ！」

「こいつを連れて行け、まだ生きているぞ……」

重信は男を峰で打っていた。

意気地のない盗賊どもが逃げていくと、辺りの様子を確認してから宿に入り戸を閉めた。

七兵衛や宿の主人が一階の敷台に出て来て、女たちは抱き合って震えている。

「逃げて行った。今夜はもう心配がないだろう……」

「泥棒で？」

「そのようだ。気づかれたら泥棒の負けだ。もう一眠りできそうだ」

鉢巻と襷を取って乱取備前を鞘ごと抜いて手に持った。

「怖くて眠れない……」

女たちが怯えている。

「それがしがここで見張ります。寝てください」

重信が乱取備前を抱いて、柱を背にすると敷台に座った。

「灯りはいりません」

「林崎殿、相すまぬことで……」

「お気になさるな。二刻もせずに夜が明けましょう」

再び、旅籠が静かになった。重信は寝ているような、起きているような夢想の中に落ちて行った。

翌朝は暗いうちに朝餉《あさげ》を取り、空が白んでくると重信と七兵衛一行は他の旅人と一緒に旅籠を出た。半刻ほど歩いて一行は小夜の中山にさしかかった。すると夜泣き石の傍に十二、三人の男どもが屯《たむろ》している。

昨夜の盗賊どもだとすぐわかった。

「七兵衛殿、ここで待っていてください。話をつけてきましょう」

「申し訳ございません……」

七兵衛は盗賊に狙われると考え、袋井の茶店で力になってくれそうな武家を待っていたのだ。そこに運よく重信が通りかかった。その物腰から気迫を感じ、相当な使い手だと七兵衛は見破って道連れを願ったのである。

「そなたら、昨夜の盗賊であろう」

「知らん！」

「見覚えがあるぞ」

「ふん、うぬに用はない。三河屋七兵衛に話がある……」

「そうはいかん。ゆすり、たかりは許さぬ。ましてや盗賊は見逃すことはできぬな」

「何、ゆすり、たかりだと！」

「叩き斬れッ！」

「ここは夜泣き石だ。うぬらのような悪党の死に場所にもってこいだぞ」

「くそッ！」

「相手は一人だッ、やってしまえッ！」

盗賊たちがバラバラッと散らばって重信を囲んだ。

重信は警戒しながらゆっくり笠を取り、傍の草むらに笠を投げて鞘口を切り戦う構えを取った。

「それがしは二十人を斬ったことがある。そなたらを斬りたくないがどうしてもやるなら仕方ない」

「二十人だとッ、ふざけるなッ！」

「ならば来い。斬り方を教えてやろう」

「うるさいッ！」

いきなり槍が突いてきた。

それが戦いの始まりで、重信の乱取備前が鞘走って、槍を跳ね上げると太股を薄く斬った。

命知らずの乱暴者だ。鉄砲や弓などは持っていない。

重信は右に走って腕を斬り、左に走って胴を斬り、後ろから襲ってきた男の胸を斬った。みな浅手で死ぬような心配はない。

だが斬られれば相当に痛い。地面に転がって「痛いッ、痛いッ……」と七転八倒の苦しみだ。

「この野郎は強いぞ。気をつけろッ！」

斬られてから気づいてももう遅い。

「まだやるかッ、殺しはしないが相当に痛いぞ。金瘡《きんそう》は手当てを間違うと死ぬこともある。何人でも斬るぞ！」

「くそッ！」

「仲間はまだ生きている。連れて行け……」

重信が血振りをして刀を鞘に戻した。

人に斬られず人斬らず、ただ受け止めて平らかに勝つ。たとえ盗賊でもこれ以上は斬りたくない。

「もう引け！」

盗賊たちを叱るように重信が叫んだ。

その様子を五、六間離れて七兵衛と二人の供が見ている。盗賊たちが逃げ去ると三人が近づいてきた。

「林崎さま、申し訳ありません。供の者は金と銀を背負っております。それを狙っている者たちでしょう……」

「三河屋七兵衛と知っていたが？」

「はい、聞こえておりました。油断でした。どこで狙われたものか……」

「七兵衛殿の顔を知っている者がいたのでしょう。それで狙われたものと思うが？」

「それは考えられますが……」

話しながら重信と七兵衛が歩き出した。

数日歩いて箱根の竜太郎の家に立ち寄ったがお仲しかいなかった。一休みしただけで重信は出立した。結局、三河屋七兵衛は重信を用心棒にしたような格好になり、何度も何度も申し訳ないと謝罪した。

重信はそんなことは気にしていない。

七兵衛と供の二人が背負っている金銀が無事に江戸へ届けばいい。そのための手伝いだと思う。

掛川での事件以後、何ごともなく箱根峠を越えて江戸に向かった。

三河屋七兵衛は江戸に移転を命じられた商人の一人だ。家康に信頼されていることがわかる。

冷静沈着、なかなかの人物だ。

江戸はまだ数万人の城下でしかないが、急激に大きくなるのは、家康が征夷大将軍になって江戸幕府が開かれてからだ。

段　蔵

江戸は神田山を削り、大量の土を運んで日比谷入江を埋め立てていた。

その埋め立て地は、土が乾くと風に煽られて凄まじい土埃が江戸中を包み込んだ。

強風の時は息をするのが苦しいほどである。

突貫で日比谷入江の埋め立てが行われていた。

重信たちが江戸に入った時も、海からの強風で土埃が舞い上がり、霧の中にいるように酷かった。

「この埃にはたまらん……」

「風向きが悪いわ」

「確かに……」

人々は布で口を覆って歩く。

家康は秀吉の傍にいなければならず、江戸城下の整備は三男秀忠《ひでただ》十八歳が家臣たちと働いていた。

どこもかしこも大急ぎの仕事ばかりだった。

若い秀忠は何ごとにも自信がなく、何かあればすぐ伏見の家康に早馬を走らせて考えを聞いた。

それがかえって良かったのかもしれない。

「林崎さま、ここはどうしても拙宅にお立ち寄りいただかねば、三河屋の一分が立ちませんので……」

七兵衛は平川の傍の少し大きな小屋のような邸宅に重信を案内した。

江戸は海と川など水運に恵まれた土地柄で、やがて城下を縦横に走る掘割ができるようになる。

重信は一晩だけ七兵衛宅に泊まり翌朝には一ノ宮に向かうことにした。

どうも、江戸は埃っぽくて重信は好きになれない。

雨が降れば土埃は立たないが、ドロドロの道になってしまう。このところカンカンの日照りが続いていた。

人と物が集まり巨大な城下になる片鱗を見せている江戸だ。

江戸の江は川、江戸の戸は入口の意で、江戸は川の入口ということになる。別名武《ぶ》陽《よう》とも呼ばれた。

武陽とは意気盛んで強く勇ましいという意味だ。江戸はそういう名を持っていた。

平川は後に神田川と呼ばれる。

重信は平川の七兵衛屋敷を早朝に発った。

朝から江戸は埃まみれだった。

天気はいいが風も強い。本郷台から巣鴨村に向かった重信が道端に百姓衆の集まっているのに近付いた。

「どうされた？」

男が重信を振り返って「旅の人が斬られなすった……」と言って重信に場所を譲る。

笠をかぶっていて斬られた男の顔が見えない。

「おぬし大丈夫か？」

重信が笠を覗き込んで驚いた。斬られてうずくまっているのが幻海だった。

「老師、やられた。一ノ宮に行く途中だった……」

「どこをやられた？」

「足、右の太股をやられた……」

重信が傷を確かめると深手だが命を取られるような傷ではない。

「これでは歩けないな。誰か戸板をお願いしたい。板橋村まで行けば医者がいるのではないか？」

「ああ、藪だが一人いるぜ……」

「そこへ運んでもらいたい。お願いする！」

「いいぜ、運んでやるよ」

風魔の幻海はさすがに痛みをこらえ血止めだけは自分でしていた。

血が流れ過ぎると死ぬ。斬り合いになったが、百姓衆が集まって騒いだため、止《とど》めを刺さずに敵は逃げた。

老いたとはいえ幻海を斬るほどの者は相当の使い手だ。

半端な腕では幻海を襲っても逆に斬られるだろう。重信は幻海の強さをよく知っている。

その幻海は戸板に乗せられて大急ぎで、板橋村まで若い衆たちに運ばれた。

「誰にやられた……」

「越後の軒猿だ。クソッ……」

幻海は悔しそうにいう。

「軒猿二人、一人は加藤段蔵《かとうだんぞう》だ……」

上杉謙信《けんしん》亡き後、軒猿は上杉景勝《かげかつ》に仕えている。

この二年後、上杉景勝は、奥羽の伊達政宗《だてまさむね》と関東の徳川家康の間に楔《くさび》を打ち込む秀吉の戦略のため、会津百二十万石に移封され秀吉の五大老の一人となる。

「兎に角、手当てをしてからだ……」

「申し訳ございません……」

若い衆が藪医者といった家に運び込まれすぐ手当てが始まった。医者が荒っぽく幻海の傷を縫い止めた。

「世話になったな。浪人ゆえ少ないが一杯やってくれ……」

重信は幻海を運んでくれた若い衆に駄賃を渡す。藪医者でも切り傷の手当てぐらいは充分に出来る。

重信は板橋村で足止めになった。

「十日もすれば動けるようになろう……」

藪医者にそう言い渡され、重信と幻海は傷の治療に専念することになった。

歩けるようにならなければ何もできない。

幻海は傷口が塞がると相当痛いだろうがすぐ歩行を始めた。少し足を引きずるような歩き方だが歩行に問題はない。
五、六日もすると、傷の腫れも引き始め相当動けるようになった。
重信は山駕籠を頼んで幻海を乗せると板橋村を発ち一ノ宮に向かった。戸田の渡しまで来て山駕籠ごと舟に乗って対岸に渡る。この辺りでは戸田川といわれている大きな川で、川幅が五十五間と言われていた。

後に荒川といわれる川で、洪水になると川幅が一里にも広がり大荒れになる恐ろしい川だった。

蕨村に向かおうと河原をしばらく行くと二人の武士が道に立った。重信は幻海を斬った軒猿が待ち伏せていたとわかった。

「越後の加藤段蔵殿でござるか？」

山駕籠を止めて重信が二人の軒猿に近付いて行く。

「おぬしは誰だ！」

若い軒猿が誰何《すいか》する。

「それがしは幻海殿の剣の師匠で林崎甚助と申す」

「ゲッ、神夢想流の？」

「神夢想流はそれがしの流儀だ。加藤段蔵殿かと聞いておる。答えよ！」

「お頭……」

「慌てるな。忍びは名乗らぬものだが、林崎殿と聞いては名乗るしかござるまい。いかにも、加藤段蔵でござる。幻海を仕留めるため待っておった……」

「それがしはどのような事情か知らぬがそれは困る。弟子が殺されるのを見ているわけにはまいらぬ！」

「以前、幻海はそれがしの配下を斬り殺した……」

「なるほど、だがそれは北条家のため、私闘ではなかろう」

段蔵は殺された配下の仇討だと言っている。

「段蔵殿、それがしは忍びのことはわからぬが、弟子が殺されるのを座視はできぬ。

どうしてもといわれるならお相手いたすが？」

重信と同じ年格好の段蔵がにらんでいる。

軒猿たちは重信のことも調べている。重信がどういう剣客か段蔵はすべてわかっていた。勝てる相手ではないと思う。

「神さまと言われる剣客では勝てぬな。やるまでもあるまいよ。幻海ッ、うぬは命冥加な奴だな、師匠に感謝せいッ！」

段蔵は幻海の命を取らず、あきらめて渡し舟に歩いて行った。

「段蔵殿、かたじけない……」

この頃、重信の力量を知る者は決して戦おうとはしない。

加藤段蔵といえば知らない忍びがいないほどの凄腕と言われている。上杉謙信に信頼され、近侍して毘沙門天の化身を守ってきた。

その段蔵が潔く引いた。

さすが謙信に育てられた軒猿だ。

蕨、浦和と急いで一ノ宮に着いた幻海は、ゆっくり傷の養生をすることになった。

その重信一行を迎えたのは良庵、息子の勘兵衛信勝、次郎右衛門、土呂助、そこに美冬とその傅役《もりやく》の矢田惣兵衛《やだそうべえ》がいた。

「老師、弟子にしていただきます」

相変わらず美冬は元気がいい。

「惣兵衛殿、どういうことか？」

「はッ、姫さまが休賀斎さまとお父上さまを説得しましてございます」

「孫左衛門殿が承知したのか？」

「はい、間違いございません」

「修行は何年？」

「一年にございます」

「爺、そんな約束はしておらぬぞ！」

「姫さま……」

「それがしに負けて、嫁ぐという話ではなかったのですか？」

「そんな約束はしていない。老師、この美冬を弟子にはしないといわれますのか？」

何んとも仕方のない姫なのだ。

結局、重信も強引な美冬には勝てず、浜松から出てきてしまったのだから弟子にすることになった。

ところが、高松良庵道場に美人の女剣士がいると噂が広まり、下見に来た若い者が次々と入門、一ヶ月もしないで門人が一気に四十人を超えた。

美冬の効能で良庵は大よろこびだ。門人が増えれば文句はない。

若い勘兵衛信勝、次郎右衛門重任、美冬の三人が人気で、重信も土呂助も幻海も出る幕がない。

そこへ強引に土呂助が割って入る。

だが「またの機会に……」と、弟子の方から逃げる始末で「剣術を何だと思っているのだ！」と土呂助が怒る。

それを幻海がニヤニヤ笑いながら見ていた。

重信も苦笑するしかない。

評判が評判を呼んでたちまち五十人、六十人と門人が倍になった、それでも止まる気配がない。

毎日のように入門したい若者が訪ねてくる。

この年、文禄五年（一五九六）十月二十七日が改元されて、慶長元年十月二十七日となった。

その頃、秀吉が大軍を送り込んだ朝鮮では事態が悪化しつつあった。

百害あって一利なしの朝鮮出兵は終わる気配がなく、秀吉は秀頼可愛いだけの老人になってしまっていた。

愚かにも藤吉郎《とうきちろう》秀頼と名付けて喜んでいる。

それも秀吉の胤《たね》かどうか分からない怪しげな秀頼なのだ。

豊臣政権は五大老、五奉行という優秀な家臣たちがいて、ようやく成立していたといえる。

その家臣たちはもう朝鮮での戦いを止めたい。

秀吉はそこが分かってないため、だらだらと朝鮮出兵を終わりにしない。明《みん》の皇帝になるという妄想に取りつかれている。

天皇を明に動座させるなどと、馬鹿も休み休み言えという話で、誇大妄想もいいところなのだ。

そんな力がないことを理解できない哀れな老人だった。

朝鮮の最前線では多くの犠牲を出している。

出羽では重信の禅の師である祥雲寺《しょううんじ》の大中楚淳《だいちゅうそじゅん》和尚が十二月二十一日に死去、後継には淳雄和尚がなった。ただし淳雄は長生きではなく、次に渓岩鷟曹和尚が引き継いだのだが、その渓岩鷟曹和尚も慶長八年二月二十一日に死去してしまう。

この頃、朝鮮出兵の渡海軍は秀吉に明が降伏したと大嘘の報告をしていた。誰もが戦いに飽きている。

ところが実際の話は真反対で、明は秀吉を日本国王にするという使節を派遣してきた。

明が降伏したなどという嘘が通るはずもなく、兵を引いていた秀吉は嘘に気付き、年が明けると再出兵を開始する。

耄《ほう》け老人のために泥沼の朝鮮出兵になっていた。

そんな時、茂庭綱元《もにわつなもと》は伊達政宗の奉公構《ほうこうかまい》で仕官を邪魔され追い詰められていた。

遂に、美女の香の前《こうのまえ》を政宗に差し出すことを決心する。四十九歳の綱元はまだ人生を投げられず、何よりも秀吉から拝領した香の前に苦労はさせられない。

まさか二人で自害することもできなかった。若く美しい香の前が哀れだ。

泣く泣く綱元は香の前を政宗に差し出すと伊達家に帰参した。この時、香の前はまだ二十一歳だった。

ところが政宗は酷い男で、香の前に津多《つた》という女の子と又四郎《またしろう》という子を産ませると、香の前に飽きてしまったのか、子どもを二人つけて綱元に返してくる。

その二人の子どもを育てろということで、有り難く頂戴するしかないのが家臣の決まりだ。

政宗は馬鹿野郎だ。

香の前の産んだ津多を、綱元が育て原田家に嫁入りさせる。その津多の産んだ子が後の伊達騒動の原田甲斐《はらだかい》である。

香の前は優しい人で、九十二歳まで長生きした綱元を看取り、同年に六十四歳で死去する。

この悲運の二人は深く愛し合っていた。

重信は一ノ宮の叔父、高松良庵の道場に腰を据えて、門人の稽古に眼を光らせる。

幻海の足は完治した。

だが、よく見ると少し足を引きずるようだった。

そんな幻海の気持ちが萎えないように、足が悪くては剣士として難しいが、神夢想流の神伝居合抜刀表二十二本を伝授する。

それを修練するのに幻海は、毎日大汗をかいて稽古を繰り返した。

例の若い三人も門人を相手になかなか稽古に忙しい。土呂助もそんな稽古につきあっていた。

門人もずいぶん多くなり道場は大混雑している。

四代目の男

小田原征伐で北条家が没落して、浪人となった古藤田勘解由左衛門が、混雑している一ノ宮の高松道場に現れた。

「老師、ご無沙汰をいたしております」

道場に入った勘解由左衛門は幻海がいるのに驚き、幻海は勘解由左衛門が姿を見せたことに驚いている。

二人はともに北条家の家臣だった。

「廻国修行かな？」

「はい、京から西国を回ってまいりました」

「そうですか。しばらく、ここに腰を据えて稽古をなさるがよろしかろう」

「かたじけなく存じます」

勘解由左衛門はこの後十年以上浪人をし、美濃大垣城の戸田氏信に仕えることになり、古藤田一刀流こと唯心《ゆいしん》一刀流の開祖となる。

それから半月もしないで、伏見からの帰りに江戸から足を延ばした真壁安房守氏幹《まかべあわのかみうじもと》が道場に現れた。

真壁城の城主は三十人ほどの家臣を連れていた。

安房守は卜伝翁の弟子で重信の弟弟子になる。

「おう、土子土呂助殿ではないか。師岡さまが亡くなってからどうしたかと思っておった。小熊之介の話は聞いた。根岸兎角《ねぎしとかく》は許せぬ卑怯者だ……」

数多《あまた》いる卜伝翁の弟子の中でも大力無双の豪傑だ。六尺を超える六角棒に鉄鋲を打った恐ろしげな武器を持ち、戦場では馬に乗った武将を、馬ごと叩き潰すという怪力の持ち主である。

戦場で安房守の顔を見ると敵が逃げ出すという。

真壁安房守は鹿島《かしま》神道流を使う四十八歳の豪傑剣豪なのだ。

「老師、以前、常陸で伝授いただいた神夢想流の手を見てもらいたい」

「承知しました」

安房守の家臣団は道場の近くの百姓家に泊まって道場に通ってくる。安房守と数人の近習は氷川神社の社家に宿泊した。

人が多く狭い道場は、遠からず床や羽目板が抜けるのではないかという迫力だ。

激しい稽古が終わると重信は安房守に、毎日、神伝居合抜刀表一本ずつを丁寧に指導した。

それを高松良庵、勘兵衛信勝、次郎右衛門重任、美冬、幻海、土呂助、勘解由左衛門、安房守の家臣団が、羽目板の前に並んで見ている。

神夢想流居合の伝授だ。

安房守の迫力は木刀が折れるのではないかという勢いだ。

そんな日が五日、十日と続いた。

そこへ弟子を二人連れた巌流小次郎が現れた。真壁安房守も通称は小次郎なのだ。

珍客の到来だ。

大太刀を背負った巌流小次郎はこの時四十五歳だった。

小太刀の中条《ちゅうじょう》流を学んだ小次郎が、大太刀を背負っているのはなんとも皮肉だ。その長剣を工夫して、巌流を名乗るまでに磨き上げたことは、巌流小次郎の精進のなせる業だ。

巌流も道場の隅に座って見ている。

夜遅くになって重信は巌流にもかつて伝授した神夢想流の手を見てやった。巌流は富田勢源《とだせいげん》の弟子で鐘捲自斎《かねまきじさい》の弟弟子にあたる。何度か一ノ宮を訪ねてきていたが、いつも重信が留守で会えなかった。

「自斎さまは元気でお暮らしか？」

「はい、越前でお幸《ゆき》さまと静かにお暮らしです」

「それは結構なことです。では、やりましょうか？」

「お願いいたします」

巌流が頭を下げた。

「まず、大太刀を抜いてみていただけますか？」

「承知！」

巌流が構えると腰の大太刀をゆっくり抜いた。

「ちょうど三尺三寸ございます」

「なるほど、間合いが九寸五分あれば、三尺三寸の大太刀は抜くことができます」

重信は構え、体さばき、足さばき、残心など細部まで伝授した。

「九寸五分の間合いでこの太刀を抜く……」

「それも一瞬で抜くことです」

「九寸五分……」

さすがの巌流も九寸五分の間合いで、三尺三寸を抜くことはできない。

「それを鍛錬してください」

「承知いたしました」

重信は二刻も眠れればいいほうで連日忙しい。

道場の門人たちは安房守や巌流、勘解由左衛門、土呂助など、一流を名乗る剣客に指南してもらえるのだから幸運だ。

夜が明けると途端に道場は喧騒に包まれる。

天気がいいと道場の外で野稽古も始まってしまう。

半月ほどして安房守と家臣団が常陸に帰って行った。それから数日して巌流が旅立って行った。

江戸に城下ができたことで、あちこちから人が集まりやすくなっている。

重信は勘兵衛、次郎右衛門、美冬の三人を呼んで手を見てやることがある。若い三人は伸び盛りだ。

「剣は刀鍛冶が命をかけて鍛えた至極の美である。その剣に命を与えるのが居合です。剣の美に負けぬ所作の美しさ、品格、風格、威厳、霊威がなければならない。冷静沈着、泰然自若、威風堂々こそ居合の命です」

三人は重信の言葉を黙って聞いている。

「日々、水の流れる如くに稽古を繰り返すことを鍛錬といい修行という。一日も怠ることなく行って欲しい。では、信勝から……」

「はいッ！」

木刀を握って立ち上がる。重信から見れば未熟だが修行次第ではいくらでも伸びる。

三人とも筋は悪くない。

信勝が終われば次郎右衛門、次が美冬というように半刻ほどで三人に指南する。日々の稽古は土呂助が受け持っている。

美冬の傍にはいつも矢田惣兵衛がついていた。怪我でもさせては惣兵衛の責任になる。人気一番のじゃじゃ馬姫の傅役は気の休まる時がない。

美冬が動けば惣兵衛が動き隙を見せない。

秋になって神子上典膳《みこがみてんぜん》こと小野次郎右衛門《おのじろうえもん》が一ノ宮に現れた。典膳とは京の鷹ヶ峰で一度会っている。

その時は伊藤一刀斎《いとういっとうさい》と善鬼《ぜんき》が一緒だったが、その後、一刀斎の命令で善鬼と典膳が戦った。

弟子同士の立ち合い以後、一刀斎は姿を消して行方が分からない。

神子上典膳は家康に認められ、今は母方の小野を名乗り小野次郎右衛門という。柳生宗矩と一緒に家康の息子秀忠の傍にいる。

小野派一刀流の開祖である。

「一別以来だが、徳川さまにお仕えだと聞いておりました」

「はい、秀忠さまの指南役をいたしております」

「柳生さまとご一緒に？」

「はい、老師の姫さまが柳生の荘の、兵庫助殿と一緒になられたと伺いましたが？」

「石舟斎さまに厄介になっております」

「ところで、老師は仕官をお考えにはなりませんか、徳川家であれば……」

典膳は京で会い重信の人柄をよく知っている。

神さまの剣法といわれていることも聞いていた。

「お心遣い、かたじけなく感謝申し上げます。それがしには大恩あるお方がおられますので……」

「出羽に？」

「はい、楯岡城主因幡守さまにて、それがしは生涯の家臣と決めましてございます」

「そうですか……」

典膳は重信こそ天下一の真の剣士と考えている。

京で神夢想流居合を伝授された時、剣士の心の在り様を学んだ。だが、一刀斎の命令とはいえ兄弟子の善鬼を斬ってしまった。

剣客には辛いこともある。

決闘であれば仕方ないことだが、秘伝の剣を使ったことは忸怩《じくじ》たるものがある。それを恥じて伊藤一刀斎は典膳に瓶割《かめわり》刀を渡して姿を消した。

そのことが典膳には辛いのだ。

「老師、ご伝授いただけましょうか？」

「やりましょう。京の続きを……」

「かたじけなく存じます」

典膳は重信に叱られるのではないかと思って訪ねたのだ。

知ってか知らずか重信は優しく受け入れてくれた。一刀斎のことも善鬼のことも聞かずに受け入れた。

うれしかった。典膳は重信こそ神の剣士だと信じる。

「では、始めましょう」

「お願いいたします」

小野派一刀流はやがて天下に広まっていく、その一刀流の中で居合は生きていくことになる。

それぞれの歴史はこうして紡がれていくのだ。

二人は夜遅くまで稽古を続け、神夢想流居合の伝授が行われた。典膳は道場に泊まって、翌朝、江戸に帰って行った。

それから数日して、幻海と古藤田勘解由左衛門が相模に戻って行き、土子土呂助が常陸の江戸崎に戻って行った。

道場は徐々に寂しくなった。

だが、若い三人は元気がよく、門人が多いため道場の活気は相変わらずだ。

矢田惣兵衛は休賀斎の門人で相当な使い手であり、若い三人では歯が立たないほどの剣客だ。

そんな賑やかな高松道場に、年が明けた正月、まだ三十歳前ではないかと思える武芸者が現れた。日焼けした精悍《せいかん》な若者だ。

次郎右衛門が道場に上げると末席に座って稽古を見ている。

目配りから重信は相当の使い手だと見た。

「一宮左太夫照信《いちのみやさだゆうてるのぶ》と名乗りました」

次郎右衛門が重信に伝える。

一宮というのは清和源氏小笠原流一宮である。重信は若いと思ったが既に三十は超えていた。

「奥へ連れてまいれ……」

重信は立ち合う前に話をしてみようと思った。

そんなふうに思わせる剣客は珍しい。

重信が奥に引っ込んで待っていると、次郎右衛門が左太夫照信を連れてきた。

「老師には初めて御意を得ます。甲斐の勝沼岩崎からまいりました一宮左太夫照信と申しまする。神夢想流をご指南いただきたくお訪ねいたしました」

「甲州の勝沼といえば武田家？」

「祖父は今川家の家臣だったと聞いております」

「なるほど、武田家と今川家は近しいから……」

「はい、信玄《しんげん》さまの父信虎《のぶとら》さまが今川家で暮らしておられました」

人品卑しからず、なかなか良い修行をしてきた人物だと見た。この一宮左太夫こそ、重信の神夢想流の四代目になる男だ。

この後、一宮左太夫照信は五代目になる谷小左衛門《たにこざえもん》や、大森六郎左衛門《おおもりろくろうざえもん》などを育てることになる。

重信は左太夫と四半刻ほど話をした。

道場に戻ると左太夫は席に戻ってジッと稽古を見ている。半刻ほどで道場の稽古が終わった。

なかなか落ち着いた雰囲気のある左太夫だ。

門弟が引き上げ、道場に残っているのは良庵、信勝、次郎右衛門、美冬、惣兵衛、左太夫だけになった。

「左太夫殿……」

「はい！」

「やりましょうか？」

「お願いいたします！」

「木刀で……」

「はッ、お借りいたします」

笠と太刀をその場に置いて、左太夫が刀架から木刀を取り、素振りをして道場の真ん中に出てきた。

五人がその左太夫の動きを見ている。

「お願いします」

重信に一礼して中段に木刀を構えた。

ゆったりとして緊張しているふうではない。重信がその構えに合わせた。するとと剣先が微かに動いた。この男は斬られることを恐れていない。禅を学んだのかもしれないと思う。

重信は左太夫の攻撃を待った。それを察知したようだ。

間合いは一足一刀、攻撃に良い間合いだ。左太夫の剣がスッと上がった。瞬間、打ち込んできた。

正中を斬る正しい剣だ。

その左太夫の剣に擦り合わせるように、後の先を取って左胴から右脇の下へ逆袈裟に斬り上げた。

神伝居合抜刀表一本石貫《いしぬき》、左胴に入ってきた剣先がわずかに見えた。だが防ぎようがない。左太夫が膝から崩れ床に手をついた。

「まいりました！」

「もう一本……」

「はッ！」

左太夫が再び中段に構える。間合いを少し遠くした。そこから飛び込んできた。呼吸を乱さず良い剣だ。

一瞬早く重信が動いて左太夫の右胴から横一文字に斬った。

神伝居合抜刀表一本荒波、前のめりに左太夫が床に転がった。

「まいった！」

素直で癖のない良い筋の剣だと重信は評価した。まだまだこれから強くなる剣だとも思う。

大乱の予兆

重信と一宮左太夫の猛稽古が連日続いた。

筋の良い剣は変な癖がない分たちまち上達する。まさに左太夫の剣はそういう剣だった。

教えがいのある稽古が続いた。

その頃、京では重大な動きがあった。

秀吉は体調が思わしくなく衰えがひどい。

その秀吉が関東の家康と奥羽の伊達政宗を見張らせ、分断する意図もあって上杉景勝を百二十万石に加増。

越後から会津に移封して、景勝の腹心直江兼続《なおえかねつぐ》を米沢城《よねざわ》に入れた。

伊達政宗は小田原征伐に遅参したことを秀吉に咎められ、米沢城から奥州《おうしゅう》岩出山城に減封されている。

家康と政宗に同盟されると、秀吉には厄介この上ないことになる。場合によっては豊臣政権が危ないことになりかねない。その秀吉が急激に衰えて、歩くのもままならない状況になった。

六歳になった秀頼を喜ばせようとしたのか、太閤秀吉がこの世との別れを楽しんだのか、春三月になって七百本の桜の木を移植するなど、とんでもなく盛大な醍醐寺の花見を行う。

諸大名の奥方や側室だけ千三百人を招くという秀吉らしい花見で、女たちには三着の衣装が新調され、華やかに二度も着替えるという美の狂乱だった。

男で招待されたのは前田利家《まえだとしいえ》ただ一人だ。

その千三百人の女たちに、一人三着の着物を配ったその莫大な代金は、九州薩摩《さつま》の島津家が命じられた。

家康ら大名は八ヶ所に茶屋を作ったが、秀吉と秀頼、女衆を楽しませる仕掛けになっていて湯殿《ゆどの》のある茶屋もあった。

ところが華やかな花見は夢のまた夢だった。

五ヶ月後、慶長三年（一五九八）八月十八日に、太閤秀吉が後事を家康に託して六十二歳で亡くなった。

「秀頼を頼む、秀頼を頼む……」

太閤ともあろう者が朝鮮に、十五万人を超える大軍を残し、ただ子どもの無事だけを願うという哀れさは醜態だった。

この猿顔の太閤の頭はすでに破壊されていた。

朝鮮半島にいる大軍は秀吉が亡くなるとすぐ撤退を開始するが、明軍と朝鮮軍に追われ大きな犠牲を出す。

秀吉の死は途端に豊臣政権内の混乱を招くことになった。

石田三成《いしだみつなり》を中心とする文治派と、朝鮮から帰還した加藤清正を中心とする武断派の対立だ。

家康や前田利家などの重臣が武断派の暴発を抑える有り様だった。

こうなってくると豊臣政権の内部崩壊は眼に見えている。秘かにそれを望んでいるのが徳川家康だ。

豊臣家の当主が六歳の秀頼で、秀吉が育てた若い武将たちが内紛というのでは、どうしても頼りになるのは家康だ。前田利家は病の上、秀吉に大坂城を離れず秀頼を頼むと言われていた。

結局、伏見で政権を担うのは家康しかいない。

その家康は混乱をいいことに、大名同士の勝手な婚姻を禁じる秀吉の決定を踏みにじった。

積極的に徳川家と有力大名の婚姻を始める。

たちまち、政権崩壊の危機に見舞われた。

その頃、重信は高松道場を弟子になった一宮左太夫と良庵、勘兵衛信勝に任せ、次郎右衛門、美冬、惣兵衛を連れて、京に行くため九月十五日に一ノ宮を発った。

久しぶりの京だ。

三年間の猛稽古で次郎右衛門と美冬は見違えるほど腕を上げている。

元気のいい次郎右衛門は十五歳、じゃじゃ馬姫の美冬は十九歳、重信は五十七歳になった。

三人は江戸に出て平川沿いの三河屋七兵衛宅に入る。

「これは林崎さま、よくお出で下さいました……」

勝手に重信を掛川から江戸まで、用心棒にした七兵衛は、大歓迎で重信一行を迎え入れる。夜泣き石の決闘で七兵衛は重信の強さに惚れ込んだ。

その七兵衛は重信に大きな借りを作ったと思っている。重信が三河屋に来たのは七兵衛と美冬を会わせるためだった。

「七兵衛殿、この剣士に見覚えはありませんか？」

「このお方は？」

「女じゃ！」

怒った顔の美冬がそう言って七兵衛をにらんだ。

「失礼をいたしました。さて矢田さまがおられるということは、もしや……」

美冬がニッと笑う。

「三河屋、思い出したか、休賀斎の孫の美冬だ」

「ひ、姫さま……」

「どうだ。似合うか。強い剣士だぞ」

男装の美剣士が胸を張った。

「ええ、まあ、それで、これから浜松へ戻られますので……」

「戻るのではない。京へ行くのじゃ」

「京へ？」

幼い美冬と七兵衛は奥山明神で何度か会っている。

だが十年以上も経てば変わる。女剣士に七兵衛は仰天だが、祖父も父も剣客なのだから、仕方のない面もあると思う。

その夜は四人で三河屋に世話になった。

すると七兵衛は家人を呼んで京、大坂に商売で行かせる者を一人選んだ。重信一行と一緒の旅をさせようという。

こんなに強い用心棒は滅多にいるものではない。

何んとも抜け目のない商人だ。

三河屋は岡崎城下だけでなく、京、大坂とも商売を始めている。

「林崎さま、美冬さま、よしなにお願いいたします……」

腰は低いがやるべきことに抜け目のないのが商人というものだ。

翌朝、重信一行は五人になって江戸を発った。相変わらず、日比谷入江の埋め立てのお陰で、江戸は埃っぽくて息苦しい。だが、日々人が増えて徳川家の勢いが城下に満ちている。

一行は品川に出て六郷の渡しから保土ヶ谷に向かった。数年後の慶長五年（一六〇〇）に家康が六郷大橋を架ける。

伏見城にいる家康への早馬が、街道に土煙を巻き上げて駆け抜けて行く。秀吉の死後、京、大坂は激動しつつあった。

その混乱の中心に家康と腹心の本多正信《ほんだまさのぶ》がいた。

文治派と武断派の対立を前田利家が抑えているが、家康と正信が口出しすると火に油を注ぐ結果になる。

豊臣政権は脆弱で、秀吉が死ぬとその内部から瓦解する可能性が膨らんできた。石田三成ら文治派は家康を全く信用していない。逆に武断派の豊臣恩顧の大名たちは家康と接近しつつあった。

ただ戦好きで戦いに明け暮れた秀吉は、泰平をもたらす政権を作れないで死んだ。

秀吉は信長に褒められることと、戦をすることが好きな武将というだけで、百年の泰平を維持できる政権を作るだけの能力がなかった。

五大老、五奉行などという豊臣家の私的で、半端で単純な組織だけでは政権とはとても言えない。

そんなことで天下泰平になるなら誰も苦労はしない。

そのため、乱世が終焉したはずなのに、再び混乱が始まろうとしている。

崩壊は眼に見えていた。

この混乱の裏には狡猾な家康の野望も隠されていた。

重信が箱根の竜太郎の家に立ち寄ると、炉端に背を丸くして自信喪失の幻海が座っている。

加藤段蔵に足を斬られてから、幻海の気持ちはすっかり萎えていた。

足の傷は完治し、もう目立つほど引きずるようなこともなかったが、斬られたという心の傷の方が深かった。

無理に幻海を誘わず、重信は一晩だけ厄介になった。

久しぶりに一緒になった竜太郎の子どもたちと、まだ、子どもっぽさの残る次郎右衛門は大騒ぎだ。

女の子たちは男装の美冬を大好きになった。

翌早朝、夜が明けると、三島に向かう竜太郎らと一緒に出立し箱根峠を越えて西に向かった。

小田原征伐後、家康が関東に移封されると、秀吉はその旧領、駿河、遠江、三河に、家康を押さえておくため信頼できる家臣を配置した。

駿府城十四万石には中村一氏、掛川城六万石には山内一豊、浜松城十二万石には堀尾吉晴、岡崎城五万七千石には田中吉政などだ。

だが、四人とも秀吉が死ぬと一斉に家康に接近し始める。

すでに秀吉の次は家康だという気運が広がっていた。大坂城の秀頼は幼く当てになる存在ではなかった。

天下の形勢は急激に不安定になり流動化しつつある。

この頃、後に重信の弟子になる関口《せきぐち》弥六《やろく》右衛門《えもん》氏心《うじむね》が、浜松と岡崎の間にある三河の長沢村に生まれた。

関口家は今川家の分家で、徳川家康の正室瀬名《せな》こと築山《つきやま》殿は関口一族だった。

桶狭間の戦いで今川義元が信長に殺されると、今川家は没落し義元の嫡男氏真《うじざね》と関口家は関係が悪化する。

今川家を離れ、松平元康こと後の徳川家康に仕えた。

氏心の父、関口氏幸は一族の築山殿との関係もあって、家康の長男松平信康の家臣になった。

その信康と築山殿が、武田との内通を信長に疑われる。

家康はその信長の疑いを晴らすため築山殿と信康を殺してしまう。というのが家康に都合のいい史書の筋書きだ。

だが、実は家康と信康の間が、うまくいかなくなったというのが本当の筋のようだ。

そのため関口氏幸は徳川家を離れて浪人した。

そこに氏心が産まれ、やがて重信と出会い神夢想流の五大弟子の一人となる。

田宮平兵衛、長野十郎左衛門《ながのじゅうろうざえもん》、一宮左太夫、片山久安に続く弟子である。居合を天下の剣にする人材が揃い始めた。

氏心は、猫が屋根から落ちると回転して地面に着地するのを見て不思議に思い、自ら屋根に上って落ちてみた。

とんでもないことをする探究心の強い子だったという。

幼い頃から何ごとも納得しようとし、そのための工夫に優れていた。こういう子は少々風変わりだが将来が楽しみである。

田宮平兵衛の嫡男田宮長勝《ながかつ》と同じように、紀州徳川頼宣《よりのぶ》に仕えることになる。

重信一行は浜松に着くと休賀斎の奥山明神に入った。美冬の実家で、父孫左衛門は伏見に行って不在だったが休賀斎がいた。

「やあ、林崎殿、厄介をおかけいたしましたな。美冬は上達しましたか？」

「まことに結構な腕前にて……」

「それは困ったのう」

「爺……」

美冬は怒った顔だ。

言葉とは逆に孫娘が可愛い休賀斎は、久しぶりに美冬を見てニコニコと実に機嫌がいい。三河屋の家人は休賀斎に挨拶しただけで先に岡崎城下に向かった。

実はこの時、休賀斎と孫左衛門の主人で、伏見で隠居している奥平貞能が病に伏していた。

その見舞いに休賀斎が上洛しようとしていたのだ。

美冬が重信と一緒に上洛するということもあって、伏見に行く休賀斎の上洛もすぐ決まった。

休賀斎も最後の上洛になると覚悟を決めていた。

数日後、馬に乗った休賀斎が門弟三人と小者一人で出立、その休賀斎に重信一行が従う格好になった。

岡崎で三河屋の家人がまた一緒になって十人の旅になる。

秀吉が亡くなって朝鮮出兵が終了し、朝鮮に渡海していた日本軍も、九州肥前名護屋《ひぜんなごや》城に待機していた予備軍も続々と帰還する。

三十万人からの大作戦だったが、愚かな秀吉の朝鮮出兵は大失敗に終わった。

端からあまりに無謀な計画で当然の帰結である。この出兵で得たものは清正人参のセロリと梅毒ぐらいだ。

休賀斎と重信一行が京に入った時も、各地に帰還する兵たちで溢れている。

美冬は奥平貞能や嫡男の信昌に挨拶するため休賀斎と伏見に行った。三河屋の家人は京で姿を消した。

重信は次郎右衛門と二人で鷹ヶ峰の道場に向かう。

大西大吾が将監《しょうげん》鞍馬流の三代目として道場を守っていた。重信はここに戻ってくると気持ちが落ち着く。

なかなか戻れない出羽の楯岡に代わる場所だ。

重信はもう道場を大吾に譲り渡したつもりだが、大吾はまだ重信を道場主だと思っている。

頼りになる師匠だからそれも仕方がない。

もちろん、弟子である大吾は重信が安住の地を求めていないこと、生涯を神夢想流の大成に捧げる覚悟でいることも知っている。

「お師匠さま、お疲れさまでございます！」

うれしさいっぱいで重信を迎えた。十五歳の次郎右衛門はいよいよ大吾に本格的に鍛えられることになった。

翌日は重信一人で勧修寺《かじゅうじ》大納言晴豊《はるとよ》に挨拶に出かけた。

京の大路小路は朝からの喧騒だ。渡海していた加藤清正や細川忠興らが帰国し、京も大坂も異常な賑わいなのだ。

そんな中で、危険な動きが始まっていた。

朝鮮出兵での戦いの評価について、評価する側の石田三成たちと、評価される側の加藤清正たちにいざこざがあった。戦いの評価は武家の命である。

「甚助殿、大乱になる予兆かも知れぬな？」

これまで重信に政治向きのことを話したことのない大納言がつぶやいた。

「はい、渡海した武将がみな戻ってくると危険かも知れませぬ……」

秀吉の妄想から始まった朝鮮出兵は、失敗だった上に大きな問題を残した。大納言の言葉から重信は混乱の匂いを嗅ぎ取った。三成と清正の不仲の噂も聞いている。

美冬はいつまでも姿を現さなかったが、十二月十一日に伏見で病臥していた奥平貞能が死去した。

随分、容態が悪かったようで休賀斎に会いたがっていた。

まだ、貞能は六十歳代だったという。人の生死は神仏のみが知るところで人知は及ばない。

休賀斎よりかなり若かった。

信長の命令で家康の長女を息子の嫁にもらうほど、家康には重要な人物だった。この後の奥平家は不運に見舞われる。

姿を見せない美冬の嫁入りの話が進んだのではないかと重信は思った。

美冬はもう十九歳で嫁ぐとすれば晩婚なのだ。二十歳の声を聞く前に嫁がせたいと思うのが親心だ。

もう待ったなしのギリギリだ。

主人の奥平信昌の辺りから声がかかれば、わがままな美冬でも嫌だとは言えない。

重信はおそらくそうなると鋭い勘で思う。

二章　天下騒乱

亀　裂

暮れも押し詰まって、前田利家に仕えている後の名人越後《めいじんえちご》こと、富田重政《しげまさ》がひょっこり現れた。

どうしたことか元気のない顔色だ。

珍しいことだと重信が迎え入れた。

「この冬は雪が多そうだ……」

北国生まれの重政がニッと笑う。重信も北国生まれだ。どうしたことか、笑顔にも元気がない。天下でも一、二の剣客にしては珍事だ。

「利家さまの具合がよくない……」

小声でボソッと言った。

「騒動になりそうですか？」

重信も小さい声で聞いた。人には聞かれたくない話だ。

「危険だな……」

「朝鮮のことで？」

「あの戦は、端から無理だった。太閤さまもわかっていたと思うのだが、ずいぶん無理をしてしまった」

「加藤さまと石田さまが……」

「戦場の戦の評価のことというが、あの二人は犬猿だろうな」

「今、その二人を仲裁できるのは、前田さまと徳川さましかおられないのではありませんか？」

重信にも豊臣家の家臣たちの不仲の話は聞こえていた。秀吉が育てた家臣で清正や福島正則は秀吉の一族でもある。

「いや、徳川さまは駄目だ。本多正信という謀略好きの男がいて、強引に仕掛けてくるので厄介なことになる。おそらく、もめている婚姻問題などはこの男が仕掛けているのだ」

富田重政はやがて大名並の一万三千六百石を、前田家からもらうだけあってよく情勢を見ている。

「狙った相手を仕留める。たぶん前田家も狙われているはずだ。斬り捨てたいが易々とはいかぬ……」

「無理をなさるな。そういう機会が来るかも知れぬ。戦場で……」

「だと良いのだが、どうだろう、前田家に来てくれませんか？」

「富田殿……」

「分かっているのだが、利長《としなが》さまは三千石でも五千石でも出すという話なのだ……」

「仕官のことは、なにとぞご勘弁願いたい……」

「師はまったく欲がない。また、そこがいいのだが……」

「いや、大望こそ大欲でござる。恥ずかしながらそれがしは欲張りなのです」

「なるほど、大望こそ大欲か……」

何んだか禅問答のような話だ。名人越後が初めて重信を師と呼んだ。

もし万一にも前田利家が亡くなれば、豊臣政権はたちまち危機に陥ることが見えている。

だが、その利家の病は回復の見込みのない重病だった。

信長に愛された利家の自慢は、酒を飲むと「余は信長さまの褥《しとね》に上がったのじゃ……」と、若い頃に信長の寵童であったことを話すことなのだ。

利家は妻まつからもらった笄《こうがい》を信長の近習に盗られ、信長の前でその男を斬り捨て手討ちにされるところだった。

それを柴田勝家《しばたかついえ》と森三左衛門《もりさんざえもん》の嘆願で追放に減刑されたことがある。

前田利家は猿顔の不思議な男とも友人になり、その男の天下取りにも協力して信頼された。

その猿顔の秀吉は数ヶ月前に亡くなっている。

いきなり豊臣政権の命運と秀頼の運命が利家の肩にのしかかった。だが、わが身の自由が利かない。

利家の病は日に日に悪化していた。

そんな時、名人越後こと富田重政は重信の力を必要とした。だが、剣客は剣客の気持ちがわかる。

重信のような生き方はなかなかできないことを重政はわかっていた。

そんな三十五歳の剣客は重信を羨ましいとさえ思う。禄を食《は》めばその分不自由になる。大望などと言っていられなくなるのだ。

神夢想流林崎甚助であれば、五千石が一万石でも足りないくらいだと重政は思う。

だが、重信の大望は神との約束である。

石高の問題ではない。

一剣を以て大悟できるか。無一物中無尽蔵《むいちもつちゅうむじんぞう》の悟りの境地を求め、重信は剣と生きるだけのただ一本の道だ。

ようやくその半ばまできたかというところだ。

盲目の剣豪富田勢源の甥、名人越後といわれる剣豪富田重政は寂しいのかも知れないと、重信はフッと思った。

剣客はその孤独に勝たなければならない。

孤高の剣客、生摩利支天《いきまりしてん》の富田重政は重信と一刻ほど話して、前田利家のいる大坂に戻って行った。力になってやりたいが、百歳まで生きられるわけではなく、重信にはそんな猶予《ゆうよ》はない。

重政は説得できないことをわかっていて、重信の顔を見るため大坂から鷹ヶ峰まで訪ねてきたのだとわかる。

その孤独を重信はわかるだけにつらい。

あと数日で正月という時、九州豊前中津《なかつ》城から、秀吉の軍師と言われた黒田官兵衛《くろだかんべえ》こと如水《じょすい》が伏見に現れた。

大乱の匂いを嗅ぎ付けたのだ。

天下が鳴動し乱がおきる時は独特の匂いがする。それは戦場の匂いだ。武将の血を逆流させ滾《たぎ》らせる戦場の血の匂いだ。

そんな時、奥平信昌の勧めで、美冬が水野家に嫁ぐことになったと聞こえてきた。

そして慶長四年の年が明けた。

正月、いきなり事件が起きた。

秀吉が禁止した勝手な大名間の婚姻を、家康はいとも簡単に破り、伊達政宗や蜂須賀家政《いえまさ》、福島正則などと婚姻政策を行った。

明らかに豊臣恩顧の大名の切り崩しであり、味方を増やす露骨なやり方だ。

この家康の振る舞いに前田利家が反発する。

秀吉の遺言は、家康は伏見城で政治のことを行い、利家は大坂城で秀頼を守れというもので、利家は家康と同等の地位を与えられている。

家康と利家が激突すれば間違いなく大乱になる。

正月早々、前田利家の邸宅と徳川家康の邸宅の双方に大名たちが集まる。

前田屋敷には上杉景勝、毛利輝元《もうりてるもと》、宇喜多秀家《うきたひでいえ》、石田三成、細川忠興、浅野幸長《あさのゆきなが》、加藤清正、加藤嘉明《よしあき》が集結。

徳川屋敷には福島正則、蜂須賀家政、黒田官兵衛、藤堂高虎《とうどうたかとら》などが駆け付けた。

豊臣政権が真っ二つになる亀裂が入った。

このまま突き進めば双方の激突になる。

だがこれは狡猾な家康と正信の狙いであった。ここまで亀裂が入り、分裂がはっきりすれば充分だと考えた。

一度入った亀裂は、広がることはあっても修復するのは難しい。

二月二日に家康と四大老五奉行が誓紙を交換して、対立の起きないようにと双方が誓う。

病身の利家が自由にならない体を引きずって家康の屋敷を訪問。

大胆にも堂々と乗り込んできた利家と衝突すれば、自身も大きく傷つくと思い、家康は腰が引けた。

この時、利家は死力を振り絞って家康を殺してしまおうと考えていた。

それを察知して、家康は利家の申し出を受け入れ、伏見の川向こうである宇治《うじ》川の向島《むかいじま》別邸に退去することで和解した。

二人が大乱の瀬戸際で妥協する。

そんな混乱の最中、加藤清正の家臣が鷹ヶ峰の道場に現れ、清正が伏見の加藤屋敷に重信を招きたいと伝えてきた。

清正の家臣団に神夢想流の指南をして欲しいという用向きだった。

「承知いたしました」

猛将清正の招きに重信は快く応じた。迎えを断り、翌朝、まだ暗いうちに道場を出て一人で伏見の加藤屋敷に向かった。

途中で六条河原《ろくじょうがわら》の阿国《おくに》の小屋に顔を出した。

「お師匠さま……」

眠そうな阿国が重信に抱きついた。二十八歳になっても阿国の人気は衰えず、いつも大入りの盛況である。

「師匠……」

三右衛門《さんえもん》も元気に顔を出した。

阿国が重信の笠と太刀を預かって座らせる。阿菊《おきく》たちが起きてきた。朝から賑やかなことだ。

寝衣で阿国より阿菊は艶《なま》めかしい。

「ゆっくりできる？」

阿国が甘えるように聞いた。

「いや……」

「どうして……」

「今日はゆっくりできぬ。伏見の加藤さまのお招きなのだ……」

「清正さま？」

「うむ、近いうちにまた来ることにしよう」

「うん、待っているから……」

「みな元気そうだな」

「師匠、伏見にお供いたしましょう」

「いや、三右衛門殿、有り難いが一人がいいのだ」

「そうですか……」

「帰りに寄ってくださるでしょ？」

「うむ……」

重信は阿国、三右衛門、阿菊に見送られて小屋を出た。京の大路小路は朝から多くの人で賑わっている。

その顔には乱世に逆戻りかという不安が色濃く宿っていた。

家来を連れた武家だったり、町人だったり、僧侶だったり、商人だったり、市女笠《いちめがさ》だったり、公家だったり、水干の童だったり、浪人だったり、乞食だったり、兎に角、京は何でも呑み込む活気がある。

悪食の酒飲みのようなところだ。

それでも、江戸を見てきた重信は京は品がいいと思う。天子さまのおられる王城の地だという誇りがあちこちにある。

江戸はひどく埃っぽくて、無秩序がむき出しのように見えた。

何もかもがこれからなのだと思わせる力強さが江戸にはあった。その京と江戸がどんな関係になるのか誰にもわからない。頼朝の鎌倉は死後に承久の乱が勃発して大混乱になった。

重信は洛外に出て南に向かう。

清正の使いは御前試合と言ったが、清正がどこで自分のことを聞いたのか、誰が推挙したのだろうかとも思った。

重信に加藤家と繋がる記憶は何もない。

加藤清正

加藤家に行くとすぐ庭に通された。

庭に陣幕を張り巡らせ、すぐ御前試合ができるよう支度が整っている。

「支度をしてお待ちください」

加藤家の多くの家臣が集まって清正が出てくるのを待っていた。重信は下げ緒で襷をかけ紐で鉢巻をした。

裁着袴《たっつけばかま》で旅支度の重信だ。

乱取備前を抱いて用意された床几《しょうぎ》に座った。百人を超える家臣が目を瞑った重信を見ている。

早春の冷たい空気が緊張して静かだ。重信は眼を瞑って呼吸を整えていた。

加藤清正はまだ三十八歳の猛将である。

刀鍛冶の加藤清忠の子で、三歳の時に父を亡くし、母親の伊都《いと》と尾張の津島湊に移った。

伊都は秀吉の母大政所《おおまんどころ》の従妹だった。

その縁で秀吉とお寧《ね》に引き取られ、福島正則や石田三成らと一緒に育てられた。

身の丈六尺三寸の大男、加藤清正は秀吉の武将として活躍、肥後半国熊本城二十五万石を知行している。

加藤家は法華宗で戦場に南無妙法蓮華経の旗を翻して戦った。

その強さは無類である。

自慢の大槍は片鎌槍で、本来は十文字《じゅうもんじ》三日月鎌槍だったが、片鎌を朝鮮で虎と戦って嚙み折られたという。

それで加藤清正虎退治の伝説ができあがる。

本当は一揆軍との激戦で、敵を何人も引っ掛けているうちに片鎌が折れた。あまりの猛将ゆえの誇張話だ。

大男の清正が数人の家臣を従えて主座の床几に座った。

清正の傍の床几に休賀斎が座ったのを見て重信は事情を全て悟った。清正は奥平信昌から重信のことを聞いていたのだ。

奥平家の家臣である休賀斎と会って、重信が京にいると分かった。その時、休賀斎が御前試合はどうかと清正に推挙したのである。

加藤清正が重信を見るための御前試合だ。

「林崎さま、飯田角兵衛《いいだかくべえ》にござる。よろしくお願いいたす」

「こちらこそ……」

清正には三人の猛将がいる。その一人が飯田角兵衛で御前試合を仕切る役目だ。

「木刀でお願いいたす」

「承知しました」

重信が角兵衛から木刀を受け取る。

清正の前に角兵衛が戻って行き一礼した。

「始めまする」

「うむ……」

角兵衛が庭の中央に立つと重信の相手が三人出てきた。重信の反対側に床几が置いてあり、そこに座った。二人が太刀で一人が槍だ。

「荒山喜久右衛門《あらやまきくえもん》ッ！」

「はッ！」

「林崎甚助殿ッ！」

「はい……」

二人が呼ばれ清正に一礼してから対峙した。

中段に構えると喜久右衛門が二、三歩下がって間合いを取った。かなり警戒している遠間だ。重信は相手が間合いを詰めてくるのを待った。

その剣気から相当の使い手だとわかる。それも戦場で鍛えられた剣で、殺気が漂う。

荒山喜久右衛門が遠間の上段から襲った。風圧を感じるような凄まじい剣気だが重信は動じない。一瞬早く後の先を取った重信の剣が走り、相手の剣先を潜るように左胴から横一文字に真っ二つにする。

神伝居合抜刀表一本水月、胴を抜かれた喜久右衛門がガクッと片膝をついた。斬られたのをはっきり感じた。

「それまでッ！」

角兵衛が試合を止める。

喜久右衛門が立ち上がると二人が清正に一礼、重信は全く息を乱していない。床几に戻って座った。

「林崎さま、続けてよろしいか？」

「どうぞ……」

「では、続けてまいる！」

一瞬のざわめきが鎮まって驚きが支配している。

清正も家臣たちも、荒山喜久右衛門がいとも簡単に倒されるとは思ってもいなかったのだ。

重信の剣は鮮やかというしかない。

「加藤さま、あの剣技が神夢想流居合といいます。神の剣士と言われる天下一の使い手にございます」

「強い……」

「はい、強いだけでなく、その人柄、品格など誠の剣客にございます」

重信を気に入っている休賀斎が思いっきり持ち上げた。事実、重信のような剣客を休賀斎は見たことがない。

多くの剣客は自分を大きく強く見せようとする。

その上、剣客などという者はどこか偏屈なものなのだ。だが、決して自慢せず、人を分け隔てせず剣を教える。何よりも重信は人が好きでやさしい。

そんな剣客は滅多にいない。

「休賀斎、あの者はなぜ仕官せぬ。五千石が一万でも良いという大名がおろう？」

「はい、それがなかなかに……」

「訳があるのだな？」

「御意、亡き旧主の大恩ということにて……」

「ほう、旧主を慕っておるのか？」

「はい……」

「そうか、人はそうありたいものだが……」

「そうできないのも人にございます」

重信を推挙した休賀斎が、秀吉に育てられた清正の立場を斟酌《しんしゃく》する。恩は忘れやすく貫くのは難しいのが常だ。

「大貫玄太夫《おおぬきげんだゆう》ッ！」

「はッ！」

大槍を握った髭面の豪傑だ。ヌッと立ち上がると実に大男である。

「林崎甚助殿ッ！」

「はい……」

再び呼ばれて、重信は木刀を握って庭の真ん中に出た。

泣く子も黙る玄太夫は戦場往来の真槍の穂先を、危険のないよう白布でぐるぐる堅く巻いている。

二人は清正に一礼してから対峙した。

玄太夫が槍を頭上に上げると回転させる。その槍で何人突き刺したかわからない血の匂いがする。

「ウオーッ、イヤーッ！」

獣の雄叫びのような気合で唸りを生じて槍が回る。

宝蔵院の阿修羅坊《あしゅらぼう》と戦わせたいような槍の名人だ。なんとも恐ろしい。

重信は中段に構えて動かない。間合いを見ている。回っていた槍がいきなり重信を襲った。

薙ぎ払うように襲ってきた槍を、わずかに擦り上げるように跳ね上げた瞬間、重信の剣が後の先を取って玄太夫の首を刎ね斬っている。

ピタッと首に吸い付いた。

神伝居合抜刀表一本乱飛《らんぴ》、玄太夫が首の剣の恐怖によろけながら両膝から崩れた。

重信の恐怖の一撃だ。

油断すれば玄太夫の首が折れて即死だ。

「ま、まいった……」

「それまでッ！」

身を乗り出し前かがみで見ていた清正が、勝負がつくと背筋を伸ばしてため息をついた。

「いかがにございますか？」

「うむ、神技だな。玄太夫が膝をつくのを初めて見た……」

「加藤家一の槍の使い手？」

「そうだ。この剣を太閤に見せてやりたかったのう。何万石と言ったか？」

「加藤さま、神の剣士は石高など眼中にないと思われます……」

「そこがいい。おそらく太閤なら意地になって、うんと言うまで釣り上げる。五万でも十万でも……」

それを聞いて休賀斎がニッと笑った。そんな人たらしの太閤でも、重信を口説き落とせないだろうと思う。

「次ッ、庄林隼人《しょうばやしはやと》ッ！」

森本義太夫《もりもとぎだゆう》、飯田角兵衛、庄林隼人が加藤家の三豪傑といわれ、隼人は最も若く他の二人とは勢いが違う。遂に、その三豪傑の一人が黙って立ち上がった。

「林崎さまッ！」

「はい……」

角兵衛は続けて二人が負けたことで少し苛立っている。

猛将清正によって天下に名の知られた加藤家だ。肥後熊本二十五万石の豪傑が二人までも簡単に敗れた。

情けないと飯田角兵衛が苛つくのも当たり前だ。

重信は隼人と対峙して初めて嫌な殺気を感じた。荒山喜久右衛門、大貫玄太夫とは違う何とも言い難い強烈な殺気である。

三豪傑の意地にかけて負けられない勝負だとわかる殺気だ。

中段に構えた隼人の木刀がピクッピクッと呼吸するように動く。重信は誘っていると気づいた。重信が踏み込めば後の先を取って斬るつもりだ。

隼人は自信のある一足一刀の間合い。

その隼人が小さな気合声で誘う。だが、静かな佇まいの重信の剣はピクリとも動かない。どこからでも来いという不動の構えだ。

殺気に対する佇まいは静かだ。重信のつま先が半足前に出る。来なさいと誘う一足一刀の危険な間合いだ。

だが、重信には九寸五分の間合いで、三尺三寸の太刀を抜く神技がある。そんなことは誰にもできない。スッと重信のつま先が間合いを詰める。なんということだ。凄まじい重信の圧力に隼人は斬られると思った。そう思った瞬間隼人は負けた。

重信の剣に吸い込まれる。

上段に上がった隼人の剣が襲った。重信の剣が後の先で一瞬早く走った。

隼人の胴を右から横一文字に斬って眉間を斬り下げた。

神伝居合抜刀表一本十文字、隼人に剣が見えた瞬間、その剣が眉間にピタッと止まった。グラッと腰砕けになって尻もちをついた。

「それまでだ……」

一瞬の勝負に信じられない角兵衛が呆然と隼人を見ている。

家臣たちも立ち上がっていた。

剣豪庄林隼人が尻もちをつくなど考えられない。清正も気が抜けたように全身から力を抜いた。さすがの清正も体が固まって緊張して見ていたのだ。

加藤家で最も強いと思われている隼人が瞬時に倒された。

「強いッ、休賀斎、居合の型を見たい……」

「承知いたしました」

太刀を握った休賀斎が清正の傍の床几から立って庭に下りた。重信に近付くと「お見事でした……」という。

「ご推挙、かたじけなく存じます」

「迷惑だったのではないかな？」

「いいえ、有り難く存じます」

重信が休賀斎に頭を下げる。

「それは良かった。ところで加藤さまが居合の型を見たいと仰せだ。よければそれがしが真剣でお相手いたすが？」

「それは願ってもないこと、お願いいたします」

奥山流の開祖休賀斎が自ら型の披露に真剣で付き合うという。重信は席に乱取備前を取りに行って休賀斎と対峙した。

休賀斎が腰に太刀を帯びると鯉口を切ってスッと抜いた。

さすが休賀斎、剣を持つと背筋がスッと伸びて、剣豪らしい威厳と風格のある佇まいだ。

重信の乱取備前二尺八寸三分は鞘の中だ。

休賀斎が上段に太刀を上げた。正中を斬る迷いのない美しい剣だ。その剣が重信を襲う。

鞘走った乱取備前が、休賀斎の右胴に吸い込まれ横一文字に斬り抜いた。

ゆっくりと静かな剣の走りがよく見えた。

神伝居合抜刀表一本荒波、天に伸びた残心から重信は血振りをして鞘に乱取備前を戻す。

元の位置に戻って休賀斎が踏み込んでくる。

その太刀に擦り合わせ休賀斎の左肩を砕く。神伝居合抜刀表一本金剛、血振りをして乱取備前が鞘に戻る。休賀斎を相手に重信は神伝居合抜刀表五本を披露した。

休賀斎以外誰も見たことのない、舞うが如くに美しい神夢想流居合だ。

その美しい所作に清正も引き込まれる。

角兵衛、喜久右衛門、玄太夫、隼人の豪傑四人は立ったまま、老剣客二人が披露する剣技に見入っていた。

目を凝らして咳をする者もいない。

御前試合が終わると重信が清正から盃を貰うことになり、家臣団の居並ぶ大広間に案内される。

近くで見ると三十八歳の大男は面長でまだ若い。

重信は清正から一献だけ盃をもらって伏せた。

「老師、今日はいいものを見せてもらった。どうであろう。熊本の家臣にも指南してもらえないか？」

清正が重信を熊本城に招くというのだ。それは重信も望むところだ。

勇将の下に弱卒なしという。

朝鮮の北の奥、オランカイまで攻め込んでいった勇者たちだ。丸目《まるめ》蔵人佐《くらんどのすけ》とも会いたいと思う。

「よろこんで伺いまする……」

「そうか、来てくれるか。三年、いや、二年でも良い。すぐ船の手配をさせる」

「船などと勿体ないことにございます。歩いてまいりますので、なにとぞ、お気遣いなく願います」

「そうか、善は急げだ。すぐ発ってくれ！」

「承知いたしました」

重信は九州の肥後熊本に行くことを引き受けた。奥山休賀斎もうれしそうにうなずいて聞いている。

暴れ武蔵

夕刻、重信は伏見からの帰りに阿国の小屋に立ち寄った。

「お師匠さま、稽古をお願いします」

阿国は木刀を用意して、重信が来てくれると信じて待っていた。阿国はだいぶ前から重信の妻だと思っている。

そう仕向けたのは今は亡き内大臣の勧修寺紹可《じょうか》入道尹豊《ただとよ》だ。

「外がいい？」

「いいだろう。久しぶりだな」

二人が木刀を握って河原に出た。まだ足元は明るい。

「ここで……」

「よし、まいれッ！」

「イヤーッ！」

可愛らしい気合で不意打ちのように阿国が攻撃してきた。それを受け止めると体ごとぶつかってきた。

それを突き飛ばして中段に構える。

「怒っているんだからね！」

「そうか……」

「このッ！」

また木刀を振り上げて襲いかかってきた。

それを受け止めて阿国の胴を斬った。フニャッとその場に座り込んで重信をにらむと泣き出した。

「阿国を何んだと思ってるのさ……」

「阿国はわしの妻だな……」

「このッ！」

立ち上がると木刀を振り上げ重信を追った。

「放っぽり出して、このッ！」

ガキッと木刀を受け止めると阿国を抱きしめた。

「阿国、武芸者の妻とはこういうものなのだ」

「嫌だもの……」

「困ったものだ。今日も加藤さまから九州に来て欲しいと誘われた」

「九州？」

「肥後熊本だ……」

「行くの？」

「行く！」

「いつ？」

「二、三日中に……」

「嫌だあ……」

阿国が木刀を放り投げた。

「そんなの嫌だよお……」

阿国は重信が旅から戻ってくるのを待っていた。戻ってきたと思ったら九州へ行くという。それでは話が違い過ぎる。阿国が思いっきり駄々をこねているところに三右衛門が現れた。するとピタッと阿国がおとなしくなった。

半べその阿国を見て「また、旅にございますか？」と聞いた。

「加藤さまの肥後熊本まで……」

「そうですか、九州ですか。お帰りの途中に出雲《いずも》へお立ち寄りを……」

「阿国、それで許せ……」

「うん……」

重信には人気者の阿国の寂しさが分かる。

華やかさの裏に潜む不安と寂しさは人気商売の宿命だ。

人気者だからといって心まで豊かとは限らない。むしろ、人気者には宴の後の寂しさのようなものがつきまとう。

ことに一人になるとフッと寂しさに襲われる。

阿国は小さい時から強い剣客の重信を愛し、そんな寂しさを稲佐《いなさ》の浜へ吹き飛ばしてきた。

だが、今はその大好きな重信の子を産みたいと思うようになっている。

人気者でも女として当然のことだ。

「待っているからね……」

阿国が重信に流し目でそっという。

それを聞かぬ振りで三右衛門が木刀を拾って阿国に渡した。

その夜、道場に戻った重信は大吾に九州に行く事情を話す。一ノ宮と同じように鷹ケ峰にも重信を訪ねてくる者が多くなっている。

三日後、重信は次郎右衛門を大吾に託し一人で九州に旅立った。

阿国と三右衛門が山崎まで送ってきたが、阿国は九州まで重信を追い駆けて行きたいのだ。

だが、多くの客を待たせている阿国にそんなことは許されない。

その阿国の踊りを見ようと、大勢の客が連日六条河原の小屋に押しかけている。有り難いことだ。

阿国の踊りは京にはなくてはならないものになっていた。

重信は山崎から天神馬場に出て西国街道を西に向かった。九州には会いたい人物が二人いる。

一人はタイ捨《しゃ》流の丸目蔵人佐で、もう一人は黒田如水の家臣新免無二斎《しんめんむにさい》だ。

重信は陸路を広島まで行き、岩国で片山松庵《かたやましょうあん》と会い防府まで行き船に乗った。周防灘を渡って九州豊前中津城下に入った。

重信は歩くことが修行と思っている。

秀吉の九州征伐において、名護屋城を築城するなど武功を挙げた黒田如水は、中津城十六万石を与えられた。

城下はまだ未整備だが、重信が会いたい無二斎は城下に住んでいる。

その頃、十手術の達人無二斎は小さな道場を開いていた。

重信は京を発って西に向かい、もしやと、播磨《はりま》の高砂《たかさご》にも立ち寄ってみたが無二斎はいなかった。

そこで黒田如水の中津城下に来た。

船を下りて城下に向かうと、砂浜に十五、六人の子どもたちが、木刀や棒切れを振り回して喧嘩の最中だ。

よく見ると一人と十数人の対決で、体の大きな子どもをみなで取り囲んでいる。

重信は珍しい光景に立ち止まって見ていた。

ところが、取り囲まれていた子どもが何んとも強い。

右に左に子どもたちを追って一人二人と倒す。五人ほどを倒すと、囲んでいた子どもたちが「逃げろッ！」と一斉に重信の傍を逃げていった。

凄まじい形相の大きい子どもが「この野郎ッ、まてッ！」と叫び、頭上に木刀を振り上げて追う。

武器を持ってなんとも危ない子どもたちだ。

元気のいい子どもたちが、大声で叫びながら城下に流れ込んで行く。その子どもたちに重信がついていった。

「新免無二斎さまをご存じか？」

道端で武家に聞くと「あっちです……」と指さして教えてくれる。まだ整備中のさほど広くない城下で、小さな道場を開いている無二斎を誰もが知っていた。

一町半ほど歩いて城下外れまで行くと、古い百姓家が無二斎の住まいだった。傍に小屋のような道場がある。

「ご免！」

重信は母屋に顔を出した。

「おう、林崎殿では……」

無二斎は炉端に座っていたが「上がってくだされ……」と歓迎する。

「一別以来でござる。お達者で？」

「お陰さまで、九州までとは遠路、ご苦労に存じます」

二人は老境に入る歳になっている。

無二斎は重信の神夢想流居合の剣名が高いことをよく知っていた。

二人は立ち合ったこともある。黒田如水と上洛した時、鷹ヶ峰に顔を出したが重信は留守だった。

「鷹ヶ峰をお訪ねいただきながら、留守をしておりましてご無礼いたしました。この度は、加藤さまにお招きをいただき、肥後熊本までまいりますので、お会いしたくお訪ねいたしました」

「肥後の加藤さまですか。鷹ヶ峰に伺いました時は、廻国修行で武蔵の一ノ宮とお聞きいたしましたが……」

「はい……」

二人は炉端で旧交を温める。互いに話すことは多い。

「武蔵一ノ宮で叔父が道場をしておりますので、数年に一度は武蔵にまいるようにしております」

「大西殿からもそのようにお聞きいたしました。それで肥後にはタイ捨流の丸目さまがおられますが？」

「はい、お訪ねするつもりです」

二人が話していると凄まじい悲鳴に似た気合声が響いた。無二斎がニッと苦笑する。

鬼気迫る異常な気合声だ。

「息子の辨之助《べんのすけ》が元服しまして……」

笑顔に屈託があるのを重信は見逃さない。

この時、辨之助は元服して武蔵《たけぞう》と名のっていた。六尺を超える大きな子どもで、既に無二斎より首一つ大きかった。

木刀を握って暴れまわる野生児で無二斎は困っていた。

赤松一族の誰に似たのか、無二斎は武蔵の粗暴さに手を焼いている。体が大きく暴れると手が付けられない。

みな逃げるしかなかった。

乱暴で嫌われ者の悪たれ小僧だ。

無二斎の道場には乱暴者の武蔵を怖がって門人が集まらない。入門しても乱暴されて逃げてしまうことを繰り返した。

「息子が遊びから戻って来たようです」

「ご子息は幾つになられましたか？」

「十六ですが、体ばかり大きくてまだ子どもです」

「十六歳とは頼もしい……」

「乱暴者ですが、ご指南いただけましょうか？」

「よろこんでいたしましょう」

無二斎と重信が道場に出て行くと、大きな子どもが三人の門人と一対三の稽古をしている。

よく見ると、砂浜で十数人の子どもに囲まれ、喧嘩をしていた大きな子どもだった。

醜男で怒りの形相は大人の顔だ。

身の丈は既に六尺を超えていて、額に大きなたん瘤《こぶ》を作っている。

三対一の稽古というより野犬の喧嘩のようで、みな噛みつきそうな凄まじい形相をしていた。

「止めッ、止めッ！」

無二斎が割って入って止めた。

「座れッ！」

弟子に命じたが武蔵は言うことを聞かない。

木刀を握って喧嘩相手の門人に飛び掛かりそうだ。まるで猛犬だ。

「座れッ！」

猛犬を無二斎が片手で抑えている。

門人も不満そうに羽目板に下がって行くが座らない。身構えていつでも武蔵と戦う覚悟だ。

油断すると武蔵が殴りかかるからだ。

狭い道場に異常な殺気が充満している。

「武蔵、天下一の剣客、林崎甚助さまだ。指南してくださるそうだ。やるか？」

門人をにらんでいた武蔵の気持ちが重信に移った。天下一の剣客と聞いて倒したいと思う。

殺気の塊でこの子どもはまるで猛獣だと重信は見た。

親の無二斎が手古摺《てこず》っているのがわかる。その無二斎の屈託はこれだったのだと気づいた。

重信は刀架から木刀を握って、素振りをしながら道場の真ん中に立った。

頭に木刀を食らって大きなたん瘤を作り、怒り狂っている大男の武蔵が無二斎の傍から、「ウオーッ!」と叫んで重信に襲いかかった。

不意打ちにも重信の剣は瞬速だ。

武蔵の左胴から入った剣先が横一文字に真っ二つにする。

神伝居合抜刀表一本水月、子どもの大男がバタバタと勢いよくつんのめって、床に両手をついて這った。

「もう一本だ。武蔵、来い……」

「この野郎ッ!」

木刀を拾うとノソッと立ち上がる。

武蔵が倒されたのを見て、門人たちが恐怖の顔で重信を見て座った。無二斎も道場主の主座に座る。

負けて悔しい武蔵は怒り狂う。

「てめえッ、この野郎ッ!」

木刀を拾うと片手で振り上げて重信に襲いかかる。喧嘩剣法だ。

踏み込んできた武蔵の木刀をコツッと弾いた瞬間、重信の剣が武蔵の眉間を襲いたん瘤にコツと当たった。

神伝居合抜刀表一本立蜻蛉《たちとんぼ》、「ギャーッ！」と悲鳴を上げて武蔵が羽目板に吹き飛んだ。

傍の門人がニタリと笑う。たん瘤を叩かれては猛烈に痛い。

「もう一本だッ。立て……」

「くそッ、この野郎がッ！」

木刀を握って立ち上がると武蔵が重信をにらんだ。

今度はいきなり飛び込んだりはしない。この年寄りは強いと武蔵が認めて警戒している。

警戒することはよいことだ。少しは成長した。

力任せの喧嘩剣法では駄目だとわかったようだ。だが、その構えは隙だらけで剣法になっていない。

十六にもなって剣客の子がみっともない。

通常であれば父親からすべて伝授されてもおかしくない年頃である。

無二斎に手ほどきされていないのか、されても言うことを聞かないのか、これまで筋の良い剣法を習っていないようだ。

それが見て取れる。どう見ても野生児のままだ。

すぐ傍に父親という得難い剣術師範がいるのに、ただ暴れまわるだけの馬鹿な子どもだと重信は厳しい。

武蔵は間合いを取って右へ右へと回った。

それを重信が追い詰める。

武蔵から殺気が消えて逆に恐怖を感じているようだ。斬られるという恐怖を初めて感じたのだろう。だが、この猛獣はそんな恐怖を怒りに変える。

じわりじわりと武蔵は羽目板に追い込まれる。

後ろがなくなり下がれずに間合いが詰まった。追い詰められた猛獣は襲いかかるしかない。

その猛獣は嚙みついて肉を食い千切ろうとする。

なんでもいいから兎に角勝ちたい。この大男は生涯勝ちにこだわるようになる。

卑怯な手を使っても。

踏み込んできた剣の下を潜るように、後の先を取った重信の剣が、行き違いざまに武蔵の左胴を深々と斬り抜いた。

重信はわざと木刀を武蔵の胴に当てた。

神伝居合抜刀表一本引返、ゲホッと吐くような声を残して、頭から床に突っ込んで転がった。

大きく立派な体を生かしきれていない。陳腐で幼稚な剣法だ。

「もう一本ッ……」

重信をにらみ、立ち上がった武蔵が「馬鹿野郎ッ！」と叫ぶなり、重信に木刀を投げつけ「ウワーッ！」と叫んで道場から飛び出して行った。

重信は飛んできた木刀をカツンと叩き落す。

三成の失脚

みじめな敗北だ。

こんなことはこれまで一度もなかった。

まったく歯が立たなかったことに、武蔵はいら立って殴りつける喧嘩相手を探しに駆け出した。

これまで、こんな不様な負け方をしたことがない。

いざとなれば体ごとぶつかり大きな体で跳ね飛ばし、大人でも子どもでも相手をことごとく圧倒してきた。

だが、重信を倒すどころか、その体に触れることすらできなかった。

猛獣のような男は負けたことを受け入れられない。

腹いせにどこかで喧嘩をしたい。捕まった相手こそいい迷惑だ。猛犬とは目が合っただけで嚙みつかれる。

武蔵が飛び出した道場では稽古が続いた。

「次はどなたか？」

重信が羽目板の三人に聞いた。だが、顔を見合わせるだけで誰も立たない。

「兵蔵ッ！」

情けない門人を叱るように無二斎が呼んだ。

「はい……」

気のない返事で木刀を握って立ち上がる。

あっという間に三人が床に転がった。それでも重信は丁寧に三人に居合を指南した。

「かたじけなく存ずる」

「ご心配あるな。武蔵殿はあの大きな体と気持ちを持て余しておられる。いずれ、行くべき道を探しましょう」

「だとよいのですが……」

重信は三人の門人に稽古をつけて無二斎宅に泊まることになった。

その深夜、重信は気配を感じてフッと目を覚ます。

部屋の外に誰かいると思った瞬間、バーンッと戸を蹴破って大男が飛び込んできた。

重信は刀架に手を伸ばし、乱取備前を握って転がった。

「てめえッ！」

暗闇に転がった重信を木刀が襲ってきた。雨戸からこぼれてくる星明かりで、はっきり見える大男のみぞおちを、重信の乱取備前が鞘に入ったまま鐺《こじり》で突き上げた。

「ンゲッ！」

闇討ちの大男は武蔵で、部屋から飛び出て廊下をよろけ、侵入した半開きの雨戸を蹴破り庭に転がり落ちた。

起き上がった重信が庭をのぞくと武蔵が木刀を杖に逃げて行く。

「どうなされた？」

無二斎が一家の世話をしている老人と老婆を連れて顔を出した。

「盗賊が忍び込んだようです」

「と、盗賊？」

老人と老婆が驚いているが、無二斎は悔しい武蔵の仕返しだとすぐわかった。

愚かにも返り討ちにあって逃げたのだとわかる。重信が庭に下りて蹴飛ばされた雨戸を直す。

「何んとも……」

「無二斎殿、お気になさるな。盗賊は逃げましたから……」

深夜の騒動で重信は寝直すことになった。

逃げた武蔵は半刻ほどで道場に戻り不貞腐れて寝転んだ。重信に突かれたみぞおちがヒリヒリ痛んでいる。

大男に反省は無い。ただ勝ちたいだけだ。

翌朝、まだ薄暗いうちに重信は旅立った。無二斎が一里ほど見送り、大暴れした武蔵は道場で寝ていた。

肥後熊本に行く重信は阿蘇《あそ》の小国《おぐに》に向かった。

その頃、六十歳になった丸目蔵人佐は丸目石見守《いわみのかみ》徹斎と名乗って、肥後の球磨《くま》川に近い切原《きりはら》野《の》で開墾の仕事をしている。

重信が養子にした蜻蛉之介《とんぼのすけ》は三十七歳になり、丸目石見守の弟子として立派な剣客になっていた。

九州入りしたのは熊本城の用向きが先だ。

重信は丸目蔵人佐にも蜻蛉之介にも会いたかったが、まず、熊本城に行き清正から預かってきた書状を差し出す。

すぐ城内に通され森本義太夫と対面した。

森本義太夫は大坂から船で発って、重信が備中を歩いている頃に追い越した。事情をすべて飲み込んでいる義太夫が、重信のことは諸事万端整えた。

森本屋敷に逗留して早朝から登城、城内の道場で加藤家の家臣団に剣術の指南が始まった。

オランカイまで行ってきた家臣たちは稽古に熱心ではない。

いつの間にか義太夫が重信を天下一の剣士、神の剣士という触れ込みで、稽古嫌いの家臣まで集めている。

そのため十日もすると、義太夫の思惑通り稽古は押すな押すなの大盛況になった。

稽古に腰が重い。だが朝鮮出兵では清正と共に、オランカイまで攻め込んでいった勇者たちだ。

調子が出てきて連日、猛稽古が続いた。

そんな時、伏見の島津屋敷で事件が起きた。

三月九日のことだった。伏見の島津屋敷で、島津宗家の後継と目されていた忠恒《ただつね》が筆頭家老の伊集院忠棟《いじゅういんただむね》を斬殺した。

忠棟は秀吉から都城《みやこのじょう》八万石を直接もらっており、島津家から独立した大名として扱われていた。

秀吉はこういうことをして他家を混乱させる男だった。

忠棟は秀吉に近く、お家を乱す佞人《ねいじん》で、島津宗家を乗っ取ろうとしているとみられており、それに反発したのが忠恒だった。

この暗殺事件が拡大した。

伊集院忠棟の息子忠真《ただざね》は父の死を知り、一族や家臣と話し合いの場を設けた。忠真は穏当な解決を望んだが、半ば押し切られる形で宗家に叛旗を翻すと決まってしまう。

それで忠真が実権を握る前当主の義久《よしひさ》のもとに駆け付け、現当主の義弘《よしひろ》と忠恒に従うと申し出た。

だが、義久は忠真を怪しんで納得しない。都城への通行を禁止とする。忠真は父忠棟と同じように殺されると判断し戦う覚悟をする。

忠真が居城を置く都城は十二の支城に守られ、兵力は二万人と言われていた。

忠真は都城の領地と隣接する肥後の加藤清正に、兵糧など物資の支援を求め、清正は秘かに都城を支援することにした。

これが家康の知るところとなり後に問題となる。

ところが、その家康の周辺でもまた新たな騒動が持ち上がった。家康は二月に、四大老五奉行と誓紙を交換し、利家の決死の訪問を受けて伏見城から向島別邸に居を移すことを約束したばかりであった。

きっかけは、家康と会見した直後から、前田利家の病気がなぜか急に悪化したことである。

まさか家康が毒を盛ったとは思わないが、名人越後の富田重政が心配していたことが、二ヶ月もしないで現実になった。

家康が前田屋敷に見舞いに行った時、利家は抜き身を褥の下に隠して、家康を道づれにしようとしていたという。

そんな切迫した状況だった。

秀吉から秀頼を守るよう命じられた前田利家は、秀吉の死後、一年を待たずに八ヶ月後の閏三月三日に六十二歳で死去する。

この年は閏年で三月が二つあった。

石田三成らの文治派と、加藤清正らの武断派の対立を押さえていた利家が亡くなり、豊臣政権は一気に危機に見舞われる。

朝鮮出兵で、石田三成から受けた仕打ちをどうしても許せない武断派の武将たちが、大坂の石田屋敷を襲い、三成を殺そうとする事件が起きた。

こういう豊臣政権の脆弱さはすべて愚かな秀吉の責任だ。戦ばかりで政権づくりをしてこなかった。

三成に反発していたのは福島正則、加藤清正、池田《いけだ》輝政《てるまさ》、細川忠興、浅野幸長、加藤嘉明、黒田《くろだ》長政《ながまさ》ら七将と、脇坂《わきざか》安治《やすはる》、蜂須賀家政、藤堂高虎など十人ほどの武将たちだ。

この動きにいち早く気付いた三成は、島左近を連れて佐竹義宣《さたけよしのぶ》の屋敷に逃げた。だが、佐竹屋敷も安全ではなくさらに宇喜多秀家の屋敷に逃げる。大坂城下が大騒ぎになった。

怒っている武将たちは虱潰しに大名屋敷を探している。

三成に対する恨みは深い。朝鮮でのことだけではない。

清正は三成の讒言《ざんげん》で秀吉に蟄居謹慎を命じられたことがあり、秀吉と利家が亡くなった今、三成を生かしておくわけにはいかない。

恨み骨髄なのだ。

他の武将たちも似たようなものだ。

この時、家康と清正たち七将の間で話がついていた。武将たちの騒動を家康は内密に容認している。家康にとって石田三成は邪魔者だからだ。

ところがこの騒動は大坂で決着がつかなかった。

三成と左近は大坂から逃げるしかないほど追い詰められた。

「殿、このままでは危険です。宇喜多さまにも御迷惑をおかけします。伏見城までまいりましょう！」

「伏見城に籠城か？」

「御意！」

「伏見城には家康が……」

「窮鳥懐に入れば猟師もこれを殺さずといいます。徳川さまの懐に飛び込んでみるのも良い策と存じます！」

「余は窮鳥か……」

三成が悪戯っぽくニッと笑った。この男は天才なのだが実に人望がない。

「よし、そうしよう」

「畏まって候！」

二人は大坂から伏見に向かって馬を飛ばす。

すぐ後ろまで清正たちの率いる大軍が迫っていた。大坂城に逃げ込めばいいようなものだが、秀頼と茶々姫《ちゃちゃひめ》の迷惑になる。

三成は伏見城内に治部少輔曲輪《くるわ》という石田屋敷を持っていた。

自分が育てた三成を信頼する秀吉は、城下に屋敷を持つ諸大名と差をつけ、伏見城内に特別に大きな屋敷を三成に与えた。

そこに籠城すれば、政務を執る家康の城に、三成が同居することになり、話が一気にややっこしくなる。

家康を引きずり込むのが三成の狙いだ。

怒っている武将たちもさすがに伏見城攻撃はできないだろう。秀吉が築城し家康が天下を見ている豊臣家の城だ。

三成と島左近が伏見城に逃げ込み、追ってきた武将たちが軍を配置して伏見城を包囲してしまう。

これには家康が仰天した。

まさか三成が懐に飛び込んでくるとは、さすがの家康も考えていなかった。

武将たちの動きを容認していた家康も、大坂の騒ぎが伏見に波及してきたことで、放置しておくわけにいかなくなった。

万一にも伏見城攻撃でも始まれば、利家亡き後の家康の権威が失墜する。

家康は何をしているのだということになりかねない。そこで家康が三成と会談することになった。

ここまでは三成の作戦が成功だ。

二人の話し合いで三成は奉行を辞任した上で、三成の城である近江佐和山《さわやま》城に蟄居謹慎することで合意する。

つまり三成が政権から失脚するということだ。

この家康と三成の合意で、追ってきた武将たちは、三成を殺害することが不可能になる。

五奉行を辞任した三成の身柄は家康が預かることとなったからだ。

三成と島左近の狙い通りになった。

豊臣政権から離れ、三成が佐和山城に戻るにあたって、家康の次男結城《ゆうき》秀康が護衛することが決まる。

三成が政権から失脚したことで、伏見城を包囲していた武将たちが納得。

納得しなければ逆に家康に睨まれる。結城秀康は軍を出して、三成と左近を近江の佐和山城まで送り届けた。

その時、三成は秀吉から拝領した名刀正宗を、結城秀康にお礼として譲り渡す。

この名刀正宗を秀康は大いに気に入り、石田正宗と三成の名を冠して愛用したと伝わる。

武将たちの私憤とも言うべき騒動が家康の仲裁で一段落した。

家康は政敵の石田三成を失脚させたが、騒ぎを起こした武断派の方の武将をまったく処分しなかった。秀吉の私闘を禁じる惣無事令《そうぶじれい》に、違反したのは三成ではなく武将たちだ。

結局、喧嘩両成敗もない。

家康は邪魔者の三成を処分し、武将たちはお構いなしとしたが、この事件で一番得をしたのは家康ということになる。

既に、家康と正信は政権の乗っ取り、豊臣家の乗っ取りを画策していた。

それにこの騒動はうまいこと利用された。豊臣政権は秀吉の身内ともいえる武将たちの喧嘩で一気に弱体化する。

なにもしないで願ったりかなったりの家康だ。

しかし家康にとって気がかりなのは何んと言っても、秀吉が秀頼に残した二百二十万石の領地と黄金七十万枚。小判にして七百万両の遺産金は何んとも目障りだった。わずか七歳の秀頼が難攻不落の大坂城と、二百二十万石の領地と七百万両の黄金に守られている。

そこに秀吉恩顧の大名たちが張り付いている。

騒動を起こした武将たちはその秀吉恩顧の大名だ。

福島正則や加藤清正は秀吉と血縁のある一族でもある。

家康はそういう有力大名と婚姻を結んで、味方にするべく一人ひとりを切り崩してしまいたい。

秀吉も、信長の死後に、織田宗家の三法師《さんぼうし》がわずか三歳で、何もできないことをいいことに領地をわずか三万石にした上で、天主の焼け落ちた安土《あづち》城を住まいに与えた。

家臣が主家にするべきではないことを、秀吉は織田家にしたではないか。家康は秀吉が織田家を乗っ取った経緯を見ていた。

織田宗家は秀吉に酷い目にあわされている。

今川義元を桶狭間で殺したのは信長だが、家康も弱体化した今川家を乗っ取ったようなものだ。

自分の死後に秀頼を頼むという秀吉の言い分はあまりに勝手すぎる。

秀吉は自分が織田家にしたことをどう思っている。そう言いたいのが家康だ。

風雲

石田三成が政権から失脚し、騒動が収まると加藤清正は肥後熊本城に戻った。

肥後の隣国、薩摩では島津家と伊集院家のにらみ合いが続いている。

重信は清正が帰国すると熊本城で対面した。その清正は上機嫌で重信と森本義太夫の話をじっくり聞いた。清正がことに喜んだのは、剣術嫌いのなまけ家臣までが、道場に押しかけて稽古に励んでいることだ。

秀吉の死後に国が再び乱れる予感がある清正にとって、家臣が武芸に精進することは嬉しいことである。太閤秀吉が亡くなり、いつどこで戦いが起きてもおかしくない不穏な空気が漂い始めている。

清正はそんな風雲を感じていた。

薩摩は都城の伊集院忠真から支援の要請があり、清正は兵糧などの支援物資を秘密裏に都城に入れた。

六月になって家康の許しが出て、島津忠恒が薩摩に帰国すると、すぐ都城攻撃の大軍が編成された。その兵力は十万人と言われた。

すぐさま島津軍は都城と十二の支城に猛攻撃を開始する。

秀吉の惣無事令などは、家康が七将などの私闘を認めたことで無意味なものになっていた。むしろ騒乱が起きれば家康は有利と考えている。二百五十万石の家康の力を発揮できるからだ。その家康が和睦するよう早速仲裁に入ったが、島津家も伊集院家も受け入れず和睦は成立しない。

清正はそんな動きを見ている。

すると家康は九州の各大名に都城攻撃を命じた。

ところが島津家は他国軍が薩摩に入るのを警戒し、家臣の反乱であり家中のことだから援軍は無用と支援を拒否する。援軍に入ったのは、秋月軍などごく一部の大名だけだった。

結局、島津軍の猛攻で伊集院宗家は滅亡することになる。

家康が天下を仕切るようになって状況が変わってきた。

慶長五年（一六〇〇）のこの頃、会津の上杉景勝は、直江兼続に神指城《こうざし》を築城させるなど軍事力の増強に努めている。急に上杉家が百二十万石に大きくなったのだから、築城や領内の整備は当然といえば当然だった。

だが、秀吉が死んで天下の箍《たが》がゆるんだ。

この上杉家の動きに、脅威を感じた隣国の最上義光《もがみよしあき》や堀秀治《ほりひではる》が、家康に状況を報告して騒ぎになった。

豊臣政権の五大老である家康と景勝の関係は良くない。

秀吉が景勝を会津百二十万石に移封したのは、家康と伊達政宗が接近しないよう上杉家を徳川と伊達の間に割って入れ、牽制するためだ。

上杉家はしかも、佐和山城に蟄居謹慎の石田三成と親しかった。

上杉景勝を家康が嫌うのは当たり前のことだ。

そこへきて、家康と景勝の関係改善に動いていた景勝の家臣藤田信吉《ふじたのぶよし》が、三月十一日に上杉家から追放されるという事件が起きる。

あちこちで何かが軋み始めていた。

四月一日になって家康は景勝に問罪使を派遣、上洛して最上義光や堀秀治の訴えに弁明するよう迫った。

上洛して弁明しろということは、権力者が自分に臣従しろという時に使う常套手段である。信長も秀吉もそのように使ってきた。それは上洛そのものが天子の臣下になることだからだ。つまり官位の高い者に臣従することである。

ここで中納言の景勝が上洛することは、内大臣の家康に臣従したことを意味する。秀吉が生きていた時は、五大老として家康とほぼ同格だった景勝にはそれはできない。危険で厄介なところだ。

上洛を拒否した景勝の家臣直江兼続は、後に直江状と呼ばれる書状を家康の側近西《さい》笑承兌《しょうじょうたい》に送る。家康の振る舞いには、勝手な婚姻をするなど不審があるという。

この直江兼続の書状が五月三日に家康に届いた。書状を読んで激怒したが家康は内心ではよろこんだ。

一気に戦いに持っていける口実を摑んだからだ。

二百五十万石の実力を使う騒動を秘かに望んでいる家康は、騒ぎの切っ掛けが欲しかったのである。

その機会が突然きた。

即日、家康は上杉家の態度は豊臣政権に対する反逆と決めつけ上杉征伐を決定する。こういう言い掛かりは家康の得意とするところだ。

絶好の切っ掛けを摑んだ家康の動きは早かった。上杉景勝と石田三成が連絡を取り合っていることを知っていた。

ここで白黒の決着をつけてやる。

家康の天下取りの戦いだ。

先鋒には福島正則、細川忠興、加藤嘉明が命じられ、伏見城の留守居には家康の重臣鳥居元忠《とりいもとただ》が命じられる。

会津攻め、上杉攻撃が始まった。

この家康の決定に前田玄以、長束正家《なつかまさいえ》の奉行と蟄居謹慎の三成らが、上杉征伐の中止を嘆願したが聞き入れられない。

折角摑んだ好機を家康が手放すはずがない。一夜にして天下は緊張に包まれた。

「戦だッ！」

「上杉征伐だぞ！」

「徳川殿か上杉殿か、どっちに味方するか！」

「馬鹿者ッ、勝てる方に味方する。ぐずぐずいうなッ！」

たちまち大騒ぎになる。

六月二日に関東の諸大名に上杉征伐の陣触れが行われ、六日には大坂城二の丸で上杉征伐の評定が行われた。

各地に早馬が駆けていく。風雲急を告げる空気が大坂、伏見から全国へあっという間に拡大した。

大坂や伏見にいた大名が戦支度のため続々と国元に帰国する。

家康の望む大乱勃発だ。

どこの大名家も殺気立って、出陣に遅れまいと必死の形相だ。だが、徳川か上杉かどっちに味方するか難しい。

というのは誰もがこの戦いの本筋は、家康と三成の戦いだと知っているからだ。それはつまり徳川と豊臣の戦いになりかねない。

そこをどう読み切るか実に難解だ。ここでの判断を誤ると家が滅ぶことになる。

「戦だッ。国へ帰るぞッ、急げッ！」

「どこで戦だ？」

「馬鹿野郎ッ、寝てるんじゃねえ、会津に出陣だッ！」

「急げ、急げッ！」

一方で、武家にとっては武功を挙げて恩賞に与《あずか》る絶好の機会でもある。一万石でも二万石でも領地を増やしたい。

槍を担ぎ腰に大小を差して威張って見ても、所詮、欲得勘定で動く武家がほとんどの乱世に逆戻りだ。中には恩義や忠義を優先する武家もいるが、いざとなればそういう武家の数は少ない。朝鮮出兵でひどい苦労をしたのに、恩賞が皆無で犠牲を強いられただけの武将たちが勇躍する。

だが、このまま家康の命令に従っていいのだろうか。

家康以外の大老や奉行はどう考えている。冷静な武将は五大老の中の喧嘩ではないかと出陣を躊躇する者もいた。

だが、この風雲はそんな悠長さは許さない。

遂に、秀吉が築いた豊臣政権は、徳川家康と上杉景勝、毛利輝元、宇喜多秀家の対決になって崩壊した。

五大老の一人前田利家の後継者前田利長は、家康に謀反の疑いがあると強引に戦いを仕掛けられた。

豊臣家に忠誠第一の前田家を先に潰そうというわけだ。

利長は戦おうとしたが母まつが反対、江戸にそのまつを人質に出して家康と和睦している。

まつを人質に取られてはさすがの前田家も手も足も出ない。

情けないともいえるが、まつのこの判断で前田家は百万石で残ったともいえる。

家康は高等戦略で、家康に次ぐ勢力の前田家を、上杉との戦いを仕掛ける前に味方に引き入れていた。

狡猾、戦上手、謀略家、幼い頃に今川の人質になった家康は、稀に見る複雑人間で色々な顔を持っていた。

大狸、吝嗇家、後家殺しなどあまりいい渾名《あだな》を持っていない。

西国の各大名も家康から上杉征伐に参戦するよう命じられた。奥州から九州まで大激震だ。

肥後の加藤清正は前年の島津家の内紛である庄内《しょうない》の乱で、伊集院忠真に秘かに兵糧などを支援し、それを知って怒った家康は清正の上杉征伐への参戦を拒否する。つまり清正の動きを止めたのだ。

家康は清正の本心を読めていない。

この時、清正に対して毛利輝元が味方になるよう誘ってきた。

だが、石田三成と犬猿の仲である清正は輝元の誘いに応じず、家臣や小姓を家康に随行させ、家康と連絡を取り続ける。

清正は熊本城にいたが、最早、天下を二分する大乱になることは避けられない気配を感じていた。

重信も毎日道場に出て迫りくる危機を感じ取っていた。

清正の家臣たちには隠しようのない不安が顔に浮かんでいる。

京から遠く離れた九州肥後熊本城にまで、京や大坂の動きが敏感に伝わってきた。

戦いは遥かに遠い会津なのだが。

六月十五日、大坂城で家康は秀頼と対面、秀頼から黄金二万両に米二万石が下賜された。

翌十六日、家康は秀頼に出陣の挨拶を済ませて伏見城に向かう。

豊臣家と徳川家の対決ではないと示す、家康らしい考えである。家康はまだ豊臣家を敵にすれば不利だとわかっていた。

大坂城の秀頼と戦うとなれば、三成嫌いの武将も秀頼のもとに集まり、秀吉の亡霊に家康は間違いなく負ける。

豊臣家を潰すのは豊臣恩顧の大名を四分五裂にしてからだ。今はまだその時ではない。だが、その機会が必ず来るはずだと信じる。

遂に六月十八日に家康が伏見城から上杉征伐に出陣した。

京、大坂、伏見の出来事は早船ですぐ九州に知らされる。家康が西国の大名を率いて上杉征伐に出陣したとの知らせに、西国だけでなく、全国が極端に異常な緊張に包まれた。

七月一日に家康が江戸に到着、十八日に石田三成が京の豊国神社で出陣式を行った。

この戦いが家康と上杉景勝の戦いではなく、家康と石田三成の戦いであることがはっきりした。家康不在の京で三成が挙兵したのだ。これで大乱必至となった。

実は上杉征伐は石田三成を戦場に引きずり出す家康の罠である。

反家康勢力の中で、家康に対抗できる頭脳を持っているのは、失脚した五奉行の一人石田三成だけだ。家康は三成の能力を充分に認めている。

清正など七将に追い詰められた時、伏見城で石田三成を討ち取らなかったことが痛恨だった。

その三成だけは何んとしても倒さなければならない。

家康が警戒しているのは、難攻不落の大坂城と秀吉の遺産金七百万両が、三成の頭脳と結びついてしまうことだ。

そうなれば、家康といえども易々と豊臣家をつぶすことはできなくなる。

それだけに何んとしても避けたい。厄介な男の三成を生かしてはおけない。早い時期に葬り去るしかない。

それが家康の大戦略だ。

七月十九日、江戸では家康の三男秀忠が、大軍を率いて会津に向かい出陣する。

諸大名も続々と会津に向かって北上を開始。

その後を追うように二日後の二十一日、遂に、家康が江戸を離れ会津に向かって動き出した。

翌七月二十二日にまず伏見で戦いの火ぶたが切られた。

五大老の一人宇喜多秀家が、鳥居元忠の守る伏見城に攻撃を開始。元忠は即刻、攻撃開始を家康に知らせる書状を持たせて早馬を放った。

救援を求める使いではない。

元忠はすでに家康と別れの杯を傾けている。

鳥居元忠は幼い竹千代こと家康が、今川義元の人質だった時も、家康の傍を離れず従ってきた忠臣だ。

生死を共にしてきた忠臣中の忠臣である。

「殿が上杉征伐に行かれるのであれば、一人でも多くの兵をお連れください。伏見城に多くの兵は必要ありません。少ない兵でも思う存分戦って御覧に入れますので……」

元忠は死を覚悟して、大勢の籠城兵はいらないと家康に断った。

老臣の最後の奉公である。

関ヶ原

八月一日に伏見城が落城した。

下野小山での評定の結果、上杉征伐は後回しにして全軍が西に向かい、石田三成など反家康軍と戦うことが先になった。家康は上杉軍の押さえに、結城秀康軍や伊達軍、最上軍などを残す。

家康に味方する大名は東軍、三成に味方する大名は西軍と、全国の大名が天下を二分する大乱に発展する。

八月五日に家康は江戸に戻ってきた。

家康は、付き従っている清正の家臣に、自分が尾張に入るまでは、清正に動かぬよう命令を与えた。これは家康が清正を許し、東軍に参加することを認めたことを意味する。重大な決定だった。

それを伝えるため、加藤家の家臣が急遽、九州肥後熊本城に向かって江戸を発った。昼夜を分かたず馬を飛ばし、馬から船に乗り継ぎ急ぎに急ぐ使者だ。加藤清正の去就が決まる。

この頃、九州では既に、清正は東軍である中津城の黒田如水や、細川家の杵築《きつき》城留守居の松井康之らと連絡を取り、東軍に味方する態度を明確にしている。清正の気持ちは石田三成とは倶に天を戴かず、不倶戴天の敵ということだ。

引き続いて八月十二日には、家康が清正の肥後、筑前での領土の切り取り勝手を認めると伝えてきた。

清正が九州で東軍として戦う時が来た。

この時、重信は家臣ではないが、加藤家の剣術指南役として戦いに出る重大な立場に立たされた。

やむをえず、天下を二分した戦いに、重信は巻き込まれることになった。

急に呼ばれて重信は清正の御前に出る。

「老師も聞き及びと思うが、余は東軍として戦うと決めた。どのような戦いに成るかわからぬが激戦になることは充分に考えられる、老師には客将として余の傍にいてもらいたいが？」

「承知してございます」

北条家にいて武田軍と戦った時以来、重信は再び鎧を着ることになった。

東軍と西軍の戦いは尾張犬山城、美濃岐阜城で直接激突した。

八月二十三日に福島正則軍、池田輝政軍などが犬山城や岐阜城を降伏させる。

この岐阜城には信長の孫で、岐阜中納言と呼ばれる織田三法師秀信がいた。三成に誘われて西軍に味方していた。

東軍か西軍かはそれぞれの事情があった。

秀信は当初、関東に下る予定だったが、三成に尾張と美濃を与えるから味方になるよう勧誘されて、岐阜城に立て籠もったのである。

秀信は義叔父の上杉景勝と戦いたくなかったのかもしれない。

八月二十七日に家康が岐阜城の落城を知り、織田宗家の織田三法師秀信を死罪、切腹をさせこの世から消そうとする。

これに驚いた福島正則が助命嘆願をした。

東軍にいるべき正則に裏切られては困る家康が、助命を認め切腹から高野山へ流罪と変更になる。

この頃、黒田如水は三成から誘われていたが、条件として九州の七ヶ国が欲しいと難題を申し入れ、兵を集める刻を稼いでいた。

黒田軍は如水の嫡男黒田長政が率いて、家康に味方していたため中津城には兵が残っていなかった。如水が家康の味方として九州で戦うには、どうしても五千人を超える兵が必要だった。

豊前中津城に帰国した黒田如水は城の金蔵を開き、銭や米をすべてばら撒いて各地から九千人の兵を集めることに成功する。

九月九日、細川家の杵築城留守居、松井康之が、毛利輝元に支援された大友義統《よしむね》に攻められた。康之が中津城の黒田如水に救援を求めると、如水は寄せ集めの九千人の兵力で即日出陣する。

十三日、豊後《ぶんご》速見《はやみ》石垣原《いしがきばる》の戦いで、黒田如水と大友義統が激突した。

この時、十七歳の武蔵は無二斎と一緒に黒田如水軍の中にいた。

両軍が激突した時に、無二斎と猛獣のような武蔵は、敵中に飛び込んで敵をなで斬りにする活躍をする。あちこちからの寄せ集めだが、数の多い黒田軍が大友軍を圧倒して、半刻ほどで戦いは終わってしまう。

翌十四日、如水は実相寺《じっそうじ》で首実検と軍議を開いた。

そこに石垣原の戦いで敗れた大友義統が剃髪して現れ如水に降伏する。

その日、家康が美濃の赤坂に着陣、関ヶ原を挟んで東軍と西軍がにらみ合う形になった。両軍が続々と関ヶ原とその周辺に着陣、東西両軍の戦機が高まり激突必至の状況になった。全国の大名が東軍と西軍に分かれて、各地でも戦いが始まっている。

遂に十五日、東西両軍が関ヶ原で激突する。家康と三成の雌雄を決する天下を二分しての戦いだ。

地方の戦いに対してこの関ヶ原の戦いを本戦と呼ぶこともある。

大軍同士の戦いは凄まじい激戦になった。

武家の意地と欲望がむき出しになったのが関ヶ原の戦いで、裏切り、寝返りが続出する。

同日、清正は阿蘇の小国に到着した。

清正の傍には森本義太夫や飯田角兵衛らと林崎甚助重信の姿があった。

清正の周辺を警戒するのが重信の任務だ。どこで清正軍が敵と激突するかわからなかった。

肥後と筑前の切り取り勝手の書状を家康から受け取った清正の加藤軍は、大友軍と戦う黒田如水と、杵築城の松井康之を支援するために出陣したが、小国に入ると松井康之から書状が届いた。

黒田軍が大友軍と石垣原で戦い、勝利したので、もう援軍はいらないという内容だった。

阿蘇の小国で加藤軍の進軍が止まった。

その頃、関ヶ原の戦いは小早川秀秋《こばやかわひであき》軍一万五千が東軍に味方したことで、戦いの様相が一変していた。

それまで互角に戦っていた西軍が一気に劣勢になった。

秀吉の正室お寧の甥で、秀吉の養子にもなった秀秋がその豊臣家を裏切ったようにいわれるが、秀頼が産まれてからは、小早川家に放り出されたり領地を取り上げられたりしており、お寧の一族というだけで、西軍に味方する筋合いはない。秀秋は秀吉にひどいめにあわされていた。

秀秋がいつ頃から家康に味方すると決めたかはわからない。

ただ小早川家は毛利一族だから、家臣たちや大名たちが秀秋も西軍のはずだと思っていただけだ。

端から秀秋は東軍だったのである。

秀秋を味方だと思っていた西軍は、十九歳の若き武将の心の中を読み間違えただけである。

西軍の劣勢を見て裏切ったなどと言われるのは、秀秋には迷惑千万、言語道断なのだ。それほど秀秋は秀吉からひどい扱いを受けた。

関ヶ原の、両軍合わせて十五万人を超える大軍同士の戦いは、わずか一日で決着がついた。

東軍の圧勝で西軍は敗走、逃亡した三成の探索が始まった。

九州では戦いが続いていて、翌九月十六日に、如水の黒田軍が豊後安岐城を攻めるため進軍を再開する。

十七日、如水が安岐城を攻撃、十九日には開城。如水は降伏した城兵を配下に吸収して、黒田軍が一万人に膨れ上がった。この日、如水は十五日に関ヶ原で西軍石田三成が敗北したことを知った。

九月十五日に関ヶ原の戦いは終わったが、全国に広がった戦いは、領国を少しでも広げようとする武将たちで大混乱になっている。

それを家康は止めない。

再起できないよう徹底して西軍を叩き潰す必要があった。

清正の加藤軍は十九日に隣国小西行長《こにしゆきなが》の肥後宇土城に攻め寄せ、二十一日に城下を焼き払った。城主小西行長は六千の軍を率いて関ヶ原に出陣しており、宇土城には行長の弟の行景《ゆきかげ》らが籠城している。

その籠城兵の抵抗が激しく清正軍が苦戦した。

加藤軍の猛攻に対し、宇土城が薩摩の島津義久に援軍を要請すると、義久は島津忠長、新納忠元《にいろただもと》らを派遣し、宇土城南方十里の肥後水俣城に入れて籠城させた。島津軍が出てきて戦いは厄介なことになっている。

清正の加藤軍は島津軍の援軍に益々苦戦する。島津軍の参戦で九州は大混乱の様相になってきた。

豊後の富来《とみく》城を開城させた如水は、あちこちの城兵を自軍に呑み込んで、一万三千人にまで膨れ上がった黒田軍を率いて北上、十月五日に香春岳《かわらだけ》城を攻撃、小倉城を攻略するなど勢いづいている。

十四日に名将立花宗茂《たちばなむねしげ》がいる柳川城攻撃に五千人を派遣した如水は、本隊八千人を率いて久留米城攻撃に向かった。そこに鍋島直茂、勝茂親子が三万二千の大軍を率いて、久留米城攻撃に参戦してきた。

その頃、宇土城を攻めあぐねていた清正は使者を出して開城するように説得。京で小西行長の処刑が行われたことが伝わっていた宇土城は、二十日に説得に応じて開城し、小西行景が自害した。

宇土城が開城したことで、島津軍は水俣城にいる意味がなくなり薩摩に引き上げる。

清正は宇土城を攻略すると柳川城攻撃に参戦する。如水と清正に包囲されては、さすがの名将立花宗茂でも戦いは苦しい。

関ヶ原の勝敗も耳に入っていた。

そこで、降伏勧告に来た黒田如水の使者と交渉し、宗茂は降伏し黒田軍に呑み込まれた。

そんな戦場で黒田軍の無二斎と武蔵が加藤軍の重信を訪ねてきた。

武蔵は六尺を超える大男で、相変わらず全身殺気の獣の匂いのする野生児、一年の間に腕っぷしはめっぽう強そうな男に育ち、戦いや人を殺すために産まれてきたような男になっている。

重信を殺そうと襲った猛獣のような男だ。剣より相撲、剣士より力士のほうが似合いそうだ。足軽鎧で身を包み、今にも重信に摑みかかろうとする形相でにらんでいる。

「無二斎殿、ご苦労に存じます」

「戦はいかがにございましたか？」

「それがしは清正さまの護衛にて、格別なこともなくお傍におりました。黒田軍は大変な活躍と聞きましたが？」

「中津城を出てからは転戦続きにございました」

「武蔵殿も活躍されましたかな？」

それには答えず武蔵が重信をにらみつける。中津での稽古で負けたことを根に持って怒っている。

重信を襲撃して返り討ちに遭った。大男の醜男が怒っているとそれだけで怖い。

「相変わらずだな武蔵……」

「やるかッ！」

槍を握って武蔵が身構える。

「武蔵、待てッ、ここは加藤さまの陣中だぞ、控えろ！」

無二斎が叱って武蔵を後ろに押しのけた。

「武蔵、お父上から全てを学べ……」

「チッ！」

重信の忠告にも武蔵は耳を貸さない。

いつまでも力任せの剣法では、この先、何人を殺すことになるか知れない。それに立ち合いに失敗すれば自分が殺される。

無二斎と重信はしばらく戦況などを話して別れた。

加藤清正は宇土城や八代《やつしろ》城を手に入れ、肥後一国を占領統治することになった。それでも戦いは続いた。

十一月に入り黒田如水、立花宗茂、鍋島直茂、加藤清正など四万の大軍が薩摩の島津討伐に向かう。

関ヶ原の戦いに参戦した島津義弘は、西軍が敗北すると徳川軍の中央を突破し、島津独特の捨て奸《がまり》戦法で、逃げに逃げて薩摩に戻ることに成功した。

ようやく十一月十二日に家康と島津義久の間で和議が成立する。

すると家康から停戦命令が届いたため、四万の大軍は薩摩軍と戦う前に引き上げることになった。

ここに九州での戦いがすべて終わる。

示現流

黒田如水は九州で戦い、嫡男長政は関ヶ原で戦った武功により、黒田親子は中津城の十二万石から筑前名島《なじま》こと福岡に五十二万石で加増移封された。大きな加増である。

加藤清正も九州での武功が認められ、肥後熊本城二十五万石から肥後一国五十二万石に加増された。

領地が倍になった。これがあるから武将たちは戦うともいえる。

同じように家康の四天王井伊直政《いいなおまさ》も武功を認められ、石田三成の近江佐和山城に十八万石で移封された。

この佐和山城は「三成に過ぎたるものが二つあり、島の左近に佐和山の城」といわれるほどの名城だった。関ヶ原の戦いで活躍した重信の弟子、長野十郎左衛門《ながのじゅうろうざえもん》四十六歳が、直政と一緒にその佐和山城に入る。

だが、井伊直政は古い形式の縄張りや、石田三成の城だったことを嫌った。

そこで湖岸の磯山に城を築こうとしたが、関ヶ原での傷が悪化して直政が死去、計画が頓挫する。

その直政の息子井伊直継が遺志を継ぎ、元和八年（一六二二）に彦根城を完成させる。

年が明けた慶長六年（一六〇一）正月、重信は正月の祝酒を頂戴し、加藤家の剣術指南役を辞することを清正に願い出た。

重信はこのまま肥後に留まることはできない。

戦いの最中は清正の護衛を務め、これといった活躍はしなかったが、清正は重信に感謝し快く剣術指南役を辞することを許した。

清正は重信の志を知っている。

その重信にはもう一人、九州で会わなければならない剣客がいた。それはタイ捨流の開祖丸目蔵人佐だ。

その頃、丸目蔵人佐は六十二歳になり、隠居して丸目石見守徹斎と名乗り、肥後球磨の切原野で剣を置き荒れ地の開墾をしていた。

晴耕雨読の日々である。

その球磨切原野に加藤家を辞した重信が現れた。この年、剣神重信も六十歳になっていた。

笠をかぶった重信に気づいた蜻蛉之介が走ってきた。

「お師匠さまッ！」

「おう！」

「お師匠さまッ、わかりましたよ。蜻蛉はお師匠さまを忘れておりませんから！」

「そうか……」

蜻蛉之介は眼に涙を溜めて重信の手を取った。重信に岩国で拾われた蜻蛉は三十九歳になっている。小悪党の真似をしていた蜻蛉之介は今や立派な武士だ。

「やるか？」

「はいッ、お願いいたします！」

蜻蛉之介が身構えると鯉口を切ってスッと太刀を抜いた。良い刀さばきだ。中段に構えた剣先が生きている。

ずいぶん良い稽古をしていると重信は感じ身構えた。

すると、蜻蛉之介が一足一刀の間合いに詰めてきた。勇気があってなかなかの技量だ。

良い気合だ。

「そこまでよい、丸目さまに良い教えを受けたようだな……」

「はい、お師匠さまのお陰にございます」

「これからも、精進を怠るな」

「はい！」

「丸目さまはご健在であろうな？」

「お元気にございます」

蜻蛉之介は重信を百姓家に案内した。そこが丸目蔵人佐の住まいだった。

「あれは？」

「小屋を道場にしました」

剣客らしく道場付きの百姓家だ。二人が中に入ると土間に筵《むしろ》を敷いて、荒縄を綯《な》っている蔵人佐が見上げた。

「林崎殿、よくまいられたのう……」

筵に立ち上がると身についた藁をはたき落とす。

「まずは炉端においでなされ……」

蜻蛉之介が埋み火を吹いて火を起こす。重信は草鞋《わらじ》を脱ぐと布で足を拭いて炉端に座った。

「熊本城におりましたが、お訪ねすることができず、今日になりました」

「聞いておりました。お会いするのを楽しみにしていたのじゃ。戦が終わったのでぼちぼちお出でになるだろうと……」

「恐縮にございます」

「なんの、戦もほどほど良いところに落ち着いて、しばらくは静かになると喜んでおります」

「しばらくといいますと、やはり大坂のこと？」

「さよう、家康は秀頼を生かしてはおかないでしょう。家康はこれから歳を取るばかり、秀頼はこれから大人になってくる。生かしておいては死ぬに死ねないということになりましょう」

「確かに……」

「さすがの家康もすぐには秀頼を手にかけることはできない。三成はいなくなったが秀吉に育てられた清正、正則、長政、輝政、高虎、幸長らが健在だ。それに大坂城は難攻不落という。家康がどんな兵法を使って豊臣家を潰すか、これは少々厄介なことになりますぞ……」

老剣客は京からはるかに遠い九州の畑を耕しながら、天下がどう動こうとしているかその趨勢を見抜いている。

「一人ずつ取り除くということでは？」

「それもあるが、家康が元気なうちに一気に叩き潰すというのが良策だな」

「関ヶ原のように？」

「さよう、大坂城を落とす策を家康が持っているのか、持っていると見るのが正しい見方だ……」

「なるほど、大坂城を潰しますか？」

「あの家康が天下を取るにはそれしかない」

「できましょうか？」

「それは家康の持っている兵法次第……」

「なるほど、それができる参謀は柳生の兵法、宗矩殿？」

「いや、あの男にはそこまでの狡さや力量はまだないと見る。もし、それをやるとすればこの九州肥前から出た禅僧三要元佶《さんようげんきつ》と本多正信だな。正信は徳川家では嫌われ者だが、あの男ならやれそうだ」

「本多佐渡守《さどのかみ》……」

重信は三要元佶の名は足利学校の庠主《しょうしゅ》と知っていたが、どのような禅僧なのかは知らない。

実は関ヶ原で家康の傍から離れず、弱気になる家康を励まし続けた怪僧である。

家康の隠れた軍師であり参謀だ。

老いた家康の精力を薬草学で復活させたのも元佶であり、徳川御三家はこの僧によって作られたともいえる。

この時、丸目蔵人佐は元佶のことを詳しく知っていたが話さなかった。

専ら正信の話になった。

「あの男は家康の懐刀、家康に輪をかけて狡い。家康の天下取りの絵を描いているのは本多正信だと見ている」

九州球磨川の近くで田畑を耕しながら、兵法家でもある丸目蔵人佐は徳川家の内情まで見透かしていた。

剣客らしい目配りだ。

「しばらくここに滞在して百姓をしてみませんか、剣の道も百姓の道も同じだということが分かりますぞ」

そう言って蔵人佐がニッと笑った。

「それは願ってもないことにございます。是非、夏まで田畑の仕事を手伝わせていただきます」

喜んだのが蜻蛉之介だ。

「蜻蛉之介、そなた小屋の二階に行け……」

「はい！」

蔵人佐に命じられ、客人が来ると蜻蛉之介は部屋を空けて、小屋の二階に引っ越すのが常だ。

その客が重信だから蜻蛉之介は小躍りしたいほど嬉しい。

「蜻蛉之介、それがしが小屋の二階でも良いのだぞ……」

「いいえ、お師匠さまを小屋の二階にお連れしては息子として恥にございます」

きっぱり言って蜻蛉之介がニッと笑った。蜻蛉之介は重信に拾われた養子なのだ。よほどうれしいのだろう。

すぐ立って小屋に向かった。

「薩摩の東郷長門守《とうごうながとのかみ》という剣客をご存じですか？」

「確か天真正《てんしんじょう》自《じ》顕《けん》流の東郷重位《しげかた》殿かと？」

「いかにも、瀬《せ》戸《と》口《ぐち》藤《とう》兵《べ》衛《え》とも言うが、まだ四十歳ほどと若いのだが島津義久さまに信頼された家臣で、若い頃はそれがしの弟子であった」

「タイ捨流の？」

「さよう、礼儀正しく、ことを荒立てない穏やかな男で、庄内の乱の折に島津忠恒さまにも名を知られ、今は剣術指南もしておるようだ。門人も多い。その東郷のところに蜻蛉之介を修行に出そうかと考えています」

「それは願ってもないこと……」

重信は同意した。場合によっては蜻蛉之介が剣と人柄を認められ、島津家に仕官ということもありうる。

東郷重位は天真正自顕流とタイ捨流を組み合わせた流儀を工夫した。

その流儀は、薩摩の秀才で京は東福寺《とうふくじ》の臨済僧、南浦文之《なんぽぶんし》によってやがて示現《じげん》流と命名される。

示現とは神仏がその不可思議な力を表わすことをいう。また、菩薩が人々を救うために様々な姿に身を変えて、この世にあらわれることを示現ともいう。

文之は九州日向の人で湯浅家の出自である。

この頃、千利休《せんのりきゅう》の茶友でノ貫《へちかん》という禅僧が、「利休のいなくなった京はおもしろくない」と、手取釜一つを下げて文之を頼って京から薩摩に落ちてきていた。

「利休の茶は世間に媚びている」

ノ貫はそう嘆き、自らは侘数寄《わびすき》の極を歩いた異風である。風狂ともいう。

雪駄の発明者でもある。

重位は、九州平定に来た秀吉に臣従した島津義久が、上洛した折に同行を認めた一人だった。

若い重位は義久と上洛し、京で金細工を学ぼうとしたという。その時、天寧寺の僧善吉《ぜんきつ》と出会い天真正自顕流に開眼した。

薩摩に帰国すると早速タイ捨流との融合を創意工夫する。

この後、重位は忠恒から千石で仕官の話があったが、六百石を返上し四百石のみをもらうことにした。

清廉潔白、質素倹約の薩摩人らしくなかなか高潔な人物だった。

やがて島津家にその高潔な人柄を信頼され、島津家の秘密中の秘密である密貿易の拠点、坊津《ぼうのつ》の地頭に抜擢され、鹿児島城下に屋敷をもらう。

重位は剣術だけではなく高い識見をそなえた剣客だった。

丸目蔵人佐はその重位のもとで、蜻蛉之介を修行させようと考えている。

早速、翌朝から重信と蜻蛉之介の猛稽古が始まり、稽古が済めば重信は蔵人佐と畑に出て百姓仕事をした。

今は冬で、外の仕事は木を伐り、根を掘る力仕事しかなく、それに春から農作業で使う荒縄を綯《な》っておくのが大切な仕事だ。

朝は剣の稽古、昼は開墾、夜は荒縄を綯う。

荒れ地を開墾する仕事は楽ではない。木を伐りその根を掘り起こし、大石、小石を取り除いて畑にする。

肥料をやり、種を蒔いて野菜や果物を育てる。それは何年もかかる根気のいる仕事だ。

蔵人佐は剣の道も百姓の道も同じだと言った。

油断をすれば苦労して育てた野菜も果物も一瞬で枯れてしまう。日々の鍛錬こそが何よりも大切な剣と同じだ。

剣の天才丸目蔵人佐は自らの心の深奥に入ろうとしていた。

既に、蔵人佐は近隣の百姓たちと協力して、五町歩を超える荒地を開墾していた。

一町は六十間で方一町は三千六百坪だが、秀吉の太閤検地で一町歩は三千坪と決められた。

数百町歩に及ぶ開墾は、百年もかかろうかという大仕事なのだ。

球磨川から水を引けば田んぼにもなる。

だが、水路を開削する仕事もとんでもない大仕事だ。

重信は早朝の猛稽古で蜻蛉之介に神夢想流居合の伝授を始めた。居合はタイ捨流の中にも取り入れられる。

火の出るような猛稽古で、重信は蜻蛉之介が剣客として生きていけるよう、親として神夢想流居合の全てを伝授しようとしていた。

それがわかるだけに蜻蛉之介は熱心に重信から全てを学ぼうとする。

人は蜻蛉之介のようにどのようにも変われるものだ。薄汚れた小悪党が今や剣士に育った。

神夢想流神伝居合抜刀表二十二本、秘伝万事抜《まんじぬき》などを伝授したが、神伝居合抜刀裏二十二本だけは伝授しなかった。

裏二十二本は極秘の技で誰にも伝授したことはない。

猛稽古が終わると開墾地に出て木を伐り、根を掘り、大石、小石を取り除く仕事がある。

夜には藁を打ち、荒縄を綯う仕事が続いた。

剣術修行より連日連夜の百姓仕事の方がはるかに苦労だ。三人は黙々と仕事をして春を迎えた。

木々が芽吹く春は開墾の仕事と百姓の仕事で猛烈に忙しくなった。

その上、道場には早朝から門人が三十人ほど集まってくる。丸目蔵人佐はそんな過酷な戦いをしていた。

それは貧しい百姓たちのためである。

三人の仕事が夏になってひと段落すると、蔵人佐と蜻蛉之介が薩摩国分に重位を訪ねることが決まった。

そこで重信は蜻蛉之介に浅野蜻蛉之介重幸という新しい名を授けた。

重信は百姓家に留守居で一人残り、国分には蔵人佐と蜻蛉之介だけが行くことになった。

島津家は他国者を領国に入れたがらない傾向にある。

庄内の乱でも援軍を薩摩に入れず拒否した。この傾向は江戸期を通して幕末まで続くことになる。

悶着を避けたい重信は、薩摩に興味はあったが同行しない。

丸目蔵人佐と東郷重位師弟の間には、書状の交換で蜻蛉之介の弟子入りの話がついていた。

蔵人佐が蜻蛉之介を重位に渡すだけになっている。

二人は球磨川を遡り、人吉から薩摩国分に向かった。

残った重信は道場に出たり、開墾地に出たり、畑に出たり神出鬼没の大忙しさになった。

百姓たちは甚助さんと呼んで親しんでくれる。

「甚助さんは天下一の剣豪だそうだな？」

「丸目の旦那とどっちが強いかのう」

「そりゃお前、二人が天下一に決まっている」

「おかしくないか？」

「何がだ？」

「二人が天下一ということだ。一というからには一人だろ……」

「馬鹿野郎、おめえは何も知らないんだな。天下には天子さまと将軍さまがいるだろ、だから二人でいいんだよ」

「なるほどな、それでどっちが天子さまだ？」

「お前は馬鹿か、そんなことおれが知るわけないだろう」

暢気な百姓衆には丸目の旦那も、剣豪の甚助さんもどっちも大切だ。重信は毎日野良に出て百姓衆の中にいる。

その蔵人佐が十日もしないで薩摩から一人で戻ってきた。

「これまで何度か薩摩に行っているゆえ、蜻蛉之介も薩摩の水にすぐ慣れることであろう……」

「丸目さまのお陰にて蜻蛉之介も一人前にさせていただきました」

「何んの本人の精進じゃ、精進のできぬ者が多いが、蜻蛉之介は親に褒めてもらいたいばかりによう意地を張った。武家は意地じゃからのう」

「恐れ入ります。頼りにならぬ親でございます」

「それでいいのよ。親が傍にいると甘えて使いものにならぬわ。親はなくても子は育つ……」

そんな丸目蔵人佐は蜻蛉之介の生い立ちを知っていて育ててきた。

岩国の悪たれ小僧が幸運にも重信に拾われ、天下のタイ捨流丸目蔵人佐に預けられ育てられた。

人はどこで誰と出会うかが決定的に大切だ。

邂逅《かいこう》によって人の人生が一変することはよくあること、蜻蛉之介と重信の出会いがそうだった。

数日すると蜻蛉之介の小屋の二階に道場の若者が住み込んだ。

蔵人佐が住み込みの内弟子として選んだ男は、剣の筋がよく、にこやかで人柄の良い若者だ。

この頃の蔵人佐の悩みは水路の開削だった。

九州のこの辺りは火山灰の土地で水はけがよく、水喰土《みずくらいど》が広がっていて水路には不向きだった。

水は流れず土にみな食われてしまうのだ。

錦川の決闘

丸目蔵人佐の百姓家に逗留して半年が過ぎ、秋口になると重信は京に戻るため辞することにした。

取り入れを前にしての別れだ。

重信が蔵人佐に見送られて切原野を後にする。八ヶ月の滞在は緊張のない穏やかな日々だった。

一旦、熊本城下に戻り、加藤家の三豪傑の一人森本義太夫に挨拶して、熊本城下から豊後府内《ぶんごふない》に向かった。

大分府内から船で周防の岩国へ向かう。

その岩国で重信は意外な人物と出会うことになる。岩国で片山松庵を訪ねた時、微《み》塵《じん》流という名を聞いたのだ。

「松庵殿、その微塵流と名乗った者は？」

「確か、信太大和守朝勝《しのだやまとのかみともかつ》と聞きましたが……」

「信太大和守ですか。どこに住んでおられますか？」

重信は、信太大和守朝勝が師岡一羽《もろおかいっぱ》の弟子で、岩間《いわま》小熊之介と江戸の常盤橋で戦って破れた根岸兎角だとすぐにわかった。

「錦川の傍にございますが、何か？」

「松庵殿、その者は卜伝さまの弟子で、それがしの兄弟子師岡一羽さまの弟子にて根岸兎角という者でしょう」

「根岸兎角？」

「はい、会えばわかりますが、師を裏切り一羽流を微塵流と名乗り、怒った兄弟弟子を騙して斬殺し逃亡したとそれがしに訴えた者がおります」

「それは卑怯な……」

「その根岸兎角であれば、騙されて殺された兄弟弟子と、師岡一羽さまの無念を晴らさねばなりません」

「そのような者が……」

「なにとぞ、ご理解を賜りたい」

「そのようなご事情であれば、承知いたしました」

重信の話を聞いて松庵も怒った。

そんな振る舞いはとても剣客のするべきことではない。師の流派を乗っ取るなど許されない。

江戸から逃亡した根岸兎角は名を信太朝勝と変えている。

いっとき豊前中津城の黒田長政に仕えたが、黒田家を辞して一度江戸に戻り岩国に帰ってきた。

天網恢恢《てんもうかいかい》疎にして漏らさずとはこのことだろうと重信は思う。

松庵から微塵流と聞いた時、その男はおそらく根岸兎角で、斬らなければならないと思った。

「松庵殿、錦川のその者のところに案内いただけましょうか？」

「承知いたしました」

二人は錦川の傍の百姓家に向かった。

秋なのにまだ暑いのか、戸は開け放たれて川風が吹き込んでいる。隠れ住むには目立たない百姓家で良いところだ。

重信は戸口に近付いて声をかけた。

「ご免！」

返答がない。

「ご免ッ！」

「おうッ！」

家の裏手から応答があった。重信は笠を取りながらゆっくり裏手に回って行った。

「アッ！」

「久しぶりだな根岸殿……」

「林崎さま……」

「覚えておられたか、経緯のすべては土子土呂助殿から聞きました」

「あれは違う。弟子のしたことだ！」

「小熊之介殿を騙し討ちにしたことでござるかな……」

「そ、そうだ！」

「門弟のしたことは師にも責任があると思うが？」

「そのような……」

兎角は全て弟子のせいにしたいようだ。

重信の怒りを感じ取って、兎角は明らかに怯えている。戦って勝てる相手ではないことはわかっている。

今や神夢想流居合の重信を知らない剣客はほとんどいない。

兎角は土呂助に追われていることを知り、西国に戻ってきて隠れ住んでいた。追われる者はつらい。

「根岸殿、見苦しいとは思われぬか。師の流儀を微塵流と名乗り、同門の兄弟子に敗れれば、卑怯にも湯殿で騙し討ちにして逃亡するなど、剣士とは思えぬ振る舞いである。潔く、尋常に勝負されるがよろしかろう」

「ろ、老師と戦ういわれはない！」

「そちらになくても、こちらにはある。土子土呂助殿に小熊之介殿の仇討を依頼されておる」

「た、戦いたくない……」

「潔くなされ、それがしにとって師岡一羽さまは鹿島での兄弟子でもある。兄の無念を弟が晴らすだけのことだ」

「黙れッ！」

「では、まいるぞ」

重信が笠を手から離し地面に落とした。

下げ緒を取って素早く襷がけにすると、兎角は傍に立てかけておいた太刀を握り、鯉口を切って刀を抜いた。

鞘を傍の畑に投げ捨てる。

兎角は土呂助に追われているとは思っていたが、まさか重信が現れるとは考えてもいなかった。

松庵が畑の傍に立って二人の戦いを見ている。

重信がゆっくり間合いを詰める。すると兎角が後ろに下がり、振り向きざま河原に逃げた。

それを重信が追う。

小砂利と砂の河原だ。兎角がどっちの足場を選ぶか。

錦川の水辺に追い詰めた。

兎角がくるぶしまで水に入った。それ以上は下がれない。重信はゆっくり柄に手を置いた。いつでも抜ける構えだ。

重信は兎角の卑劣な振る舞いを怒っている。許すことはできない。

兎角は水から出るため右に回ろうとするが、その動きを押さえるように重信が左に動いた。兎角は一瞬の勝負だと分かっている。

常陸江戸崎村の師岡道場で神夢想流居合の凄さを見た。重信がジリジリと間合いを詰める。

足場は小砂利だ。

数歩下がれば川の深場に入る。

兎角が水しぶきを上げて水辺を上流に走った。それを重信が追う。瞬間、兎角が上段から襲ってきた。

乱取備前が水しぶきの中を後の先で鞘走り、兎角の太刀を擦り上げると同時に、上段から眉間を斬り下げた。正中を斬るべし。

神伝居合抜刀表一本天車《てんしゃ》、ングッと額を割られた兎角が、太刀を握ったまま仰のけに川へザバッと倒れた。

サーッと血が水中に広がる。淀みながらゆっくり下流に流れた。

「お見事です……」

松庵は一部始終を見ていた。

この後、根岸兎角は黒田家から支援金をもらっていたこともあり、悶着が起きないように兎角は病死したことにされた。師岡一羽と岩間小熊之介の仇討をした重信に異存はない。

松庵宅に三日間逗留して広島に向かい、広島から出雲に向かった。

既に、関ヶ原の戦いの論功行賞が終わり、各大名家は改易から大幅加増まで、悲喜こもごもであった。安芸広島の毛利家は、西軍の総大将でありながら辛うじて生き残りに成功する。

毛利家は百十二万石から二十九万石、実高三十七万石に減封、領国は周防、長門の二ヶ国だけとなった。

上杉家は百二十万石から米沢三十万石に減封、島津家は家康と交渉し六十一万石そのまま安堵。関ヶ原の勝敗を決めたといわれる小早川秀秋は、三十五万石から五十一万石に加増になった。

この加増が多いか少ないかは考え方次第だろう。

家康に味方した者は安堵か加増、三成に味方した者は減封か改易となり、すべての大名がいずれかに該当した。

中でも家康が厳しく処したのが織田宗家の織田三法師秀信と、豊臣宗家の秀頼に対してだった。

家康にとって織田家と豊臣家は邪魔でしかない。

秀信は岐阜城で戦って敗れ、死罪になるところを福島正則の助命嘆願で、高野山に流罪になった。

秀信の十二万石は没収され、織田宗家は事実上ここで滅亡する。

その秀信は四年後に高野山において、わずか二十六歳で死去することになる。この死には謎が多い。

秀頼は二百二十二万石から六十五万石に減封、大坂城から出るように命じられた。

だが、大坂城から出れば殺されると考え拒否。豊臣家は秀吉の死後三年で六十五万石の一大名に落とされた。

家康は関東二百五十六万石から四百万石に加増、徳川家の親藩、譜代などを合わせればその石高は六百万石ともいわれ、関ヶ原の戦いで勝利した家康の天下が確定したことになる。

ここで重要なのは征夷大将軍が空席だということである。

信長も秀吉も就任できなかった将軍職がこの頃空席だった。

備後《びんご》鞆《とも》の浦《うら》から上洛した足利義昭《あしかがよしあき》が天正十六年（一五八八）正月に、十五代征夷大将軍として参内《さんだい》して朝廷に将軍職を返上したからだ。

この時以来、将軍職は空席である。

その後、足利義昭は秀吉から捨扶持の一万石をもらって大名になった。

その義昭が四年前の慶長二年に、六十一歳で亡くなっている。いつでも家康が望めば征夷大将軍に就任できる状況になっていた。

秀吉が関白、太閤になって、将軍職に興味を失っていたことが、家康には幸運だったともいえる。

秀吉は以前、将軍になろうと義昭の養子になろうとしたことがある。

その時は義昭が拒否した。

関ヶ原の三年後に家康は何の苦労もなく、空席の征夷大将軍に就任することになる。

浪人たち

重信が出雲に着いた時には九月に入っていた。

相変わらず大社の森は神々しい。参拝してから重信は中村《なかむら》三右衛門の鍛冶場に向かった。

鍛冶の音がしたので笠を取って覗き込んだ。

「ご免……」

「師匠！」

三右衛門が驚いて仕事の手を止めて鍛冶場から出てきた。

稲佐の浜には波のない夕暮れの黄金の海が広がっている。

「九州からお帰りで？」

「肥後熊本から広島を回ってきた」

二人は話しながら稲佐の浜に歩き出した。

「九州の加藤さまは東軍で？」

「徳川さまとの間には色々あったようだがな……」

「これで天下も徳川さまで落ち着きましょうか？」

「そうなって欲しいものだ。乱世は終わりにしないと長過ぎる」

出雲は毛利家の領土だった。

その毛利家が減封されたため、遠江浜松十二万石の堀尾忠氏と、父親で隠居中の越前府中五万石の堀尾吉晴が、出雲、隠岐二十四万石に加増されることになった。

「出雲には浜松から堀尾さまがまいります」

「堀尾さま……」

どんな領主なのかは誰もが心配だ。

この出雲は杵築大社の神々に守られているが、領主の人柄によっては苦労することになる。

堀尾吉晴は豊臣政権の三中老といわれた。

なかなかの人物で、隠居料五万石を貰い越前にいたが、嫡男の忠氏は二十五歳と若い領主だった。

どんな人物か誰も知らない。

ところが忠氏は三年後に二十八歳で早世する。

その嫡男忠晴はわずか六歳で領主となり、祖父の吉晴が後見して実権を握ることになる。

この堀尾吉晴が京の妙心寺塔頭俊巌《しゅんがん》院、のちの春光院を開基した。

不思議なことにこの春光院に南蛮《なんばん》寺の鐘が残ることになる。

重信と三右衛門が話しながら浜に下りて行くのを、阿国が見つけて小走りに追ってきた。

三十歳になった阿国だが相変わらず若々しい。

砂を蹴飛ばして走ってくる。二十歳そこそこにしか見えない何んともやんちゃな美女だ。

「お師匠さまッ！」

大声で叫んで子どものようにバタバタと走ってくる。

「やっぱり、お師匠さまだ……」

三右衛門の前で重信に抱きついた。

天下一の美女の振る舞いは天真爛漫で天下御免。

父親の三右衛門は重信を愛する阿国の気持ちを分かっていて黙って見ている。重信の妻なのだ。

「きっと来るって待っていたの……」

「そうか……」

「そうだよ。今日あたりかなって……」

三右衛門との話が途切れてしまった。

「京に行く時は一緒でしょ？」

「来月か？」

「うん、それまでここにいて？」

一月半ほど先になる。京に戻るだけの重信は急ぐ旅ではなかった。

「是非、そのようにしてください」

三右衛門が重信と離れたくない阿国の気持ちを援護する。その願いを拒否すれば阿国に殺される。

「遠慮なく、世話になりましょうか……」

「よしッ！」

うれしい阿国が重信の首にぶら下がった。

「重くなったな？」

「ブッ……」

阿国がふくれっ面で怒った。

旅先の京から戻って半年近くになり少し太ってきていた。踊り子の阿国はあまり太れない。

ブクブクになっては踊れなくなる。

「阿国、師匠を頼みましたよ」

「うん……」

三右衛門が阿国のため、気を利かしてさっさと家に戻って行った。重信が阿国に誘われ砂浜に座った。

以前にもこんなことがあったと思い出す。

初めて七歳の阿国と出会った時だ。

「手を握っていい？」

阿国があの流し目で重信を見る。その美しさは尋常ではない。京の人々を虜にした天下一の美女なのだ。

「元気だったか？」

「うん……」

阿国は重信の腕を抱き肩に頬を寄せて嬉しそうだ。

いつまでも阿国は強い剣士に恋する乙女なのだ。そんな純なところが京の人々に長く愛されている。

翌日から重信は阿国と阿菊を連れて出雲の神々を回った。

出雲の神の社は三九九所なりというほど、あっちもこっちも神々の住まう郷なのである。

どこもかしこも清浄で神々しいのが出雲だった。

三人が向かったのは日御碕《ひのみさき》神社だ。

大社から日御碕神社までは二里余り。阿国は男装して腰に大小を差し、網代の笠をかぶっている。

阿菊は市女笠で日焼けしないように顔を隠していた。

稲佐の浜に出て弁天島の傍を浜なりに三人は北に向かった。美女の姉妹二人と一緒の賑やかな旅だ。

神々の郷に相応しくない華やかな三人連れだった。

行き交う人々は、この辺りでは見かけない三人連れの旅人に、市女笠をのぞいたりする。

「すごい美人だぞ……」

「どこかの姫さまのお忍びだろう……」

「お侍二人のお供だな……」

ひそひそと話しながら遠ざかるのが聞こえる。そんな時、阿菊は二人を従えている
ようで得意満面だ。

「姉上、どんなもんです」

「まあ、立派なもんですな。どこの姫さまなのかしら……」

「意地悪なんだから……」

「阿菊殿は大社の姫さまといえばよろしい、本当なんだから……」

「うれしい、だからお師匠さま大好き……」

阿菊が重信に寄って手を握った。それを見て阿国が苦笑する。いつも仲のいい姉妹
だった。

この姉妹は喧嘩をしたことがない。喧嘩をすると杵築の神さまの罰が当たる。

巫女《みこ》なのだから。

そんな三人は日御碕神社の社を全て参拝、腹をすかして近くの茶店で、美味しい餅
を食べた。

「太る、太るよ……」といいながら、阿菊は一人で四皿も五皿も食べた。

「そなた、男の格好をしているが女だな？」

茶店にいた三人の浪人が阿国に声をかけてきた。

無礼な浪人を阿国が怖がって重信に身を寄せる。阿国の男装に絡んできた。

「逃げることはあるまいが……」

「姉上、こっちへ……」

「ほう、姉妹でいい女だな。浪人、一人貸せや！」

「無礼をいたすな。この二人は大社の姫さま方だぞ」

「大社だと、ふざけるなッ！」

浪人が縁台から立ち上がった。

それに続いて二人も立ち上がる。阿国たちをからかいたいのか、それとも銭が欲しいのかわからない。

「出ろッ！」

三対一と思ったのか乱暴な浪人だ。

阿国は重信と自分の笠を摑んで後ろに下がった。重信は立ち上がると乱取備前を腰に差して街道に出た。道端は白く乾いている。

海からの微風が何んとも気持ちがいい。それを邪魔するとは無粋な者たちだ。

「そなたら、毛利さまの浪人か？」

「うるさいッ！」

浪人は苛立っている。

関ヶ原の戦いでもう一つ重大なことが起きていた。

それは、改易になって取り潰された大名家や、毛利家のように大幅に減封された大名家から大量の浪人が出たことである。

この時、放り出された浪人は二十万人とも三十万人とも言われる。

それらの浪人は、やがて勃発する大坂の陣でなお増加し、浪人対策が江戸幕府の頭痛の種になる。

浪人たちは家代々浪人のまま二代目、三代目と続くことになった。

お家を追われた浪人も生きて行かなければならない。それが仕事に恵まれず実につらいことになる。

「見ず知らずのそなたらとここで争ういわれはない。引いてくれぬか？」

「ならば女を一人、渡すか？」

「それはできぬ。一人はそれがしの妻だ。一人はその妹なのだ」

「黙れッ！」

「どうしても引かぬか？」

「うるさいッ！」

何を怒っているのか浪人が苛つき、いきなり太刀を抜いた。

重信は困った顔で傍の二人の浪人を見た。太刀を抜いた男より落ち着いていて腕は上のようだ。

「待て、それがしが先に相手する」

太刀を抜いた男の前に、見ていた浪人が出てきた。

「豊前浪人、森崎八兵衛と申す」

「ほう、豊前であれば無二斎殿をご存じか？」

「新免殿なら名は聞いておる。指南を受けたことはない。おぬしは？」

「それがしは神夢想流、林崎甚助と申す……」

「林崎だと？」

「はい、居合を少々やります」

森崎八兵衛と名乗った浪人が重信をにらみながら二歩、三歩と下がった。

「ご無礼仕った。行くぞ……」

「何んだ？」

「いいから、来いッ！」

二人の浪人を連れて大社のある南に速足で遠ざかっていった。森崎と名乗った浪人は神夢想流居合と重信の名を知っていたのである。

「お師匠さまの名前を聞いただけで行ってしまったね？」

阿菊が重信の顔を覗き込んでニッと微笑んだ。

重信に妻だといわれた阿国は、とろけちゃってニヤニヤ顔で重信と腕を組む。

「強いんだから……」

一変、阿国が怒ったように言う。

「これからあのような浪人が増える……」

「どうして？」

阿菊は無邪気に聞いた。

「戦に負けた多くの大名家が取り潰されたからだ。仕官を求める浪人が、城下や街道に溢れることだろう」

「怖いな……」

「あのような浪人たちも世間に放り出されて苦しいのだ」

「同情するの？」

「いかんか。二人が美人だからちょっかいを出した。おそらく何か嫌なことでもあったのだろう」

「怖かったよ」

「阿菊は弱虫だから……」

「姉上も逃げたくせに……」

「怖かったんだもの……」

騒々しい三人が夕暮れ前に稲佐の浜に戻ってきた。

浅野次郎右衛門重任

翌日から重信は三右衛門の鍛冶場を手伝った。

球磨の丸目蔵人佐の開墾といい、三右衛門の鍛冶といい、やってみなければわからないことばかりだ。

鍛冶は鉄を鍛える仕事で難しい力仕事だ。

阿菊は遊びに行っても、阿国は鍛冶場に座って重信の仕事を一日中、飽きもせず顎を手と肘で支えながら眠そうな顔で見ている。

神社巡りをしたり、三右衛門の鍛冶場で仕事をしたりしているうちに、出雲の神在月になった。

十月十日の夜、稲佐の浜に篝火《かがりび》が焚かれ、白装束の神職たちが八百万神を、出雲にお迎えする神迎祭が暗闇の浜で行われた。

神々は神迎の道を大社に向かい十九社に入られると、翌日から盛大に神在祭が行われる。

十月十八日に神等去出《からさで》祭が行われ、八百万神を見送って神在月が終わるのだ。

全国の神々が出雲の神議《かみはか》りに行くため神無月となるが、出雲は逆に八百万神が集まるため神在月となる。

阿国たちは上洛する支度を始め、神在月が終わると出雲を出立するのが常だ。

一行が集まると男衆に守られて京に向かった。その中に誰よりも頼りになる剣士重信がいる。

出雲、伯耆は太刀を鍛える鋼の産地で、その鋼は特別に玉鋼《たまはがね》と呼ばれている。

その鋼は良質の砂鉄を焼いて取り出すのだが、良質な砂鉄は出雲と伯耆に多く、川から砂鉄を取り踏鞴《たたら》という大きな鞴《ふいご》の窯で焼いて、踏鞴鉄とか玉鋼という良質の鉄を取り出す。

この踏鞴鉄でないと刀剣に鍛えることはできない。

踏鞴鉄を生産する踏鞴場、踏鞴吹きが出雲と伯耆にあり、踏鞴鉄は京や備前や播磨、美濃や伊勢、相模など刀剣の刀鍛冶の鍛冶場に送られて行く。鉄を積んだ荷駄と阿国一行は一緒の旅になった。

阿国一行は伯耆、但馬と歩いて十一月になって京に着いた。

重信は阿国一行と別れ勧修寺家に立ち寄って、大納言晴豊に挨拶して鷹ヶ峰の道場に戻る。

年が押し詰まった十二月になって、休賀斎の息子で奥山流の二代目孫左衛門が重信を訪ねてきた。

孫左衛門の話は次郎右衛門の仕官の話だった。

「美冬が次郎右衛門殿を推挙しまして、殿がお聞き届けになられました。奥平家への仕官をご承知願いたいが？」

「かたじけなく存じます。次郎右衛門、奥山さまに返事をいたせ……」

「はい、奥山さま、まことに有り難いお話にて、謹んで仕官の儀、お受けさせていただきます。なにとぞ、よろしくお願い申し上げまする」

「うむ！」

孫左衛門は満足そうにうなずいた。

「未熟ではございますが、よろしくお願いいたします」

重信が次郎右衛門の親として孫左衛門に頭を下げる。

奥平家は上野《こうずけ》小幡三万石だったが、この度の関ヶ原の戦いで、毛利の安国寺恵瓊《あんこくじえけい》を捕縛するという功により、美濃加納十万石に加増移封された。

奥平家は本来三河が本拠地で、上野から三河に近い美濃に移ってきた。

大幅に加増されたため、奥平家は多くの家臣が必要になっていた。次郎右衛門は十八歳で、一緒に修行した美冬に弟のように可愛がられてきた。その美冬の推挙だから次郎右衛門はうれしい。

「休賀斎さまはお元気にございますか？」

「はい、三河に戻りまして健在にございます」

休賀斎はこの翌年に七十八歳で死去する。

次郎右衛門の仕官が美濃に決まったことは重信にもうれしい。

美濃は土岐源氏浅野家の発祥の地で、重信の古い先祖の地でもある。

重信は浅野次郎右衛門重任という立派な名を授けて、次郎右衛門を送り出すことにした。

仕官が決まったその日から、重信は次郎右衛門に神夢想流居合の伝授を行った。大吾も弟のような次郎右衛門を厳しく育ててきた。

年が明けると浅野次郎右衛門は十九歳になり一人で美濃に向かった。

二月になると家康の次男結城秀康のとりなしで、西笑承兌を介して上杉景勝と直江兼続が上洛してきた。二人は家康に関ヶ原のことを謝罪して許され、名門上杉家は大幅に減封されて存続することになった。

上杉家は会津百二十万石から米沢三十万石に減封された。

この時、上杉家は百二十万石の家臣をすべて米沢に連れて行った。浪人を出すことはなかった。

それは名門上杉の意地と誇りだ。

同じ二月、佐和山城で井伊の赤鬼、人斬り兵部といわれ、家康から信頼された井伊直政が死去した。四十二歳だった。

井伊の赤鬼は心優しく美男子で、家康の寵童ではないかといわれた。直政が亡くなると後継者には嫡男の直継がなる。

長野十郎左衛門は四十八歳になり、直政に続いて直継に仕えることになった。

天下は京や大坂の中央だけでなく、山や海の隅々まで活発に動いている。そこには人々の生活がある。

春になって重信は京を発ち江戸に向かった。

京から瀬田《せた》の唐橋《からはし》に向かい、佐和山城下で長野十郎左衛門と会い、美濃には行かずに東海道を東に向かう。

浜松の奥山明神に立ち寄ると休賀斎は病臥していた。

この年、休賀斎が亡くなると奥山流は孫左衛門が引き継ぐことになる。剣客に必ずしも強い息子がいるとは限らない。だが、孫左衛門は強い剣士だった。

重信は休賀斎と半刻ほど話をして辞した。

東海道には槍や鎧櫃を背負った浪人の行き交うのが目立っている。そのほとんどが西国の改易や減封された大名家の家臣だった浪人だ。

そんな中に東国への仕官が決まったのか、五、六人の家臣を連れている大身の武家もいる。それなりの武将は加増された大名家に仕官が決まることも少なくない。

三島まで来て重信は箱根の竜太郎と妻のお満に出会った。

竜太郎は十頭を超える馬と馬借を連れ、三島から小田原に箱根越えで大量の荷を運んでいる。

この数年、江戸に運ぶ荷と行き来する人が急に増えていた。

「子は何人になった？」

「八人です。腹にもう一人……」

「九人目か？」

「もう歳ですから……」

「そういうな、何人でも産め、子は授かりものだ」

「そうなんですけど、お師匠さまがそういうとこの人がその気になって……」

元気がよく何事にも強気のお満だが、九人目の子を産むことになって、少々くたびれてきたようだ。

「幻海殿とお仲殿は達者か？」

「ええ、達者は達者なのですが……」

竜太郎が言葉を濁した。

「どうした？」

「足を斬られてから何もしなくなりまして……」

「足は治ったのではないのか？」

「治りました。引きずることもなく元気なのですが、何をしてもおもしろくないというか、気が入らないというか……」

竜太郎は老け込んだ義兄を心配している。

お満に八人も子を産ませた竜太郎は、多くの馬借の男たちを抱えて意気軒高だ。まだ、三人や五人は子どもができそうだ。

「おそらく、幻海殿は自信喪失であろう、風魔らしくないな……」

「お師匠さん、何んとかなりますか？」

「難しいな。一日中、炉端で丸くなっているようだと体が鈍ってしまう」

「そうなんです。もう、刀を握る気がないようでして……」

「そうか。刀を握らないか……」

「姉も心配して、体が駄目になってしまうと……」

「寄ってみよう」

「お願いいたします」

馬の背に荷を積んだ隊列が黙々と箱根山に登り始めた。

「お師匠さん、何日でも泊まっていってください……」

竜太郎は重信に会うことで、幻海の気持ちが少しは変わるのではないかと期待している。

竜太郎の姉のお仲は、何も言わないが幻海の変化をひどく心配していた。

幻海の子どもは小田原城主の大久保家に縁あって軽輩で仕えているが、幻海は気に入らないのか顔を出そうともしない。

小田原城には家康が秀吉に関東への移封を命じられた時、大久保忠世《ただよ》を入れた。

江戸の西の守りになる城だ。江戸城は彦根城、名古屋城、大井川、箱根山と小田原城によって守られている。

北条宗家は滅んだが、北条氏康の四男で氏政《うじまさ》の弟氏規《うじのり》の子、氏盛《うじもり》が河内狭山一万石の外様大名として残った。

重信が竜太郎の家に着くと幻海は炉端に座っている。

「老師……」

「幻海殿、元気ですかな？」

「それが……」

生気の感じられない幻海の顔だ。

重信が炉端に座ると竜太郎たちは小田原に向かった。お満は若い男と交代して家に残り、お仲とお満が二人の世話をする。

「幻海殿、少々、体が重いのではござらぬか？」

「お恥ずかしいことで……」

「どうです。ひと汗流しませんか？」

重信が幻海を稽古に誘った。

太った体が鈍ってしまい、幻海は思うように動けないだろうと見た。

「夕餉までお願いいたしましょうか……」

師弟は庭に出て久しぶりの稽古を始める。

もはや幻海は風魔でも剣客でもなかった。腕はさほど落ちてはいないが、剣気が感じられない。

何んとも活気のない穏やかな剣に変わっている。

「どうなされた。幻海殿とは思えぬ剣筋だが？」

「面目ないことで……」

「稽古相手がおりませんかな？」

「老師、剣が怖くなりまして……」

「なるほど、そういうことですか。それはそれがしも同じです。怖いから稽古するのだと思えませんか？」

「怖いから稽古をする？」

「さよう、誰もが斬られたくないのです」

「だから稽古を……」

「そう考えれば体が動くのではありませんか？」

「体を動かす……」

「そう、そこから始めないと、まず、毎日、少しずつ体を動かしてください。近くの山に登ったり……」

「老師、申し訳ございません。心配をおかけしまして……」

「誰でもそういう時があります」

重信は幻海を励まし、十日ほど箱根に滞在して毎日幻海と稽古をした。

その幻海が少し元気を取り戻したのを確認して江戸に向かう。

江戸は相変わらずだが、日比谷入江の大規模な埋め立てが終わりかけていた。それでも土が乾いてしまうと、強風の日は砂塵が飛んで埃っぽかった。

家康に移転を命じられた三河屋七兵衛は、日本橋に近い江戸の一等地の、人通りの多い賑やかな通りに移ってくる。

三河屋の移転は家康の肝煎りなので優遇されている。

関ヶ原の戦いで勝利した徳川家は、四百万石の領地を持つようになり、譜代領を入れると六百万石を超えるとも言われた。

天下の中心は五畿内からはっきり関東に移る勢いを見せている。

小さな海辺の村に過ぎなかった江戸に、続々と人が集まり出して巨大城下が出現しようとしていた。

わずか数百人の村が数千人、数万人、数十万人、そして、やがて百万人を超え、世界に誇る城下が完成する。

「ご免！」

笠を取った重信が三河屋の埃っぽい店先に顔を出した。

「これは林崎さまッ、どうぞ、どうぞ……」

店の番頭から小僧たちまで重信が何者か知っている。

三章　武蔵という男

三百両

国を二分して戦われた関ヶ原の戦いから二年が経ち、豊臣政権といいながらも既に家康を中心に動いていて家康政権ともいえた。

その家康は伏見城にいて京、大坂を見ながら、なかなか伏見城から離れられない状況だった。

江戸の整備は三男秀忠に任せるしかない。

まだ二十四歳の秀忠は何ごとも家康に指示を仰ぐことにしている。

何んといっても徳川軍四万を率いながら、真田昌幸に邪魔され関ヶ原の戦いに遅参し、参陣できなかったことが秀忠の生涯の汚点だ。

秀忠の母、家康の側室は三河西郷家の出で西郷局《さいごうのつぼね》と呼ばれている。

この西郷家は美濃の土岐一族で三河に大きな力を持っていた。家格では家康より上だった。

三河の覇権を握りたい家康は、実力者である西郷家の協力を必要とした。

そこで西郷家から家康の側室になったのが寡婦のお愛《あい》だった。お愛は美人で温厚誠実な女で家康に気に入られる。

そこに生まれたのが三男の秀忠で、長兄の信康は信長に武田とのつながりを疑われ、家康に切腹を命じられ二俣城で亡くなった。その時、信康の母で家康の正室築山殿も殺害された。

その報復のように築山殿の侍女が、何を勘違いしたのか、お愛の方を毒殺したと言われる。西郷局のお愛は天正十七年に三十八歳で亡くなった。

次男は秀吉の養子となり結城秀康と名乗っているため、家康の後継者は三男の秀忠に回ってきた。

まだ二十四歳と若いが、土井利勝《どいとしかつ》など優秀な側近たちに守られている。

その秀忠と家臣団は、家康の不在を埋めるため八面六臂の活躍で、江戸城と城下の整備に奔走している。家康は三河や遠江、駿河だけでなく京、大坂からも、多くの商人や職人を江戸に移して城下を作ろうとした。

その一人が三河屋七兵衛だった。

重信の顔を見て帳場の番頭がサッと立ってきた。

「林崎さま、奥へどうぞ……」

「七兵衛殿は達者ですかな？」

「ええ、お陰さまで旦那さまは元気にございますが……」

「どうした？」

「良いところにお出で下さいましたので……」

何か口を濁す言い方で、重信を奥の七兵衛の部屋に連れて行った。

「林崎さま……」

「七兵衛殿、どうしました？」

ただならぬ雰囲気に重信が挨拶もせず七兵衛の前に座って話を聞いた。

「孫が勾引《かどわ》かされまして……」

「何んですと？」

「これは孫の父親の八兵衛と嫁のお里にございます」

「お孫さんはお幾つです？」

「孫はまだ七歳の男の子で……」

「勾引かした者は？」

「分かりません。近所の子がこんなものを持ってきました……」

る。


「拝見してよろしいか？」

「どうぞ……」

七兵衛が紙片を重信に差し出した。

その紙には役人に知らせてはならぬこと、知らせれば子どもの命はないこと、身代金三百両を子どもと引き換えにすること、場所は後で知らせることなどが書かれている。

江戸の混雑を利用した質の良くない悪党の仕業だとすぐわかった。

三河屋がどう動くか見張られていると思われる。

「昼前から孫の姿が見えないので探していたのですが、こんなものがきましたので勾引かしとわかり、生きてさえいてくれれば三百両などどうにでもなりますので……」

「悪党の心当たりは？」

「ありません。人さまに恨まれるようなことも……」

「そうですか。それでは、悪党からの次の指図を待つしか打つ手はない。指図が来ればどうするか目処が立ちます」

遊んでいる子どもを拉致するとは卑劣な手口だ。

どんな者がこのようなことをするのか重信は考えてみた。江戸には各地から浪人たちが集まっている。食い詰めた浪人も少なくないだろう。

夕刻になって店先に結び文が投げ込まれた。

番頭が大慌てで運んでくると七兵衛に手渡した。それを重信も読んだ。

そこには子どもは無事だから、母親が三百両を千駄木村の権現社まで持って来いとある。

そこで子どもと交換するという。

「まいりましょう。八兵衛殿は少し遅れて迎えに来てください」

「承知いたしました」

「林崎さま……」

「七兵衛殿、お任せください」

山駕籠を雇ってお里を乗せると、重信が脇について千駄木村に向かった。陽がだいぶ傾いている。

千駄木村の根津権現はスサノオを祀っている。

由来ははっきりしないがこの後、四代将軍家綱《いえつな》の弟、綱重《つなしげ》の根津屋敷に遷座され産土神《うぶすながみ》となる。

重信は神社の近くまで来ると、山駕籠を待たせてお里と二人で神社に歩いて行った。

「ゆっくり行きなさい。途中で追い越しますから知らぬ振りでゆっくりです」

「はい……」

お里が四、五間先まで行くのを見ていた。

林の中は暗くわずかに人の顔がわかる程度だ。お里が道を曲がったのを確かめて重信が後を追った。

旅姿の重信がお里に追いつくと追い越した。

前方に子どもと浪人と思える武家が立っている。その後ろにもう一人の武家が立っていた。

「おいッ、止まれッ！」

「それがしか？」

子どもの二間ほど手前で重信が立ち止まった。

「おぬしは誰だッ？」

「旅の者だが、権現さまにお参りしたい。通れぬのか？」

「どうする……」

浪人が後ろの男を振り向いた。

その瞬間、重信が走った。鞘走った乱取備前が、ほぼ同時に二人の浪人の胴を抜いている。

重信は子どもを体の後ろに隠した。

浪人が倒れるのを見せないためだ。そこにお里と山駕籠の二人が走ってきた。

「向こうへ連れて行きなさい！」

子どもをお里に押しやる。

母親に抱かれて緊張の解けた子どもがワッと泣き出す。

「二人を縛る縄を探してくれぬか？」

「へい！」

山駕籠の二人が走って行った。

「強い子は泣かぬものだぞ……」

「うん……」

重信とお里を追ってきた八兵衛が、若い衆を五人も連れて境内に入ってきた。

山駕籠の二人が近くの百姓家から荒縄を持ってくると、その荒縄で悪党をグルグル巻きに縛り上げた。峰で打たれた二人の浪人が若い衆に、「とんでもない野郎だ！」とポカポカやられ意識を取り戻す。

重信は斬り捨てようかとも思ったのだが命は取らなかった。

「八兵衛殿、後はお任せいたす」

「林崎さま、一度、お戻りを……」

「いや、急ぐ旅ではないが、一ノ宮に戻ってから出羽まで行ってまいります。七兵衛殿には出羽から戻りましたら、立ち寄りますと伝えて下され、御免！」

「あの……」

「お里殿もお気になさるな……」

重信は何ごともなかったように本郷台の山に登り巣鴨村に向かった。

夜は荒川の戸田の渡し舟が動かないため板橋で泊まることにする。

その夜、板橋で火事騒ぎと泥棒騒ぎがあって、重信はあまり眠れないまま朝になって一ノ宮に出立した。

出羽にはずいぶん戻っていない。

関ヶ原の戦いで最上家は五十七万石の大大名になり、重信は出羽がどのようになったのか気になっていた。

一ノ宮に戻ると常陸江戸崎村から土子土呂助が戻ってきていた。

土呂助は江戸崎村の師岡道場を門弟の水谷八弥《みずたにはちや》に任せて、この後、遠江横須賀城の大須賀忠政《おおすがただまさ》に仕える。

「土子殿、根岸兎角殿を周防岩国の錦川の河原にて斬りました」

「周防……」

「九州熊本からの帰りに微塵流と聞き、根岸殿の所在を確認し尋常に果し合いをした。岩国の片山松庵殿に立会人をお願いしてな」

「かたじけなく存じまする」

土呂助は師岡一羽と岩間小熊之介の仇を討つため、廻国修行に出て根岸兎角を探そうと考えたこともある。

だが、逃げられた仇を探し出すのは容易なことではない。

「老師に感謝申し上げます」

根岸兎角を仕留めるのは難しいと土呂助は思っていた。それを重信から斬ったと聞いて驚いた。

「師岡殿と岩間殿が会わせてくれたのでしょう」

重信は仇討の難しさを知っている。

生涯追い続けても仇討をできないこともある。古くから仇討は優曇華《うどんげ》の花といわれていた。

優曇華とは三千年に一度、花を咲かせると伝わる花で、極めて稀であることの意である。それをたまたま岩国で重信が出会えたのだから幸運というしかない。兎角には不運だった。

重信は遠江に向かう土呂助を見送り、数日後、弟子の一宮左太夫を連れて出羽に向かった。

宇都宮《うつのみや》に出て会津《あいづ》赤井《あかい》村に向かうことにした。

鶴脛の湯

二月に会津百二十万石の上杉家が米沢移封を命じられ、ついで、家康の三女振《ふり》姫を妻に迎え徳川一門となっていた宇都宮城の蒲生秀行《がもうひでゆき》が会津移封を命じられたので、重信と左太夫が訪れた宇都宮城下は大騒ぎになっていた。

「老師、十八万石の移転ともなるとこのような大騒ぎに……」

「うむ、宇都宮がこのようでは、会津から米沢に移る上杉百二十万石はどのようになっていることか？」

大名が移転を命じられた時は、城内にある兵糧米などに手を付けてはならない。必要な分は持つがそれ以外、城にある米はおいて出ることが、次に入城する者への礼儀とされた。

米がないと出る方も入る方も困るからだ。

この減転封《げんてんぽう》で、上杉家は家臣の召し放ちをせずに浪人を出さなかった。そのため上杉家の財政は困窮することになる。

こんな移転行列が何日も続いている。

しかし大幅加増の移封だから、誰もがニコニコと喜びに溢れ楽しそうだ。

二十歳と若い殿さまが正室に天下人の娘を迎えている。これ以上の喜びはあろうはずがない。

だが、その蒲生秀行は病弱だった。秀行の母は信長の次女である。

重信と左太夫は会津赤井村の小川家に立ち寄った。薫《かおる》の大叔父である小川弥左衛門《おがわやざえもん》は既に亡くなっていた。

一晩だけ小川家に世話になって重信は米沢に向かう。

上杉家の移転は白布峠《しらぶとうげ》を使っていなかったため、ほとんど人通りもなく道も荒れていない。

重信と左太夫が米沢の森家に到着した時、米沢城下は上を下への大騒ぎで、城下の武家屋敷だけでなく、近郷近在の村にまで下級武士の屋敷が割り当てられて大混乱になっていた。

百二十万石が移ってきたのだから大騒動だ。

薫の父藤左衛門《とうざえもん》は亡くなり、薫の弟惣太郎《そうたろう》が栄左衛門を名乗っていた。薫が臆病だと怒った弟だ。

重信の三男林崎幸信《ゆきのぶ》は伊達家の移転と共に岩出山城に移っていた。

今は政宗が昨年から築城を始めた青葉城にいる。別名五城楼とか仙台城ともいう。

次男林崎元信《もとのぶ》も薫の産んだ子で森家の分家のようになっていた。

元信は三十九歳で妻も子もいる。子は昌信と名乗り元服して十六歳になる。お万知という十二歳になる娘と明信という次男九歳もいた。

元信の妻はお八重といい重信は以前に一度会っている。

その夜、元信一家が森家に泊まって重信とも話をした。

翌早朝、重信と惣太郎一家と元信一家という大勢で、栄左衛門、藤左衛門、薫の墓参をする。

その足で重信と左太夫が米沢城下を立ち去った。

九里ほど歩いて二人は上山《かみのやま》城下に入る。

上山城と呼ばれるようになるのは後年のことで、正しくは月岡天神森に築城された月岡城という。六十七年前の天文四年（一五三五）に築城された。

この後、最上家が没落すると次々と城主が替わり、四万石ほどの城だが改修が繰り返され、美しい羽州の名城といわれるようになる。

この城下には温泉が湧き出していた。

長禄二年（一四五八）に僧の月秀《げっしゅう》が、傷を癒している鶴を見て、湯の湧き出しを発見したという。鶴脛《つるはぎ》の湯と名付けたといわれる。

日本武尊《やまとたけるのみこと》の東征で、景行《けいこう》天皇四十年（一一〇）に発見された蔵王《ざおう》高湯から見ると、ずいぶん新しい湯が鶴脛の湯だった。

重信と左太夫がその鶴脛の湯屋に泊まった。

鶴脛の湯は足腰痛に良いということで、近郷近在の老人や腰痛、膝痛の者が多く湯治に来る湯屋だった。

重信と左太夫が岩風呂に下りて行くと三人の男が湯に入っていた。

「老師、ちょうど好い湯加減で、それがしは熱い湯が苦手にございます」

「そうか。少々、温いのではないか……」

「これぐらいの方が、長湯ができて温まるそうにございます」

「なるほど、温まるか……」

「湯屋の者が、温まる湯なので腰痛などに良いのだと語っておりました」

二人が湯加減などを話していると白髪の老人が寄ってきた。

「お武家さま、もし、間違っておりましたらお許し願います。老師さまとは神夢想流の林崎さまではございませんか？」

「老人は？」

左太夫が咎めるように聞き返した。

「失礼いたしました。山形城下で太物を商っております長谷川伝左衛門《はせがわでんざえもん》と申します。腰を悪くしましてこちらの湯で一ヶ月ほど世話になっております」

「そうですか……」

「長谷川殿、確かにそれがしは楯岡に帰る途中の林崎です」

「やはり、そうでしたか、この出羽の国で林崎さまを知らぬものはおりませんので、子どもたちまで居合の真似をしますほどで……」

「それで、老師に何んのご用か？」

左太夫はなれなれしい老人を気に入っていないようだ。

「ご用というほどのことはないのですが、お近づきを願いまして、城下のわが家にお立ち寄りいただければ有り難く存じます」

「城下？」

「山形城下の十日町ご門前に店がございます」

「承知しました」

重信が自分と同じ年格好の伝左衛門の願いを聞き入れた。

「後ほど、お部屋の方へご挨拶にお伺いいたします」

長湯で上気した顔がニッと人懐っこく微笑んで岩風呂から出て行った。供の若いもの二人が後を追う。

「老師は伝左衛門をご存じでございますか？」

「いや、初めて会うご仁だ」

「最上家は関ヶ原の後、五十七万石と大大名になられましたので何か？」

「うむ、急に大きくなると何かと厄介なことが起きるものだ」

「はい、家臣の数も増え、相続問題なども起きやすくなるのではありませんか？」

「そうだな、大名家はどこも家督相続が難しい……」

「長男を推す一派と次男を推す一派とか、なかなか揉めるようでございます」

「殺し合いになることもあるか？」

「はい……」

　この頃、左太夫がいうように最上家は家康を巻き込んで義光の後継問題が起きていた。

　最上家には秘かに大坂城の秀頼と通じている者がいたのだ。

　その大問題がこの一ヶ月後に、義光が伏見から帰国して噴出する。最上家の悲劇の始まりである。

　二人が湯から出て部屋に戻ると伝左衛門が二人の供を連れて現れた。

「無理やりのお近づきを願いまして恐れ入りまする」

「どうぞ、お入りください」

　左太夫が伝左衛門に座を勧めた。

「林崎さま、年寄りの図々しさは平にご容赦願います」

「長谷川殿、殿さまは城におられますか？」

「いいえ、伏見の徳川さまのお傍におられると聞いております。最上家は五十七万石の大名になられまして、殿さまは五十七万石に相応しい城と、城下に整備するということで始まっております」

「ほう、五十七万石に相応しい城と城下……」

「城は三の丸が整備され、周囲一里二十四町と大きな城になります。支城が四十八と聞いております」

「支城が四十八も？」

左太夫が驚いて聞き返した。

山形城というのは南北朝期の延文元年（一三五六）に羽州探題、斯波兼頼《しばかねより》が築城したことに始まる。

その名は霞城、霞ヶ城、吉字城などという。

「城門が十一ヶ所にございます」

「何んと……」

十一ヶ所もの出入り口がある城など聞いたことがない。左太夫はどんなに大きい城なのだと想像できない。

この時、山形城は華々しい隆盛の時を迎えていた。

だが、こういう時こそ魔物が潜んでいることに警戒しなければならない。

最上家はそれを怠った。

愚かな家臣たちによって間もなく四分五裂になる。

山形城の本丸、二の丸、三の丸は、この後、天下普請で築城される江戸城の内郭よりも大きかった。

大坂城や姫路城より大きい巨大な平城だったのである。

この東国随一の巨大な城が仇となり、最上家は没落し五十七万石は解体され、幕末にはわずか五万石の城になってしまう。

巨大な城をいつまでも幕府が許しておくはずもない。

最上家が家督相続に失敗して改易になり、城主が次々と替わるたびに石高が小さくなった。

出羽に入封されてくる小大名は譜代が多かった。良い米のとれる豊饒の地だったからかもしれない。

大きな三の丸は小大名では維持することができずに、城内に大きな田畑が次々とできることになる。

伝左衛門の長谷川家は幕末、紅花商人として、太物、綿、蠟燭《ろうそく》、荒物、小間物まで商い、金融業、地主、鉱山開発などもやる巨大商人となり、出羽だけでなく奥羽の政治経済に大きな影響を及ぼすようになる。紅花の紅は高価で金一匁に紅一匁といわれ、美女の唇や頬を染める紅は黄金と等しかった。

「殿はことのほか城下の整備にご熱心で、商家は地子銭《じしせん》や年貢は免除にございます。それだけではなく、街道沿いに間口五間、奥行き三十間で百五十坪の土地をくださいました」

「最上さまは聡明なご領主と聞いておりましたが、豪気なことで商家は大よろこびにございましょう？」

「一宮さま、大喜びなどというものではございません。その上、城下には毎日のように市が立ちます。二日町、三日町、四日町、五日町、六日町、七日町、八日町、十日町、上町、横町、材木町、蠟燭町、塗師町、鍛冶町、桶町などと三十一町ができましてございます」

「文武両道といわれる最上さまですから……」

「殿は若い頃は刀の二倍もある鉄の指揮棒で、敵を馬ごと叩き潰しましたが上洛するようになると、和歌や古典にも造詣が深くなり、ことに伊勢物語と源氏物語の講釈は折り紙付きの名人と聞いております」

重信は黙って左太夫と伝左衛門の話を聞いていた。

この頃、山形城下は急激に整備が進み、三十一町、二千三百余の町屋、一万九千人余の人口、そこに最上家の家臣団一万人以上が加わると、城下には三万人を超える人々が溢れた。

兵力は平時には一万五千人ほど、戦時には二万人を超えて動員できる。

その五十七万石の美しい城下は義光の死後、家督相続で混乱し大騒動となり、幕府から改易を命じられてあっという間に没落する。

幕府は東国一の巨城を許さなかった。

最上家に替わり鳥居忠政が二十二万石と半減で入城、次に保科正之が二十万石、松平直基が十五万石、奥平昌能が九万石、堀田正仲が十万石と次々に城主が替わり、秋元家が六万石で入城し、遂に幕末の水野家は五万石で山形城に入る。

既にこの頃になると、義光の築いた五十七万石の城の面影はまったくなく、城の半分以上が田畑になり、三の丸は消滅し本丸と二の丸だけになってしまう。

十日町

月岡城下の鶴脛の湯で出会った長谷川伝左衛門は少し腰が曲がっている。

杖を突いて少し前のめりで歩いた。

重信と左太夫は伝左衛門に勧められ三日間逗留、鶴脛の湯屋で湯疲れした一行が山形城下に向かう。

腰の悪い伝左衛門は山駕籠を雇って乗る。

山形城下までは三里余り、昼前に城の十日町口のお店《たな》に到着した。間口五間、奥行き三十間の大きな店だ。

同じような間口五間の店が、南北の羽州街道沿いにずらりと並んでいる。

五十七万石の大大名になった最上義光の意気込みが、あちこちに感じられる新しい家並みだ。

一瞬の幻に終わってしまう美しい山形城下である。

まだ完成はしていないが、城の東側の街道沿いに、南北に大きな城下町が出来つつあった。

大坂城が秀吉の難波の夢なら、山形城は義光の羽州の夢であった。

その整備された城下の佇まいは美しかった。

「林崎さま、楯岡までは七里ほどです。拙宅でしばらくゆっくりされてから行かれてもよろしいかと、お会いいただきたい方もおりますので……」

重信は伝左衛門の勧めを受け入れて長谷川家に草鞋を脱いだ。久しぶりの故郷の地である。

長谷川伝左衛門が重信に合わせたいと言った人物は、山形城下から二里ほど西にある山野辺城一万九千三百石の若き城主山野辺光茂《やまのべあきしげ》、後の義忠《よしただ》だった。

関ヶ原の戦いの前に義忠は最上家からの人質として家康に差し出された。

その義忠がこの前年に人質から返されて山野辺城主になった。最上義光の四男で十五歳の若者である。

実は楯岡城の楯岡豊前守満茂《ぶぜんのかみみつしげ》は七年前に義光の命令で、出羽雄勝《おがち》湯沢城に攻め込んで奪い取り城主になった。やがて本荘城四万五千石を築き本荘姓を名乗ることになる。

楯岡城は城主のいない城になって、山野辺城に近い長崎城の中山玄蕃朝正《なかやまげんばともまさ》が城番を務めた。

その後、山野辺義忠が中山玄蕃に替わって城番を務める。それは義忠の母の生地が楯岡城の領内だったからだ。

義忠は聡明な若者で山野辺城の拡張や城下の整備、山形城下のような市の常設、治水、寺社の保護、交通路の整備など積極的だった。

若い城主を伝左衛門は高く評価している。

義忠の母親が楯岡城の領地である大石田《おおいしだ》深堀《ふかぼり》の郷士の娘で、義光が若い頃その娘が絶世の美女であると聞き、鷹狩りという名目で美女狩りをして手に入れた。

その美女の産んだ子が義忠だ。

最上家の中で山野辺義忠だけは楯岡城に縁の深い立場だった。

長谷川伝左衛門はその辺りまで読んで、意義のあることだと思い重信と義忠を会わせようと考えた。

「林崎さま、二、三日蔵王高湯にまいりませんか？」

伝左衛門に誘われ、高湯のことは知っていたが、まだ行ったことのない重信は易々と了承した。

「承知いたしました。まいりましょう……」

蔵王高湯は、日本武尊が東征で発見したという名湯だ。湯は硫黄分が強く肌を白くすることから姫の湯ともいわれる。

蔵王山の山腹に湧き出していた。

山頂部には御釜と呼ばれる爆裂火口湖があり、五色沼などとも呼ばれている。

秋になると近郷近在の人々が湯治のために訪れ、通りも湯屋も人々で溢れるほどの人気だ。

重信と伝左衛門が登って行った時は、農繁期の最中で湯治客はいない。通りも湯屋もガラすきだった。腰の悪い伝左衛門は温泉が大好きで、お店などは家人に任せっきりであちこちの湯屋を巡り歩いている。

伝左衛門は重信と城下のお店を出る時、山野辺城に使いを走らせて重信の帰国を知らせていた。

「いやあ、体中がヒリヒリして痛い！」

「湯上りに体を拭きましたな？」

凄腕の剣客左太夫が泣きそうな顔で湯から戻ってきた。

「湯上りの体を拭いては駄目でございます」と注意された時には手遅れだった。既に、左太夫は体中を拭いた後で全身がヒリヒリと痛んでいた。

「一生の不覚でござる……」

大袈裟に言って赤くなった背中を重信に見せた。

軽く拭くぐらいならまだしも、ゴシゴシやったものだから、皮膚が赤く腫れあがっている。

「これは酷い……」

伝左衛門が顔を歪めた。真っ赤な背中は相当痛いと思われた。硫黄分が多く酸の強い湯では、体をこするとこういうことになる。

「老師、ここの湯は油断できません。お気をつけられて……」

「うむ、痛そうだな……」

困ったことだというように重信がニッと笑った。

左太夫と一緒に湯に行った伝左衛門の供の者たちが、体を拭かないようにと言っただけで詳しく説明しなかった。

それを左太夫が聞き流した。

人の話をよく聞かないとこういうことになる。

体中の皮膚に火がついたようで、湯に二度と入ることができなくなり、一晩中ヒリヒリと痛みに耐えなければならない。酷い目にあった。明らかに左太夫の油断というしかない。

効用があらたかな湯は油断ができない。

その頃、山野辺城では天下一の剣客林崎甚助を迎えて、御前試合をする支度が整えられていた。

蔵王高湯から戻った重信は伝左衛門宅に泊まり、翌早朝、山駕籠に乗った伝左衛門と一緒に山野辺城へ向かった。

既に、使者の口上で、御前試合のことは重信と左太夫に伝えられている。

山野辺城は最上川の支流須川の西岸にあり、義忠が城主になった昨年から城と城下の整備が続けられていた。

「老師、御前試合はそれがしがいたしまする」

左太夫が試合を引き受けると申し出た。それを許し重信は五試合のうち一試合だけを受け持った。

「それがしは三番目にやろう……」

「お願いいたします！」

城内の馬場に陣幕が張られ、主座には義忠と長崎城の中山玄蕃が座り、陣幕の左右には山野辺家と中山家の家臣団が並んだ。

陣幕の裏で襷がけをし、鉢巻を締めて支度を整えてから出て行くと、家臣団の前に床几が二つ並んでいる。

そこに重信と左太夫が座った。

反対側に出てきたのは木刀が二人、槍が二人、薙刀が一人の五人だ。

「矢口小平次殿に一宮左太夫殿ッ！」

「おう！」

二人が木刀を握って立ち上がった。

一宮左太夫は神夢想流居合の四代目に名を連ねる剣客だ。その強さと気品を重信が認めている。外連味《けれんみ》のない筋の良い剣風だ。

互いに中段に構えて二間ほどの間合いを取った。その構えを見ただけで、若い小平次はとても左太夫の相手ではないと重信は見た。その瞬間、小平次が木刀を上段に上げて遠間から踏み込んだ。

左太夫は襲いかかる太刀より一瞬早く後の先で動いた。踏み込んで小平次のがら空きの右胴から横一文字に斬り抜いた。

神伝居合抜刀表一本荒波、勢いで二、三歩よろけると、小平次が砂利に両膝から崩れ落ちる。

「まいった!」

「それまでッ!」

家臣たちの溜息が聞こえる。あまりに鮮やかな一撃に驚いている声だ。

「次ッ、大沢角右衛門殿ッ!」

「はッ!」

槍を握った大男が立ち上がった。

大沢角右衛門は最上家の家臣の中でも指折りの槍の使い手だ。誰もが角右衛門が負けるとは思っていない。主座の義忠と中山玄蕃は、腕自慢の小平次がいとも簡単に、左太夫に負けたことが信じられない。

だが、この辺りでは神夢想流の林崎甚助は、神の剣士だと信じられていて、若くして父親の仇を討ったその強さを知らない者はいない。

その弟子が強いのは当然だが、角右衛門なら倒せるのではと期待している。

槍を頭上でブンブンと振り回し左太夫の隙を狙う。

槍は戦場の武器としては太刀より有効だ。

どこの大名家でも槍自慢の者は少なくない。槍は刺すことより引く速さが大切な武器だ。

サッと引きサッと刺す。槍の穂先で斬ることもできる。

回転が止まるとその勢いで槍を叩きつけてきた。

頭上から襲いかかる槍の千段巻きに木刀を擦り合わせ、グイッと槍首を抑え込むと大男の角右衛門に体当たりする。

左太夫に不意を突かれ二歩、三歩と角右衛門が押し込まれた。

それを嫌って押し返した瞬間、左太夫の木刀が角右衛門の左胴を斬り抜いた。

神伝居合抜刀表一本千鳥、角右衛門が仰のけにひっくり返って、見物の家臣団の中に尻もちをついた。

「まいった！」

左太夫が主座の義忠と玄蕃に一礼して席に戻る。さすがに神夢想流の四代目になる男の剣は鋭い。何者をも近づけない凄まじい斬撃だ。

斬られた角右衛門は数日の間、その斬られた夢に魘《うな》されることだろう。

「次ッ、平井伸蔵殿ッ！」

苛立ったような声が響いた。

「林崎さま、お願いいたします」

「承知しました」

襷をかけ紐の鉢巻をした重信が立ち上がった。その風貌はどこまでも静かで裁着袴に草鞋の旅姿だ。

一剣を以て大悟しようとする剣の求道者、神と共に昇華しようと旅する誇り高き剣士だ。その所作には寸分の隙もない。殺気も緊張もなく吹く風を楽しんでいる。

平井伸蔵が重信に一礼して木刀を中段に構える。

二間ほどの間合いを取ってなかなか慎重だ。重信の静かな剣先からピリピリと伝わってくる剣気に伸蔵は震えた。

とても踏み込めそうにない。

中段に構えた重信が薄眼を開いて禅の随息観《ずいそくかん》に入った。死んだような佇まいに息をしているのか、していないのか分からない。

重信の姿はまるで立ったままの死人のようだ。伸蔵は恐怖を感じた。この不思議な構えは何んだ。

踏み込めば斬られる。

重信の木刀の切っ先が、右に五寸ほど動いて前が空き、その切っ先が五寸ほど下がった。そこに斬られるとわかっていながら吸い込まれた。

すでに平井伸蔵は死んでいる。

凄まじい気合と共に仲蔵が恐怖の中に踏み込んだ。

その瞬間、頭上で仲蔵の木刀を受けると同時に、後の先で動いた重信が素早く左に回り込んでいた。

仲蔵は木刀を振り下ろしたまま動かなくなった。

重信が目の前から消えた。それと同時に仲蔵は左脇の下から背中にザックリと斬り上げられている。

重信の木刀が天を突いて伸びた。

見事な残心である。

「おおうッ！」

家臣団の溜息と歓声が沸いた。

「まいりましたッ！」

仲蔵がガクッと膝をついた。

神伝居合抜刀表一本無明剣《むみょうけん》、重信が秘剣を披露した。敵の左脇の下から心の臓を真っ二つに斬り裂き、必ず敵を倒す無明剣だ。

この秘剣の前で敵が明かりを見ることはできない。

何が起きたのか家臣団が立ち上がって呆然と見ている。神が重信に与えた居合の秘剣だ。

重信は主座に一礼して席に戻った。

豊前守満茂

槍の今田平左衛門は左太夫の神伝居合抜刀表一本乱飛で首を刎ね斬られ、薙刀の高畑勝五郎は表一本立蜻蛉で眉間を一撃されて敗れた。

神の神夢想流は無敵の剣に近づいている。

御前試合は半刻余りで終わり、重信と左太夫が広間で義忠と中山玄蕃に会った。

「老師、先ほど使われた剣は？」

中山玄蕃が気になっていたことを聞いた。

「無明剣にございます」

「老師がわざと隙を作ったように見えましたが？」

「そのように見えましてございますか……」

重信が微かに微笑んだだけで、秘剣について語ることはなかった。

出羽長崎城主中山玄蕃朝正は七千石だが、藤原北家《ほっけ》花山院流中山の公家の出で名門である。

その中山家は承久の乱で敗れた大江親広《おおえのちかひろ》に従って寒河江荘《さがえのしょう》に入り定住した。

承久の乱は後鳥羽《ごとば》上皇と鎌倉幕府が衝突した戦いだ。貴族社会かそれとも武家社会かを決めた大乱だった。

鎌倉幕府三代将軍源実朝が兄の頼家の子公暁《こうぎょう》に暗殺される。するとと幕府の権力を握ったのが実朝の母北条政子で、実権を政子の弟の執権北条義《よし》時《とき》が行使した。

義時は天皇や上皇の荘園にまで幕府の地頭を置くようになる。

この義時の振る舞いに後鳥羽上皇が激怒され討伐の挙兵をされた。荘園を奪われては天皇でも上皇でも困窮することになる。

放置できない重大問題だった。

朝廷の動きにすぐ幕府軍が東海、東山、北陸の三方面から京に向かう。ところが、出陣した義時の嫡男で大将の北条泰時が途中から戻ってきた。

天皇が自ら兵を率いて出陣してきた時はどうするかと、父親の義時に聞きに戻ってきたのだ。

泰時は天皇と戦う自信がない。

「天子さまに弓を引くことはできぬ。ただちに鎧を脱ぎ、弓の弦を切って降伏せよ。もし、兵だけであれば力の限り戦えッ！」

義時の明快な決断に歓喜した幕府軍十九万騎が京に攻め込んでいった。

戦いに敗れた後鳥羽上皇は隠岐に配流となり、朝廷軍として戦った多くの公家や武家が流罪や追放にされた。

その中に京都守護の大江親広がいた。

父親の大江広元は鎌倉政権の政所別当、息子の親広は朝廷軍、その嫡男佐房は幕府軍で一家が分裂した。

敗れた朝廷軍の大江親広は家臣団を率いて出羽の寒河江に流された。

その家臣たちが中山忠義、菅井義定、小野継胤、高橋満明、佐藤基春、渡辺義継などだった。

つまり寒河江城の大江家は、鎌倉幕府の初代政所別当、大江広元の嫡男親広が承久の乱で敗れて寒河江荘に隠棲したのが初めである。

重信は山野辺城に五日ほど逗留して、若き義忠に神夢想流を伝授した。

山野辺義忠はこの後、中山玄蕃に替わって楯岡城の城番を務め、最上家の家督を争い最上騒動といわれる混乱を引き起こす。

最上家は幕府に改易を命じられ五十七万石を失うことになる。

後に義忠は三代将軍家光に命じられ、一万石という高禄で水戸徳川家の家老に抜擢される。水戸家初代徳川頼房《よりふさ》の家臣になり、後に名君といわれる徳川黄門光圀の教育係になる。

その山野辺城から北に一里ほど離れた、最上川の南岸に中山玄蕃の長崎城がある。

この頃、玄蕃は最上義光の命令で楯岡城の城番も務めていた。

「林崎さま、楯岡城の城主豊前守満茂さまが湯沢へ移られてから、それがしが楯岡城の城番を務めております」

「お聞きしております。楯岡城は城主のいない城に……」

「そうです。先の城主、因幡守さまの正室、月心尼《げっしんに》さまがお亡くなりですが、妙穐《みょうしゅう》尼《に》さまはご壮健にございます」

玄蕃は月心庵《げっしんあん》の妙穐尼が重信の妻であることを知っている。

その玄蕃が楯岡城の城番になって八年になる。城番を命じられて楯岡城下のことはほぼ掌握していた。

いち早く玄蕃が興味を持ったのが神の剣士といわれる林崎甚助だった。

そこで長谷川伝左衛門から話があった時、玄蕃は二つ返事で山野辺城に出かけてきた。

中山家と山野辺家は縁戚でもある。

山野辺城で見た御前試合は玄蕃が驚愕するほど新鮮で不思議な剣法だった。

玄蕃は神夢想流の話を、楯岡城下などあちこちで聞いていたが、聞くと見るとではまるで違っている。

その体さばきと剣さばきの美しさに玄蕃は魅了された。

長崎城九代目城主の玄蕃にもう公家の面影はない。重信は玄蕃の要請で長崎城にも逗留して神夢想流を伝授する。

「居合の本願《ほんがん》は人を斬ることに非ず、己の邪心を斬るものにございます」

毎日、玄蕃の相手を左太夫が務め、二人だけの激しい稽古が早朝から一刻ほども続いた。

重信は長崎城に十日ほど滞在した。

七月になると寒河江城下に向かった。この頃、寒河江城には最上義光の嫡男義康《よしやす》が入っていた。

この半月後に義光が帰国すると義康が暗殺される大事件が勃発する。

最上家は五十七万石の大大名に成長したが、その内部には義光を中心にした家康に近い者たちがいて、一方に嫡男義康を中心に伊達政宗に近い者たちがいた。

それにややっこしいことに最上家の重臣、里見民部《さとみみんぶ》のように大坂の豊臣家に近い者たちがいて三派に分かれている。

こうなると間違いなくお家騒動になる。

それは表面には現れていないが、内々の大亀裂でありお家の分裂だった。

重信と左太夫が寒河江城下から谷地《やち》城下に向かった。

谷地城は三重の堀に囲まれた平城で、かつて城主白鳥《しらとり》長久が義光と出羽守を争ったが、和睦して長久の娘が最上家に嫁ぐことになり、長久が山形城に呼び出されて城内で謀殺された。

たちまち谷地城は落城し、白鳥一族は陸奥や信濃に逃れて行った。

通りすがりに重信が見た谷地城に城主はなく、最上家の直轄蔵入地として管理されていた。

最上川の西岸から舟で渡河して重信と左太夫が楯岡城下に入った。

重信は久しぶりの帰国だが、母志我井《しがのい》の実家である高森《たかもり》家は、豊前守満茂と一緒に湯沢に移転している。

重信は何よりも先に母の墓参をし、スサノオの林崎熊野《くまの》明神に参拝した。

神への挨拶が済むと重信は妙穐尼こと、深雪《みゆき》の実家である菊池半左衛門《きくちはんざえもん》家に草鞋を脱いだ。

旅装を解くとすぐ月心庵に向かう。

妙穐尼は重信の顔を見ても驚くことなく、「お帰りなさい……」と言ってはにかむように小さく微笑んだ。

最早すべてを悟ったような穏やかなやさしい笑顔だ。

重信を理解し、大きな愛で包み込んだ深雪こそ観音菩薩に違いない。

甑岳山麓《こしきだけ》の月心庵には妙稚尼と浄光尼《じょうこうに》が暮らしていて、月心尼と祥山尼《しょうざんに》は亡くなっていた。

「ただいま戻りました」

「勝信《かつのぶ》のところですか？」

「いや、半左衛門に……」

「そうですか、後ろのお方はお弟子さまですか？」

妙稚尼に聞かれ左太夫が前に出て「一宮左太夫にございます。老師の奥方さまにございましょうか？」と挨拶して聞いた。

「はい、妙稚尼でございます。狭い庵ですがどうぞ……」

二人が座敷に上がると浄光尼が白湯《さゆ》を出す。夕暮れで庵の周りは蜩《ひぐらし》の声で充満している。夏の暑い盛りだ。妙稚尼の実家の菊池家は、千俵もの年貢を出す豪農で妙稚尼と浄光尼の生活の心配はない。

「旅はいかがにございましたか？」

「うむ、修行の旅だからな、九州まで行ってまいった」

「そうですか、九州まで……」

どんなに離れていても重信と深雪の心は繋がっている。

これといって話すこともない。

四半刻ほどで庵を出た重信と左太夫が菊池家に戻った。

そこには重信の長男の甚助勝信と妻のお里、子どもたちと四人が揃って重信を待っていた。

妙穐尼の父親は亡くなり、深雪の弟が半左衛門を名乗っている。

半左衛門一家と勝信一家に重信と左太夫、そこに半左衛門の家人が妙穐尼を呼んできて、二十人を超える賑やかな夕餉になった。

その夜、重信は妙穐尼を月心庵に送って行った。

「すぐ旅に出るのですか？」

「うむ、最後の旅になるだろうな……」

「そうですか、お体に気をつけられて……」

深雪は大恩ある因幡守と養父、横山監物《よこやまけんもつ》の菩提を弔うために、出家して妙穐尼となった。

歩きながら重信の手をそっと握る。

剣術で鍛え上げた頑丈な手を深雪の手が包んだ。

「勝信は湯沢にどうかと誘われたようなのですが、豊前守さまが林崎家は楯岡に残るようにと、仰せになられたとお聞きいたしました」

「そうか……」

湯沢に移った楯岡豊前守は本荘城を築城し本荘豊前守満茂と改名、義光から最上家家臣団で最も大きな四万五千石の領地をもらう。

だが、最上家が改易になると酒井忠世に預けられ、その後本多家に仕えることになる。

豊前守は重信と妙穐尼のことを考え、甚助勝信一家を楯岡に残したのだ。

「深雪、もうしばらくの辛抱だ」

「はい、分かっております。お早いお帰りを……」

尼僧の深雪がニッと小さく微笑んだ。愛しているからという顔だ。

翌朝、まだ暗いうちに重信と左太夫が菊池家を出た。

羽州街道に出て林崎熊野明神に行くと、重信の帰国を聞いた別当祠官の藤原義祐《ふじわらよしすけ》が拝殿の前で待っていた。

「どうぞ……」

義祐は二人を拝殿に上げてお祓いをする。

一宮左太夫は神夢想流の後継者たる気概を示すように、重信と義祐に七日参籠を願い出た。

二人が了承してそのまま左太夫が参籠に入る。

重信はうっすらと夜の明けた境内に出て石城嶽《いしきだけ》の奥の院に向かった。大旦川《おおだんがわ》沿いに甑岳山麓に向かうと、月心庵の前に妙穐尼と浄光尼が立っていた。

「おはようございます……」

「おはよう！」

重信は二人と挨拶をかわして山に登って行った。

久しぶりの奥の院だ。

石城嶽を下って釜ヶ沢《かまがさわ》に下り磐座《いわくら》の岩窟に入った。そこには重信を育ててくれたスサノオが鎮座している。

剣客である重信の振る舞いはすべてスサノオとの約束である。

神から授かった神夢想流を大成させるという約束だ。その約束は重信の廻国修行によって果たされつつある。

神夢想流は天下一の剣になりつつあった。

今や神夢想流の林崎甚助を知らない剣客はいないといえるまでになった。残るはただ一つである。

「一剣を以て大悟できるか……」

無一物中無尽蔵、草木国土悉皆成仏、万物の霊気を身の内に取り入れ、人に斬られず人斬らずただ受け止めて平らかに勝つ、それを体現することだ。

上意討ち

重信は磐座の石段に半跏趺坐《はんかふざ》で座り法界定印《ほっかいじょういん》を結んだ。

山々に響く蟬の声が遠ざかっていく。呼吸を整え随息観に落ちていった。何も見えず何も聞こえない。

風のそよぎすら感じない。

そこに自分が存在することすら忘れてしまう。一瞬、無になってゆっくり現実が戻ってくる。

カサッと気配がして重信が気を乱した。

獅子が五間ほど先まで来て様子を窺っている。重信は呼吸を整え四半刻ほど座禅を組んでいた。

音もなく獅子が藪に消えた。

半跏趺坐を解いて乱取備前を腰に差し、足場を確かめて身構え鞘口を切った。

谷を渡ってくる山風を重信の抜いた乱取備前が、ゆっくり横に斬り裂いてから十文字に斬り下げた。そよ風を真っ二つに斬った。

「正中を斬るべし」

磐座のどこかでスサノオが見ている気配を感じる。

血振りをしてゆっくり太刀を鞘に戻した。

その瞬間、素早く乱取備前が鞘走って風を逆袈裟に斬り上げた。斬られた風は騒ぐことなく谷に落ちた。

剣先がグッと空中に伸びる。

繰り返し、繰り返し重信は神夢想流の基本の型を続ける。居合の本願は人を斬るにあらず、静かに己の邪心を斬るものなり。剣は清浄なり。

それが重信の考えだ。

居合は立ち合いに非ず、不意の攻撃に対し、瞬時に抜刀して敵を制する技である。

その居合抜刀は林崎神夢想流を嚆矢とする。

五尺二、三寸の人であれば三尺三寸の太刀までは抜くことができ、間合いが九寸五分あれば抜くことができる。

重信はその神夢想流の開祖なのだ。

幼い頃に死の淵でスサノオから伝授された秘剣が居合である。今や神の剣士、天下一の剣士といわれる重信だ。

剣技には一点の曇りも迷いもない。

一剣を以て大悟することだけが残された道だ。この道だけはまだ遥かに遠いように思う。

その道こそ重信の行くべき究極の道だ。

「道は遠いか……」

そうつぶやいて重信は乱取備前を鞘に納めると、岩窟のスサノオに一礼して奥の院を後に、石城嶽に登って楯岡城下に下りて行った。

途中で月心庵に立ち寄って白湯を馳走になり、菊池家に戻ると天童《てんどう》城主の氏家光氏《あきうじ》から使いの家臣が来ていた。

この光氏は氏家守棟《もりむね》の養子で、一万八千石の高禄で天童城に入っている。

守棟の嫡男光棟《あきむね》が戦いで戦死すると、守棟は従兄弟の成沢道忠の子光氏を養子に迎えた。

その氏家守棟はもう鬼籍の人だ。

光氏は若き日の義光を思わせる勇猛な男で、関ヶ原の戦いの折には、置賜《おきたま》から攻めてくる上杉軍二万五千と長谷堂城で激突し、わずか四千の兵力で撃退する働きを見せた。北の関ヶ原ともいう。

その武勇が高く評価された。

最上義光の娘竹姫を正室に迎え、最上家が改易になると、氏家光氏は長州毛利家に預けられ代々長州藩士となる。

「林崎さまを天童城にお招きしたいとのことにございます」

「承知いたしました」

重信は七日参籠に入った左太夫を気にしながらも天童城へ行くことを了承した。

半左衛門家の愛馬風切丸に乗って、四里半ほどの羽州街道を南に、使いの家臣と轡《くつわ》を並べて天童城下に向かう。

街道沿いの舞鶴山の山頂に、舞鶴城とも呼ばれる天童城は築かれている。

羽ばたく鶴翼《かくよく》が山麓の愛宕沼を抱くように、北郭、中央郭、主郭、東郭と大きく湾曲した城域で、平地にポツンと一つ峰の山がありそれが舞鶴山だ。

西郭と南郭が張り出し、主郭部には愛宕神社が勧請されている。大手門は羽州街道に面して東南の角にあった。

古くから堅城と言われている。

重信は使いの家臣と山頂の主郭まで登って氏家光氏と対面した。

養父氏家守棟の尾張守の受領名を引き継いで、氏家尾張守光氏と名乗っている猛将だった。

「駒姫《こまひめ》さまの難儀の折に、父がお世話になり感謝申し上げまする」

光氏は六条河原で駒姫が処刑された時、氏家守棟が腹を斬り、その場に居合わせた重信が介錯《かいしゃく》したことに感謝した。

「尾張守さまは姫さまを一人で行かせることはできぬと仰せられ、橋の上で腹を斬られました。咄嗟のことですが介錯をさせていただきました」

「殿からもそのように聞いております」

「何んの罪もない姫さまが、お気の毒なことにございました」

「不運にございます。あの後、殿のご正室利予《としよ》の方さまが姫の後を追い聚楽第《じゅらくだい》で亡くなられました」

「聞いております。申し上げる言葉もありません」

「太閤さまは秀頼さまがお生まれになられてから常軌を逸しており、あの事件以来、最上家は豊臣家にお味方することはありません」

光氏がきっぱり言い切った。

だが、最上家の家臣の中には大坂城とよしみを通じている者がいた。それが最上家分裂の要因の一つになってしまう。

人の心は損得勘定と意地で動くもののようだ。

「老師にご指南をいただきたいが？」

猛将氏家光氏が神夢想流の指南を願い出た。

それを重信は快く引き受けて、光氏と腕の立つ家臣十人ばかりに居合を伝授する。

その日から重信の剣術指南が始まった。

その頃、山形城主最上義光は伏見の最上屋敷から江戸に向かい、家康の三男秀忠に挨拶して江戸から出羽に向かっていた。

この頃既に、五十七万石になった最上家に暗雲が立ち込め始めている。豊臣家とよしみを通じる義光の近臣里見民部と、義康の近臣で元上杉家の家臣だった原八右衛門が組んで、義光と義康親子の離反を画策、双方に在りもしないことを讒言した。

それによって義光と義康父子の仲が徐々に険悪化して行く。

そんな親子の不仲が家康の耳に入った。

家康は大大名の子息と婚姻を結ぶ政策を進めていたが、最上家の嫡男義康にそんな話はなかった。

この辺りが微妙で、実は義康の弟家親を家康は近習にして気に入っていたのだ。

その家康は最上家を婚姻による縁戚にはせずに、むしろ家督相続に直接介入しようとしていた。

義光は家康と親しかっただけに油断したともいえる。

北国に東国一の巨城を築いた五十七万石の大大名を、家康が黙って見ているはずがなかった。

そこを見抜けなかったのが義光の大いなる油断だ。

城などというものは、ほどほどの大きさが良いのであって、大坂城や江戸城より大きいようだなどと言われれば、権力者には不愉快極まりないことだ。

まさか「山形城をつぶしてしまえ！」などと、いくら権力者でも命令することはできない。

猛烈に反発され厄介なことになるからだ。

そこは大狸の家康でジワリジワリと無言で首を絞める。

内部分裂させるのが上策だ。

義光と長男義康の不仲を知ると、家康が「そのような子は切腹させるがよかろう……」と露骨に干渉した。

こういうところが家康の恐ろしいところだ。

義康は父親の義光と不仲になると従兄弟の伊達政宗により接近。

長年にわたって政宗と確執の続いている義光は、政宗と義康の関係を聞いて警戒し始めた。

そこに里見民部と原八右衛門の野心が絡んだ。愚か者は愚かなことしか考えない。

急に大大名になった最上家は、徳川家康と伊達政宗、豊臣秀頼の三つ巴に分裂が始まる。

そこには義光の後継を巡る家督相続の暗闘が絡んでいた。

大大名になった途端に最上家は三重苦、四重苦に見舞われ厄介なことになってしまった。

五十七万石というのは半端な大きさではない。

よほどの覚悟と家臣たちの結束がなければ、とても守り切れるものではないのだ。

それまで隠されていた人々の思惑が、義光の帰国により争いとなって表面化し、予期しない形で噴出することになる。

急に大きくなったことで、結束より分裂に向かってしまう。

七月十四日、最上義光は帰国すると、寒河江城にいた義康を山形城に呼ぶよう家臣に命じた。

愚か者がまず騒ぎ出す。

この時を親子の決定的確執の好機と見た。

里見民部と原一派は寒河江城に走り、義光が義康を高野山に退去させろと命じたと伝える。

まったくのでたらめで、そんな命令はどこにもなかった。

その上意を聞いた義康は、潔く高野山に行くことを決断する。

即刻、重臣の浦山源左衛門《うらやまげんざえもん》、寒河江良光《よしあき》、道広《みちひろ》親子など数人の家臣のみで、速やかに退去するべく寒河江城を出た。

父義光の命令であれば高野山での謹慎も仕方ないと考えた。

義康一行は山形城下に近付くことを遠慮して、寒河江から本道寺、志津、大岫《おおぐき》峠、湯殿山、田麦俣《たむぎまた》、大網、十王峠、松根など六十里越街道を通って、庄内に出てから越後に向かう道を選ぶ。

この道は出羽の内陸部に、海辺の塩などの海産物を運ぶ道だった。

やがて出羽三山への修験信仰の道になり、庄内から江戸に向かう参勤交代の道になって整備される。

この六十里越街道に新井田川丸岡城があった。

丸岡城には最上家の城番がいた。

城下にさしかかった義康一行に、土肥半左衛門、藤田丹波ら二十数人の襲撃隊が、弓と鉄砲を放ちながら襲いかかった。

突然の攻撃を義康たちは防ぎようがない。

「襲撃だッ！」

「逃げろッ！」

「殿を護れッ！」

「鉄砲だッ。引けッ、殿を護れッ！」

「弓もあるぞッ！」

大混乱になって襲撃隊を迎え討ったが、味方があまりの寡兵で手の施しようがなかった。敵に向かっていった浦山源左衛門が鉄砲に撃たれて即死。義康は腹を撃たれて道端に倒れ込んだ。

「殿ッ！」

「殿が撃たれたぞッ！」

近習が撃たれた主君を支え数人が義康を囲んだ。

「無念ッ、ここまでだったか……」

「殿ッ！」

「介錯をいたせ……」

義康は脇差を抜くと、遠巻きに見ている敵をチラッと見てその場で自刃した。

「殿ーッ！」

「くそッ。うぬらは誰の回し者だッ！」

寒河江良光と道広親子が、抜刀すると叫びながら敵に向かって行った。

ダーンッ、ダーンッ！

寒河江親子が敵の凶弾に弾かれて吹き飛んだ。

近習たちが義康の死骸の傍で次々と腹を斬り殉死する。義康一行は路傍で全滅してしまう。

あまりに凄惨な義康の死だった。

この事件はこれで終わらなかった。

山形城の義光に義康の首と遺品が届けられると、その遺品の中に義康の日記が残されていた。それを読んだ義光は驚愕する。

義康の書いた日記に、父義光の武運を祈願する願文があった。それが義光の眼に留まった。

しまったと思った時には手遅れだ。義康は父を尊敬し慕っていた。

聡明な義光は義康との不仲が、何者かによって作られたものだとすぐ気づいた。

嫡男義康の死を悲しむ猶予はない。即刻、この騒ぎの真相を調査するよう家臣に命じた。

だが、最上家にとってこの嫡男義康の死は致命傷になる。

この動きに危険を察知したのが里見民部で、屋敷を飛び出し城下から逃げ出すと加賀前田家に逃亡しようとした。

逃げれば悪事はすべて露顕する。

里見民部が義康を讒言したことや、大坂城の豊臣家と里見民部のつながりもすべて発覚した。

真相を知り激怒した義光の動きが早かった。

「民部を探せッ！」

最上家の家臣団が怒り心頭で里見民部を探す。

するとその行先がすぐ判明する。

「加賀だと？」

「御意、前田家に逃げ込んでおります」

「引き渡してもらおう」

「殿……」

家臣の斎藤光則《さいとうあきのり》がそんなことをして大丈夫かという顔だ。

「心配するな。前田家は罪人を庇うような家ではない。決して厄介なことになることはない。大丈夫だ。すぐ使いを走らせろ！」

「承知いたしました」

義光はこういうことの決着は早い方がいいと考える。前田家が匿うことなく民部を引き渡すと確信した。

すぐ使者を走らせると、加賀前田家に里見民部の罪状を訴えて、その身柄を引き渡してくれるよう訴えた。天下一の大大名、前田家はこういう悶着に巻き込まれることを最も嫌う。

話はすぐまとまって里見民部は捕縛された。

義光に真相究明を命じられ、里見民部の振る舞いをすべて調べ上げた斎藤光則が、身柄受け取りに加賀へ向かった。

この時、義光は光則に密命を伝えている。

「民部を生かしておくな……」

「では？」

「そういうことだ」

「はッ、秘かに処分をいたします」

「うむ、どのように処分しても構わぬ。生きて出羽の土を踏ませるな……」

「承知いたしました」

義光は里見民部と大坂城の豊臣家との関係を、家康に知られたら何を言われるかわからないと恐れた。

その上、義康と伊達政宗の関係も、従兄弟同士の関係だけとは、いっていられない状況なのだ。

義光と政宗の関係も微妙で、政宗の母で義光の妹義姫《よしひめ》が、政宗を暗殺しようとしたという疑いで山形城に戻ってきている。

状況は複雑に入り組んで最上家には不利である。

迂闊なことをすると、家康に対する不満などと曲解され、義光の立場も怪しいことになりかねない。

家康と政宗の関係も微妙で決して良好とはいえない。

家康は関ヶ原の時、政宗を味方にするため百万石を約束した。

だが、その後、政宗が一揆にかかわったとして、百万石は反故にされ実現していない経緯もある。

政宗は面白くないはずだ。

天下人は関ヶ原の戦いの勝者である徳川家康で間違いない。

だが、大坂城には豊臣秀頼という太閤の息子というだけで、立場の曖昧な男が健在である。

それに各地には豊臣恩顧の大名と言われる者たちが大勢いる。

家康はまだ枕を高くしては寝られない。

いつ寝首をかかれるかわからず油断のできない状況が続いていた。

大坂城の秀頼は十歳になり、大きい母親から生まれた子は大きいというが、秀吉の側室茶々姫は母のお市に似て大柄で、秀頼も十歳とは思えないほど大人びた子に育っていた。

家康と同様に義光も油断はできない。

この度の義康事件のようにどこから災いが降りかかるか知れないのだ。

加賀前田家で里見民部を引き取った斎藤光則が、加賀を出て間もない山中で「上意である！」と告げた。

「腹を召されるか？」

「腹を斬らねばならぬようなことはしておらぬ！」

「黙らっしゃいッ、そなたの悪行はそれがしがすべて調べ上げておる。民部殿、武家らしくない不覚悟ですぞッ。ご免ッ！」

光則が脇差で里見民部の腹を深々と突き刺して命を奪った。

「皆の者ッ、このこと他言無用である。民部殿は山賊の襲撃によって命を落とした。殿にはそのように復命いたす。いいなッ！」

「承知いたしました！」

事情を知っている同行の家臣たちがうなずいた。

光則が恐れたのは里見民部と大坂城との関係が露顕することだ。民部にあらぬことを口走られては万事休す。

こういう愚か者は殺すしかない。

万一にも家康に知られたら言い訳できないことだ。絶対、出羽から外に漏れてはならない最上家の秘密だ。

最上家は秀次事件の駒姫の一件以来、豊臣家から離れたと見られている。

それが家臣の中に豊臣家と交渉があったとなれば大恥なのだ。天下の笑いものにさえなりかねない。

家中取り締まり不行き届きと、家康に何をいわれるかわからない。

いきなり五十七万石が半分にされることもないとはいえないのである。

この十数年後、義光は亡くなる時、後継者になった次男の家親に、「余の死後、里見一族を即刻皆殺しにせよ」と秘かに厳命する。

それほど義光には長男義康の死が痛恨事だった。

それはとりもなおさず、里見民部の嘘を見破れなかった自分への恨みごとでもある。

五十七万石の秘密

最上義康二十八歳が六十里越街道の田川丸岡城下で、襲撃されて鉄砲に撃たれ自刃した時、重信は天童城にいて光氏と家臣たちに神夢想流居合を伝授していた。

その夜、山形城からの早馬が飛び込んでくると急に重信が光氏に呼ばれた。

広間の主座に光氏だけが沈痛な顔でポツンといる。

部屋の入口に近習が一人座っているだけだ。

「老師、進んで下され……」

困った顔で猛将光氏が重信を傍に呼んだ。義光の使者は光氏に口上を述べて帰ったばかりだった。山形城から義康の突然の死を伝えてきたのだ。

最上家の後継者と思われていた義康の死の真相ははっきりしていない。あまりに唐突なことで、事件のことを光氏は重臣たちにもまだ相談していなかった。

「老師、急に義康さまがお亡くなりだ……」

「義康さまは寒河江城におられると、中山玄蕃さまにお聞きいたしましたが、急な病にございますか？」

「いや、城ではなく六十里越街道の丸岡城下でお亡くなりだそうで……」

「六十里越街道？」

重信はなぜそんなところに義康がいたのだと不思議だ。

光氏がいう。

「なぜ丸岡城下など、そのようなところに若殿がおられたのか。襲撃されて自刃なされたということだが、殿が上方から戻られたばかりで、明日には帰国の祝宴があるはずだった……」

衝撃の事件だ。光氏も重信も義康が丸岡城下でなぜ自刃したのか、なぜそんなところで襲撃されたのか分かっていない。

ただ、義光が帰国した直後の事件だということだ。

最上家に知られていない何かがあるとしか思えず、光氏は暫く迂闊に動けないと思っている。

こういう時は状況判断を間違わないことだ。

あまりに突然の話だが、嫡男義康が亡くなれば、二十一歳の次男家親が後継者として浮上する。

その家親は家康の気に入りだといわれていた。

そんなことを光氏は考えた。なんとなくお家騒動と家康の匂いがしてくる。

「出羽守さまと義康さまの間に、何かあったと思われますが、事件の推移を見ないことには動けない。疑心暗鬼が広がるのを恐れて、主要な城に知らせてきたとも考えられます」

重信はそう判断した。

「老師、何が起きたのか、皆目、見当がつかないのだが……」

「義康さまの死は、最上家だけのことではないのかも知れません?」

「米沢の上杉……」

「上杉家もあれば伊達家もあります。江戸には徳川家もございます。大坂には豊臣家もあります。このような時には、どこで何が起きているのか、しかと見極めるのが肝要にございます」

重信は光氏に騒ぐことではないときっぱりという。

「徳川に豊臣……」

「五十七万石の大大名ともなれば、どこから狙われるか分かりません。家中の結束こそ大切、油断は禁物かと思います」

「なるほど……」

納得したように光氏がうなずいた。

だが、最上家が一枚岩ではないことを光氏は知っている。

今になって養父の氏家守棟がいないのは痛い。

大大名になったこういう時こそ、ひとにらみで家臣団を黙らせる氏家守棟のような実力者が欲しい。だが、そういう人は家中に見当たらない。

最上家と義光を支えてきたのが氏家守棟だった。

上洛して伏見にいることの多い義光に代わって、五十七万石を仕切れる家臣といえば守棟以外に見つからないのだ。

だが、その守棟は駒姫と一緒に亡くなっている。

「油断すると徳川さまににらまれ改易になる……」

光氏はそんな不安を感じた。

「そうです。厳しく言えば、外様大名が生きるか死ぬかは、徳川さまの胸三寸かと思います。そんな時にこのようなことは、最上家の騒動と取られかねません。隙を見せないことです」

「ご次男の家親さまは家康さまの近習にて、ことのほか気に入られていると聞いておりますが？」

「そういうことも含めて、色々なことが考えられましょう。ことが大きくなれば徳川さまの介入もあり得ます」

「なるほど……」

この後、義康の死によって次男家親が寒河江城の城主になり、義光の力で騒ぎは一旦収束する。

だが、この事件は最上家の大きな傷になった。

もし、このような事件がなく義康が生きていれば、この後の最上家の悲劇は回避されたかもしれない。

だが、歴史にもしもはない。冷徹な事実があるだけだ。

最上義光の死後、豊臣家と近かった三男義親が家親によって殺害され、その家親も三十六歳の若さで急死する。

最上家は家督相続で大混乱に陥り、幕府の逆鱗に触れて改易される。

急激に大きくなった最上家五十七万石は、その石高に見合う体制を整える前に、一族や家臣団のいがみ合いで消滅してしまう。

東国一の巨城はたちまちこの世から消える。

重信は五日ほど天童城に滞在して剣術指南と同時に、毎晩のように光氏の傍に呼ばれ相談にも与《あずか》った。大名家が急に大きくなると、無駄に興奮する一族や家臣によって、こういう事件が起きることは珍しくない。

無能な者ほど貪欲になったり、跳ね上がって、野次馬的に軽薄な騒ぎを好んだりするものだ。さすがに義光はそれをわかっていて騒ぎを抑え込んだ。

楯岡城下に戻ってくると、七日参籠を終えた左太夫が痩せた顔で、眼光だけを鋭くギラつかせて重信を待っていた。

「明日の朝、ここを発つぞ……」

「はいッ！」

「奥の院から奥羽の山を越えて、仙台に出て江戸に向かう」

「承知いたしました」

夕刻、重信は一人で月心庵に出かけ旅に発つことを告げた。

いつも覚悟している妙穐尼は小さくうなずいたが少し悲しい顔だ。深雪は重信のいない人生を我慢してきた。寂しいのである。

「長くなりますか？」

「うむ、暫く戻れぬと思う」

「そうですか、お気をつけられて……」

「そなたも体を大切にな」

「はい……」

重信の優しい言葉に妙穐尼が小さく微笑んだ。今生の別れのようだ。

その足で重信は勝信の家に顔を出し、お里に旅に出ることを告げて菊池家に戻ってきた。

そこに楯岡城から中山玄蕃の使いがきた。

長崎城から楯岡城の城番として年に数度、一ヶ月ほど城にいて雑務を済ませて戻るのだが、重信がまだ城下にいることを聞いて使いを出した。

使いの若い武家と登城すると、玄蕃は夕餉の支度をして待っていた。重信が酒をたしなまないことを知っている。

中山玄蕃も天童城の氏家光氏と同じように、寒河江城の義康の謎の死に疑問を感じていた。

五十七万石の後継者が急死したのだから不安になる。

聞こえてくるのは義康の死は上意だったとか、高野山に逃亡するところを土肥半左衛門らに撃ち殺されたというもので、なぜかその事件の原因はどこからも聞こえてこない。

「老師、義康さまと一緒に亡くなられた寒河江良光殿と道広殿は、それがしの主筋にて大江家にございます」

大江一族は寒河江城に入って寒河江の姓を名乗っていた。場合によっては寒河江家と同じように、玄蕃も上意で粛清される可能性が出てきたのだ。

こういう事件はあちこちに影響をおよぼす。

玄蕃は様子を見るため寒河江城に近い長崎城から、より遠い楯岡城に城番として移ってきた。危険の傍にいない良い考えだ。

「殿が伏見から戻られて日を置かずに、急に義康さまがお亡くなりになったことはご存じと思いますが?」

「はい、天童城で氏家さまからお聞きいたしました」

「氏家殿は何んと?」

「事件の様相が分からぬと戸惑っておられました」

「やはりそうですか。殿が真相究明を命じられたとのことです」

「真相究明?」

「さよう、殿は帰国されてすぐ、寒河江城の義康さまを山形城にお呼びになられたとのことです。それが山形城とはまるで逆の、六十里越街道の丸岡城下で若殿の自刃ですから、何があったのか？」

「謀反の疑いでもあったのですか？」

重信は義康が父親の義光に謀反を企て、それが発覚して庄内に逃げようとしたのではないかと思った。

「若殿に限ってそのようなことをなさるお方ではありません」

玄蕃がきっぱりと否定した。

「上意討ちではないと？」

「義康さまが上意討ちになるような理由が見つかりません」

義康はもちろん寒河江良光、道広親子とも玄蕃は親しい仲なのだ。

どう考えても二十八歳と若い義康が、父親に上意討ちされるような罪が思い当たらない。

「謀反など断じてないのです」

「そうですか、出羽守さまが真相究明を命じられたのであれば、日を置かずに何があったのか判明するでしょう。急に大きくなった大名家では何が起きても不思議ではありません。事件がどのような方向に発展するか……」

「確かに最上家は五十七万石の大大名になりましたから……」

「おそらく出羽の実高はもっと大きいはず？」

重信は出羽の石高が五十七万石程度ではないと見ている。

その重信を見ていた玄蕃が小さくうなずいた。出羽で生まれた重信には隠しようもない。

この出羽は内陸も庄内も良質な米が大量にとれる。豊作になれば百万石などゆうに超える上質な土地だ。

「百万石ともそれ以上とも言われております」

「加賀前田さまに次ぐ大きさ……」

「そうです。家中でも秘密にされております」

「危ないな……」

最上家の秘密を知り重信がつぶやいた。

表高五十七万石でも充分に危険なのだが、百万石を超える実高となると、家康も大坂城の豊臣家も黙っていない。

百万石の威力は凄まじく、どこからどんな誘いや誘惑があるかわからない。

最上家は明らかに油断した。

「百万石ともなれば徳川家からも豊臣家からも、伊達家や上杉家からも手が入り狙われましょう。出羽守さまの知らないところで、何が起きていても不思議ではありませんから……」

「そういうことですか……」

「これからもその百万石を治めることは容易ではないと思います」

「家臣団のことですか？」

重信は最上家が、百万石を支配できる態勢になっていないのではないかと、率直な疑問を投げた。

義光の傍に優秀な家臣がいるとも聞いてない。

何の準備もなく百万石では混乱は必至だ。重信はそう危惧した。

「確かに、殿の子は二十八歳の義康さま以下まだ若い。その義康さまが亡くなられ後継は二十一歳の次男家親さまですが……」

玄蕃が重信の言葉に考え込んでしまった。重信に言われ玄蕃には思い当たることばかりなのだ。

家親は家康の近習で気に入られ、家康の三男秀忠にも仕えていた。

それを知っている玄蕃は、裏に何かあるかも知れないと、重信の言葉から不穏なことを考えた。

江戸の幕府に狙われたらひとたまりもない。

「老師が最上家にお仕えすることは考えられませんか？」

玄蕃は最上家に義光や家親を支えられる人材がいないと思い当たった。

最上家には氏家守棟という強烈な謀略家がいたことを玄蕃は知っている。その守棟と林崎甚助が親しかったことも知っていた。

義光を林崎甚助に紹介したのも守棟で、その守棟を京で駒姫の悲劇が起きた時に介錯したのが林崎甚助だとも知っている。

「老師に仕官いただけるのであれば、この玄蕃が命に代えて家中を説得いたしまするが？」

玄蕃が身を乗り出した。

「中山さま、有り難いお話ですが、それがしは一介の剣客に過ぎません。最上家には志村光安《あきやす》さま、氏家光氏さま、楯岡満茂さまなど多くの人がおられます。出羽守さまのご舎弟光直さまもおられます。中山さまもその一人ではございませんか……」

仕官の考えのないことを告げた。

重信が名を挙げた志村光安は義光を出羽守に就任させるため、安土城に信長を訪ね最上家の正統性を訴え、信長を説得した最上家一の口才人なのだ。

氏家光氏は氏家守棟の後継者で戦巧者《いくさこうしゃ》の猛将である。

楯岡満茂は最上家家臣の中でも、四万五千石という最大の領地を義光に与えられている。光直はこの後、元和四年（一六一八）に楯岡城へ一万六千石で入る。

だが、その家臣たちは誰もが百万石を支えるには今一つ力不足なのだ。

そう思う中山玄蕃は重信こそ義光の傍にいてもらいたい。

山形城にいて義光の子らを育てて欲しいと思う。

だが、最上家がこのような大大名になってからでは、重信の力でもまとめるのは難しい仕事だ。

案の定、義光が六十九歳で亡くなるとたちまちお家騒動が勃発、最上家は改易され出羽百万石は、幕府によって十数家の小大名に分割統治されることになる。

その危険な兆候はこの時、重信には見えていた。

百万石とはそういう混乱を呼び込むのに充分な大きさで、危険を内在しているのだと重信は見た。

百万石には百万石を統治できる人材と覚悟がないと、かえって不幸を招くことになるのが大名家でその典型が最上家だった。

それと全く逆なのが会津百二十万石から、米沢三十万石に減封された上杉家だ。

上杉家は減封されても浪人を出さずに、家中に優秀な人材を抱え込んだ。そのため、上杉家は酷い困窮に見舞われる。つまり軍神上杉謙信の育てた人材が上杉家には多く残っていた。

まさに乱世も泰平も人次第なのである。

青葉城

重信は出羽の混乱を感じながら、翌朝、左太夫と一緒に菊池家を出た。

林崎熊野明神に行き祠官の藤原義祐に挨拶。まだ夜明け前で、重信は最後の旅に出ることを神に告げる。

生きて戻れないかもしれない。

六十一歳の重信は再びこの地に戻れるか分からない旅に出る。スサノオとの約束を果たす最後の旅だ。

旅の空で倒れることもありうる年齢だ。

神夢想流に捧げる最後の旅で、一剣を以て大悟できるか、厳しい旅になることが見えている。

「ご無事のご帰還をお祈りしてお待ちしております」

「かたじけなく存じます」

「祠官さま、七日の参籠、有り難うございました。心身が洗われましてございます」

「それは、ようございました」

重信と左太夫は熊野明神に挨拶して奥の院に向かった。

途中で月心庵まで行くと入口に妙穐尼、浄光尼、勝信、お里の四人が立っていた。

夫婦であり親子であればこれといって話すこともない。

「行ってまいる」

「はい……」

二人の尼僧が合掌して重信を見送った。

山々の稜線が白くなって夜が明けると、重信と左太夫は奥の院の巨岩の前に立っていた。

深山幽谷に風の気配すらない。

七日参籠で痩せた左太夫が岩窟のスサノオに一礼すると、足の位置を決め少し腰を沈めて鯉口を切り、太刀を抜いた。

剣士一宮左太夫は霊気を吸い無心になる。

一つひとつ神夢想流居合の型を神に奉納する。神の剣士、林崎甚助の後継者になるという覚悟だ。

その様子を重信が見ている。

半刻ほどで左太夫の奉納が終わると、二人は笠をかぶって道なき熊笹の道を吹越峠《ふっこし》に向かった。

出羽と陸奥を分ける奥羽の峠で出羽峠とも言う。

東からの強い風が吹き越してくる風の通り道だ。彼方の海風が吹き上がっていつも強い風が吹いている。

巨大な山塊が陸奥と出羽を分ける分水嶺だ。

この峠以外の峠があまりに険しいため、この吹越峠が荷駄の通れる峠として切り開かれることになる。

二人は強い風に笠の庇を摑んで歩いた。

熊笹の道を鳴瀬川に出て、夜まで歩き陸奥賀美《かみ》の小野田村に下って行った。

村で頼み込んで一夜の宿を取り、翌早朝から清水、色麻《しかま》と鳴瀬川を離れ南下していった。

二年前の十二月、伊達政宗は家康に許され、青葉山に築城するため縄張りを始めた。

この山には国分家の千代城《せんだい》があったが、それを廃城にして地名も千代から仙台に改め、大きな平山城を築き始めている。

その城は青葉城とも仙台城とも呼ばれる。人によっては五城楼という。

伊達政宗ほど石高の増減が激しく動いた大名も珍しい。父伊達輝宗《てるむね》から相続した領地は七十二万石と大きかった。

政宗は周辺の大名に戦いを仕掛け百十四万石、百五十万石と領地を拡大していったのだが、秀吉と家康の出現で政宗は苦い思いをすることになる。

小田原北条家との同盟を咎められ六十三万石に減封、その後、五十六万石になり、ついで五十九万石になる。

ほぼ同じ石高の出羽最上家で新たに築城された城は、平山城の仙台城と比べて、平地の城で築きやすい分だけはるかに大きかった。

それでも青葉城は二万坪といわれる大きく美しい城となる。

この後、三代将軍家光によって伊達家は六十二万石と確定し、加賀前田家、薩摩島津家に次ぐ大きな石高となる。

重信と左太夫は伊達政宗の仙台城下に現れた。

千代城の小さな城下は、五十九万石、実高百万石の巨大城下に生まれ変わろうとしていた。

やがて奥州平泉《ひらいずみ》に次ぐ陸奥の中心に生まれ変わる。

ドロドロに壊れた道を石垣にする石を積んだ荷駄や、巨木の木材を積んだ荷駄が駆け回っている。

泥だらけの武家や人足が叫びながら行き交う喧騒だった。

まさに伊達家百万石の威力そのものである。伊達家は米沢から移転した時に、優秀な人材をそっくり抱えて岩出山城に移ってきた。

それがそのまま仙台に移ってくる。

家康に近い最上家はまだしも、隙あらば、徳川家をひっくり返そうと狙う政宗に、家康はよくも巨城を許したものだ。

臨済宗の秀才、虎哉宗乙《こさいそういつ》に幼少から育てられた政宗は、抜き身の太刀のような殺気を放つ武将だった。

重信は鬼庭綱元こと茂庭綱元の紹介で、政宗と若い頃に米沢で会っている。

茂庭綱元が秀吉から香の前を拝領すると、政宗がその美女を欲しがり綱元に隠居を命じるなど嫌がらせをした。

それに耐えかねて綱元が伊達家を出奔した騒動の時は、重信が京の鷹ヶ峰の将監道場に綱元と香の前を匿ったことがある。

重信は米沢から移った三男の幸信に会おうと、吹越峠を越えて仙台城下に出てきた。

だが、騒然とした城下で誰がどこにいるのか、林崎幸信の名を尋ねたところで探せないと判断する。

そこで重信は、伊達家の家臣で、茂庭綱元と香の前を知らない者はいないと思い、二人を訪ねようと考えた。

政宗は綱元から取り上げた絶世の美女香の前に、姉の津多と弟の又四郎という二人の子を産ませていたが、この年、美女に飽きてしまったのか突然、二人の子ども付きで香の前を綱元に返した。

政宗は許しがたいとんでもない男だ。

綱元はその子を茂庭津多、茂庭又四郎として育てている。

重信が城下で茂庭綱元の屋敷を聞くとすぐに分かった。重臣たちの屋敷は優先的に建築されたが下級武士はまだ長屋に住んでいる。

政宗は江戸にいて不在だった。

その夜、茂庭屋敷に重信の三男幸信と妻のお多賀、その長男清信、長女佐名、次男友信の五人が現れた。

綱元が重信の気持ちを考え、幸信一家を屋敷に呼んで対面させたのである。

その幸信一家が半刻ほどで帰ると、重信と綱元が人払いをして二人だけの秘密の話になった。

綱元が気にしていたのは最上家の騒動だった。

「最上家の義康さまが急に自刃なさったことで、老師は何か聞いておられることはありましょうか？」

「いいえ、自刃なさったのは六十里越街道の丸岡城下と聞きましたが、なぜ、そのようなところに義康さまがおられたのか、不思議なことですが事件のことは何も聞いておりません」

「そうですか。家督争いということはありませんか？」

「出羽守さまがお元気ですから、家督争いというのは考えにくいかと思います」

「なるほど……」

綱元は義康が政宗とよしみを通じていたことは言わない。

伊達家でも義康自刃の事件を重く考えていた。義康と政宗は従兄弟同士で両家を合わせると二百万石なのだ。

天下をひっくり返したい政宗には大きな力になる。

二人がヒソヒソ話し合っていると香の前とお種《たね》が姿を見せた。二人の子を産んだが相変わらずの美女だ。秀吉が天下一といった香の前である。

重信は綱元と一緒にお種も鷹ヶ峰の道場に匿ったことがあり顔見知りだ。

そのお種がにこやかに部屋へ入ってきて重信に挨拶をする。綱元とのヒソヒソ話が途切れた。

「その節には一方ならず、お世話になりまして……」

「お種さまもお元気そうで何よりにございます」

「老師さまもお健やかにお過ごしのようで、出羽からでございますか？」

「はい、お陰さまで旅を続けております」

「では、これからどちらへ？」

「江戸から京へ……」

「長旅になりますね。京の鷹ヶ峰ではたいそうおもしろうございました。もう一度あのように暮らしてみたいものです」

「あのような男ばかりの道場でよろしければいつでも歓迎いたします」

「そんな時が来るとよいのですが……」

秀吉が伏見で見初めた美女だ。京は懐かしい。

子を産んでも二十六歳のその美貌は少しも衰えていない。挨拶だけして香の前は奥に引っ込んだ。

この頃、政宗の実母義姫は、政宗とうまくいかず出羽の実家、山形城の最上家に戻っていた。

政宗と実母の不仲はずいぶん前からだった。

十二年前の秀吉の小田原征伐に出陣するかどうするか、北条家と同盟していた伊達家が混乱した時、実母の義姫が政宗を毒殺しようとしたと疑われた。

それで岩出山城から出奔して出羽の最上家に戻ってしまった。義姫の夫輝宗は天正十三年に亡くなっている。以来、義姫は兄の義光に保護されている。

綱元も重信も義姫のことには触れなかった。

この義姫と政宗の不仲があってか、最上家と伊達家は親戚でありながらうまくいっていない。

伊達家が米沢にいた頃から最上家とは微妙な関係だった。

そのことを重信も知っている。

まだ三十六歳の政宗は、最上家を義康が相続すれば、従兄弟同士で奥州と出羽の二百万石以上をうまくやれると考えていた。実はこの頃の陸奥は百六十万石以上と考えられていた。奥羽は三百万石近かったのである。それをまとめれば政宗は家康に対抗できた。

奥羽は平泉の藤原三代の頃から、まとまると強大な勢力になって京にも鎌倉にも恐怖だった。

その上、奥羽には良い馬が多く、金銀もあれば良質のうまい米がある。何よりも奥州軍は辛抱強く強靭で強い。

半年も雪の下で生きているのだから兵は無類の強さなのだ。

それは今も同じだ。

奥羽の伊達家と最上家が同盟すれば、実高二、三百万石を超える勢力は、大坂であれ、江戸であれ大きな脅威になったであろう。そういうことでは義康の死は政宗にとっても痛恨事だった。

政宗はまだ必ずしも家康の天下を認めていない。

この翌年、家康が征夷大将軍になり、家康の六男松平忠輝と政宗の娘五郎八姫《いろはひめ》の結婚が決まる。

伊達家は徳川家と親戚になる。

政宗はこういうところに抜け目がない。

この婚約を機に、政宗は天下の総代官といわれる家康の重臣、大久保石見守長安《おおくぼいわみのかみながやす》と急接近する。

不思議な男の長安は、家康より政宗の方を高く評価している男だった。

その長安は多くの金山銀山を押さえていて莫大な黄金を動かしている。

大久保長安は家康の譜代ではなく、甲斐の武田信玄が育てた男なのだ。

この二人の接近は危険極まりない。

家康の天下とはいえ大坂城に秀頼が健在で、豊臣恩顧の大名も多く、長安のような外様の男もいて油断できない状況にあった。

重信も綱元も、大坂城や西国の大名が動かないように、伏見城から離れられない家康の辛い立場を見抜いている。

二人は夜遅くまで剣術の話と京や江戸の話をした。

翌朝、重信と左太夫は仙台城下を離れた。城下外れまで幸信が一人で見送った。薫に似た顔の息子だ。

「父上、お元気で……」

「うむ、もう一度来ることができればよいが、何ごとも茂庭殿に相談するがよいぞ」

「はい、そういたします」

「子らと健やかに暮らせ……」

「父上もお体に気をつけられて……」

「うむ、そなたもな」

親子とは言えないような親子で、薫が産んだ二人目の子が幸信だ。父親のいない子のように育ってきた。

剣客を親に持った不運だ。

幸信と別れた重信と左太夫は奥州街道を江戸に向かう。

「老師、江戸へ戻りましたら、一旦甲斐に戻り、再び廻国修行に出たいと思いますが、お許しいただけますでしょうか？」

「それはよいことだ。そなたには神夢想流をすべて伝授した。より修行をして心と技を磨くことだ」

「はい、そのように努めます」

重信は左太夫の廻国修行を許した。

既に左太夫の力量は廻国修行に耐えうる充分なものだ。若いうちに広く諸国を見ておくことは大切だ。神夢想流の後継者として田宮平兵衛と長野十郎左衛門に次ぐ四代目と重信は考えている。

一宮左太夫の人間性と剣の力量は後継者として申し分ない。

「居合の本願は人を斬ることにあらず、己の邪心を斬るものなり、このことを忘れずに修行に励むようにせよ」

「はい！」

重信の傍から左太夫が飛び立つことになった。

黄金の男

秋の気配を感じる八月に入って師弟が江戸に到着した。

一宮左太夫はその足で甲州街道に向かい、重信は日本橋の三河屋に向かった。

江戸は残暑が厳しく、相変わらず日比谷入江の埋め立て地から、砂埃が飛んできて暑く乾いた城下だった。

重信は三河屋の奥に通されて七兵衛と対面する。

「老師はどちらから？」

「出羽です」

「出羽といえば最上家のご嫡男がお亡くなりと聞こえてまいりましたが?」

「もう江戸まで噂が……」

「ええ、最上さまの後継は、秀忠さまにお仕えしておられたご次男の方ということでした……」

江戸城下の金銀を握る三河屋七兵衛には諸国の事件が聞こえてくる。

どこに金を貸して良いのか、どこには金を貸してはならないかを見誤ると酷い目にあう。

日に何百両、何千両も動かしている商人の地獄耳だ。

「七兵衛殿は早耳ですな。先月十四日の事件と聞いております」

「最上家は関ヶ原以後、急に大きくなりましたから、気をつけませんと大きい身代は持て余すことがあります」

七兵衛はお家騒動とか内紛という言葉は使わないが、危険性を充分に知っているという口ぶりだ。

分相応ということを七兵衛は言いたいのだと重信は感じた。

確かに最上家に実高百万石というのは大き過ぎるような気もする。最上義光の生きているうちはまとまっているだろうが、その後が問題なのは眼に見えているような気がする。最上家の実力はたかだか二十万石あたりではないのか。

最上一族と家臣団がしっかり結束しないと、百万石を統治することは難しい。商人の七兵衛はその辺りを見ている。

徳川の天下になることは間違いないと思っているのが七兵衛だ。その七兵衛は徳川家が豊臣恩顧の大名と外様大名には厳しくなるだろうと見ている。

その裏返しが家康の婚姻政策なのだ。

徳川一門と大大名には婚姻を結ばせ、反徳川の動きを止めるということだ。すべての大名を武力で抑え込むのは難しいと家康は感じている。そう七兵衛は家康の心理を読んでいた。

武力を行使して抑える信長の時代には戻せない。

関ヶ原の戦い後は、もう乱世は終わりだとの風潮が広がりつつある。大名の領地は確定したということだ。

領地拡大などを狙った騒ぎを起こせば、圧倒的な徳川の力で叩き潰される。

「老師は京へ上られますか？」

「そのつもりでいるが、いつもの使いかな？」

「はい、このところ、京、大坂との取引が増えておりまして、それに西国からの浪人が大量に江戸へ流れ込んでおります」

抜け目のない七兵衛は重信を用心棒に使おうという魂胆だ。こんな心強い用心棒は探してもいない。

「そうですか、西国の浪人が仕官を求めて江戸へ？」

「ええ、少々物騒になってまいりました。質の良くない浪人も紛れ込んでいるようでございます」

「それで、使いの方はいつ京へ？」

「五日後でどうでしょうか？」

「承知いたしました。一旦、一ノ宮に戻ってから出直してまいりましょう」

「恐れ入ります」

この頃、武蔵一ノ宮氷川神社参道近くに、大宮宿という新しい宿ができていた。

幕府の大久保長安は街道の整備に力を入れている。大宮宿は中山道に徳川家が設けたものだ。

長安は一里塚なども設置している。

秀吉が小田原征伐を行い北条家が潰れると、秀吉は家康の三河、駿河、遠江、甲斐、信濃の五ヶ国を、武蔵、相模、伊豆、上野、下野、上総《かずさ》、下総《しもふさ》、常陸など関東八ヶ国と交換した。

その翌年の天正十九年（一五九一）、新領主の家康に一ノ宮の栗原次右衛門が、馬つなぎ場でしかなかった一帯で、宿役を務めたいと願い出て許され、氷川大宮からその地を大宮と名付けて宿役を始めた。

中山道の宿場は浦和の次は上尾《あげお》だったが、その間に大宮という宿場ができた。そのため、浦和から大宮までは一里十町、大宮から上尾までが二里と、宿と宿の間が短くなった。

江戸日本橋から大宮宿までは七里十六町で、普通の旅人が一日で歩ける限界に近い。この頃、一日に八里を歩けば充分に健脚だった。だが、廻国修行の重信は十里以上を歩くこともしばしばだ。

剣客は夜の闇を恐れない。

重信は一ノ宮に戻って、叔父の高松良庵とその子勘兵衛信勝に出羽のことを話し、最後の廻国修行のためまず京に向かうと告げた。

「甚助、気をつけて行け……」

「叔父上、お世話になりました」

「うむ、そなたのことは兄上に話しておこう」

重信の父数馬の弟良庵はもう高齢だ。

ここで重信が廻国修行に出れば、今生の別れになると覚悟している。それは重信も同じだ。

江戸に戻ってきた重信は一晩三河屋に泊まった。

すると七兵衛が自ら京、大坂に出て行くと重信に伝える。両替商の三河屋は両替だけではなく為替や割符などを広く扱っている。両替は小判や丁銀などを使いやすい銭貨に替える仕事だ。

為替は遠くに送金する手段として用いられ、割符は年貢を荘園から運ぶ手間を省くために、鎌倉期から重宝に用いられてきた決済手段だ。

翌朝、まだ暗いうちに重信は七兵衛と、三河屋の二人の家人と、江戸を出立して東海道を西に向かった。

急ぐ旅でもなく、七兵衛は六、七里を歩くと早々に旅籠に入って草鞋を脱いだ。

天下一の剣客と一緒で三河屋の三人はすっかり安心している。江戸城下の整備と拡大のため、ありとあらゆるものが東に運ばれて行く。

小さな漁村が巨大城下に生まれ変わろうというのだから、あらゆるものを貪欲に呑み込む勢いがある。

徳川家の早馬がひっきりなしに、毎日、東へ西へ土煙を巻き上げて駆け抜ける。

「江戸は大きくなりますよ」

そういう七兵衛はうれしそうだ。

「今は埋め立てで埃っぽい城下ですが、間違いなく京や大坂を凌ぐ大きな城下になりますから……」

「そうですか、京、大坂より大きくなりますか?」

「なるな。家康さまはそのつもりで江戸城を築城される。本格的な築城も城下の整備もまだこれからだと聞いています」

「そうするとまだ近隣から人も集まってくる」

「そうです。江戸に出てくれば仕事がある。田畑を捨てて江戸に移られては困るが、人の欲望を止めることは難しいです。天下の総代官といわれる大久保長安さまが苦労しておられます」

「なるほど、人が集まらなくても困るが、田畑を捨てられても困るか?」

「その通りです。人が大勢で移転するとこっちはいいのだが、あっちが困るという具合です」

「両方がよいようにはなかなか難しい?」

「残念ながら、そのような都合のいい話にはなりませんな。おそらく……」

「天下の総代官さまの腕の見せどころでは?」

「老師、こういうことはそううまい話にはならないのですよ。いびつな城下になりかねないのです」

「そうですか?」

「はい、今の江戸は男ばかりが増えて女が少ない。何とも殺伐としていて怖いところですよ……」

江戸はこの後、幕末まで女不足に悩まされ続ける。

この頃に江戸は男五、六人に女が一人と極端に女が少なかった。幕末になってようやく男二人に女が一人となる。

この女不足のために大きく繁盛したのが、吉原などの遊郭や宿場の飯盛りとか湯女だった。岡場所というのもできる。

三河屋が扱う両替の金高が年々増加していた。

家康は大久保長安を使い、甲州黒川や身延、佐渡や石見や伊豆などの金銀山を押さえている。

そのため金を多く含んだ質のいい小判や丁銀が出回り始めていた。

そんな話をしながら重信と三河屋七兵衛が、早々に小田原宿で旅籠に入ると、夕刻になって五十騎ほどの騎馬隊が小田原城下に入ってきた。

その騎馬隊は七兵衛が噂していた天下一忙しい男、総代官大久保長安の金銀山の巡察隊だった。

家康の領地のうち、徳川家の直轄地百五十万石を任されている。

天下の総代官といわれるのは、大和代官、美濃代官、佐渡奉行、石見奉行、甲斐奉行、伊豆奉行などをすべて兼務するからだ。

そのため家康の家臣の中で最も忙しく、最も信頼されている家臣といわれる。

この翌年に家康が征夷大将軍になると、長安も石見守に叙任し、六男松平忠輝の付家老になった。

幕府の勘定奉行にも就任する。大袈裟に言えば大久保長安がいないと幕府は動かない。

同時に年寄り老中に列するが、徳川幕府二百六十年の間に、幕末のどさくさを除いて親藩、譜代大名以外で、老中に就任したのは大久保長安ただ一人である。

徳川家のすべての職務を兼務しているような男で、家康の黄金をすべて握っている男だった。

奈良春日大社で金春《こんぱる》流の猿楽師として奉仕。父大蔵信安と一緒に甲斐に下り長安は武田信玄の家臣になった。

信玄に育てられ長安の才能が開花、数字には抜群に明るく蔵前衆に取り立てられ、武田家の年貢徴収や黒川金山の開発に従事した。

その信玄が亡くなると後継の勝頼《かつより》と肌が合わず、武田家を退散して成瀬正一《なるせまさかず》の仲介で徳川家康に仕えた。その天才的頭脳で天下に飛躍した徳川家を、金銀山開発で得た大量の金と銀で幕府を支える。

家康の遺産金六千五百万両は長安のもたらした功績といえる。

乱世が終わると武功より数字が大切になる。その数字を自在に扱う大久保長安の天下だった。

その長安に、夜になって三河屋七兵衛と重信が呼ばれた。

「おう、三河屋、来たか。妙なところで会うな？」

「恐れ入ります」

「老師、お会いしたいと思っておりましたぞ」

豪放な長安の大宴会に呼ばれた。長安の個人蓄財は百万両といわれる。

家康が長安を小田原六万五千石の城主、大久保忠隣《ただちか》の与力として預けたため、長安は土屋から大久保を名乗っていた。

今の長安は家康から武蔵八王子に八千石を与えられている。

その領地は北条氏照《うじてる》の旧領で実高は九万石といわれる。外様の大久保長安にいきなり万石は与えられない。

そこで、名目上、八千石にしたようなものだ。

徳川譜代の家臣でも十万石をもらうのが難しいのだから、大久保長安の実高九万石は特別の上にも特別な待遇なのだ。

今や徳川家随一の実力者といえるのが大久保長安だった。

各地の金銀山から産出する金銀を、一手に握って家康に納める長安の黄金の力は凄まじい。

数万の兵に匹敵する威力がある。

家康との取り決めは四分六となっている。家康の取り分が四分で長安の取り分が六分だった。そのかわり、鉱山開発や金銀採掘の必要資材、採掘賃金や経費は全て長安もちという決まりだ。

家康の家臣として街道の整備を任され、一里塚を設置、一里を三十六町と定め、一町は六十間、一間は六尺と長安が決めた。

権勢ならぶ者なし。その才能は庶民の生活にまで広く影響した。口の悪い者は怪物などと呼んだ。

無類の酒好きと女好きで側室愛妾が八十人という。

その女たちを巡察にぞろぞろ連れて歩いたというから確かに怪物だ。

死後は黄金の棺で埋葬するよう遺言するなど、豪放というか破天荒というか黄金を抱いた天才である。

黄金の力は何ものをも凌駕する。

五十八歳の大久保長安は信玄との関係や、家康に特別の権力を与えられているなど謎めいた男でもあった。

大久保家からも小田原城下に特別に屋敷を与えられている。

その長安は、三河屋七兵衛と剣客林崎甚助が城下の旅籠にいると聞いて、早速家臣に呼ぶよう命じた。

「老師、余の家臣に腕自慢の者がおるゆえ、明日にでもご指南いただけないであろうかのう?」

長安は家臣への指南といいながら、噂の神夢想流居合を見たいと思っている。

重信が七兵衛を見た。京まで行く旅の途中だ。

「そうか。三河屋どうだ、この小田原に逗留してくれぬか?」

「承知いたしました」

黄金を扱う三河屋七兵衛は勘定奉行の総代官の支配下にあり、金銀の扱いや量目のことでは何度も通達を受けている。

そんな長安の命令では断ることもできない。

酒を飲まない重信と七兵衛が、長安と対面しただけで宴会を中座して旅籠に引き上げた。

「今、徳川家で大久保さまの右に出る家臣はおりません」

「金銀奉行だと聞いたことがあります」

「そうです。家康さまの黄金の番人、家康さまの黄金はすべてあの方の手を通ってから納められる仕組みになっております」

「なるほど……」

「大久保さまは甲斐の黒川金山、身延金山、伊豆や駿河の金山などを巡察する旅のようです」

「黒川、身延といえば武田信玄の金山？」

「そうです。甲州金といわれ、信玄入道の軍団を支えた黄金です」

「甲州金？」

「はい、混ざり物の少ない純度の高い良質の黄金です。西国の物の売り買いは生野銀山や石見銀山の銀で動いていますが、東国は陸奥の金や甲斐の金で動いています。西は銀、東は金です」

「なるほど、西国は銀で東国は金……」

「はい、東国の金は陸奥の藤原三代の栄華を支えた黄金です。今は佐渡です」

「古いことだが奥州は砂金だったと聞いたことがある……」

「そうです。佐渡などでも砂金が多く取れたそうにございます」

黄金などは重信には無縁だ。

懐に丁銀が入っていれば上々吉だ。剣術指南の束脩《そくしゅう》として黄金の礼金が包まれていることもある。

古い弟子

翌朝、大久保長安から使いが来て、重信と七兵衛が海の見える屋敷に案内された。

「老師、腕自慢はこの三人だ。名乗れ……」

「はッ、富田征四郎にございます」

「前野長左衛門です」

「秋山伝八郎と申しまする」

「神夢想流の林崎甚助です」

「富田は剣、前野は槍、秋山は剣が得意だ」

「承知いたしました」

「もう一人、腕の立つ風変りな老人がいるのだが、暗いうちに釣りに出たようだ」

長安はそう言っただけだが、富田征四郎は武田家の三ツ者こと、かまりの富田《とみた》郷左《ごうざ》衛門《えもん》の息子で武田家滅亡後に長安を頼って家臣になった。秋山伝八郎もかまりの秋山十郎兵衛の息子だった。

武田信玄は諸国御使者衆という忍びを大量に使って情報を集め、信長に足長坊主と渾名されていた。三ツ者や忍びのことをかまりともいい、伏せかまり、くさかまりなどと呼んだ。

その忍びを信玄は二百人も使っていた。

他には女だけの忍びである歩き巫女を、三百人とも五百人とも言われる大集団で使っている。

その一部が徳川家に仕官した長安を頼って家臣になった。

他にも長安は領地の八王子に武田家の下級武士を匿い、家康の許しを得て西への守りと称して五百人同心を組織した。

やがて五百人から千人同心へ発展させる。

その八王子御所水には信玄の娘で、かつて織田中将信忠《のぶただ》の正室にと目された松姫がいた。五百人同心はその姫を慕っていた。

松姫は滅亡した武田家の旧臣の心の支柱でもあった。

信玄に育てられた長安はその松姫に寺を寄進し、出家して信松尼となった松姫がその寺に住んでいる。

信松院という。

長安は家康の家臣になっても信玄の恩を忘れていなかった。

その御前試合に小田原城主大久保忠隣がひょっこり現れた。忠隣は長安より若く五十歳だった。

この前年に小田原六万五千石から、上野高崎《たかさき》城十三万石に加増されるが、忠隣はこれを固辞して受けることはなかった。

それは政敵である本多正信から、東海道の関東への入口である小田原城を明け渡し、移転するよう言われていたからだ。

徳川家臣団の中には本多一族対大久保一族という対立がある。

この対立で大久保長安の死後、慶長十八年(一六一三)に長安の七人の息子が全員処刑されてしまう。

大久保長安事件といわれた。

長安は百万両を超える黄金を蓄えていて、大坂城との戦いの戦費が欲しい家康と正信に狙われたと思われる。

長安が亡くなるといきなり不正蓄財だと言い掛かりをつけられた。

翌慶長十九年には大久保忠隣が政敵本多正信、正純親子に敗れて改易、忠隣は近江の井伊家に預けられる。

謀略家の本多正信は家康の影のような男で汚れ仕事を何でもしていた。

「始めてもらおうか?」

城主大久保忠隣が主座に座り、左右に長安と三河屋七兵衛が座った。

重信と対戦する三人が庭に入ってくると、重信は襷がけをし鉢巻をして支度を整え木刀を握った。

「お願いいたします！」

富田征四郎が重信に頭を下げ木刀を中段に構え、ゆっくり木刀を下段に下げる不思議な構えだ。下段の構えは地の構えともいう怖い剣だ。逆袈裟に斬ってくることが多い。

忍びの剣法だと分かった重信は薄眼を開いて、中段に構えた木刀を五寸ほど右に置き禅の随息観に入る。

死んだように静かで息をしているのかわからない。

立ったまま死人のようだ。

征四郎はこの構えは何んだと考える。この時、征四郎は重信の消えた気配に誘い込まれた。

もう遅い。すでに征四郎は死んでいる。

スッスッとすり足で間合いを詰めると、不用意と思えるほどあっさりと踏み込んできた。

瞬間、重信は後の先を取って動く。

凄まじい気合と共に征四郎の木刀が、重信の胴を狙って打ち込んできた。その征四郎の木刀と擦り合わせ、重信は征四郎の左に回り込んでいる。

一瞬、重信が征四郎の目の前から消えた。

気づいた時には既に、征四郎は左脇の下から背中にザックリと斬り上げられた。

斬られた感触を征四郎は感じて震えた。痺れたように足が前に出ない。重信の木刀が天を突いて伸びている。

いつもの美しい残心だ。次の攻撃ができる構えでもある。

ガクッと征四郎が膝をついた。

「まいりました！」

神伝居合抜刀表一本無明剣、神夢想流表技の秘剣だ。左脇の下から心の臓を真っ二つに斬り裂き、必ず敵を倒す無明剣だ。

「見事だ……」

忠隣が小さくつぶやいた。

「天下一の剣とは誠だな？」

「はい、次は長左衛門の槍にございます」

「軍太夫《ぐんだゆう》はいないのか？」

「今朝から釣りに出ております」

「惚けた老人だな？」

「すぐ戻るよう呼びに行かせました」

忠隣と長安がブツブツと話している。三河屋七兵衛は嬉しそうにニコニコ顔だ。

槍を摑んだ前野長左衛門が床几から立ち上がった。重信と長左衛門が主座の忠隣に一礼してから構える。

「お願い申す！」

長左衛門は、相手を怪我させないよう穂先の長い槍の先を白布でグルグルに巻いて、何度もしごきをすると頭上で槍を回転させる。唸りを生じた槍先が重信に襲ってくる気配だ。

中段に木刀を置いて重信は微動だにしない。

長左衛門は襲えば斬られると直感した。だが、どこかに隙があるはずだとも思う。

右へ右へと回ろうとする。

だが、重信はそうさせまいと左に動いて間合いを詰める。

重信の剣気に長左衛門がジリジリと追われた。

追い詰められる前に不利を打開するには攻撃するしかない。長左衛門の足が止まった。

その瞬間、槍が重信の頭上から襲ってきた。

後の先で重信の木刀が走って槍先を跳ね上げると、その剣の切っ先が長左衛門の首を刎ね斬った。

二歩、三歩と後ろに下がって家臣団の中に倒れ込んだ。

神伝居合抜刀表一本乱飛、槍を手放すことはなかったが、首に剣を感じよろっと両膝から力が抜け崩れた。

「まいりました！」

「強い……」

忠隣が身を乗り出している。見たことのない重信の居合だ。

「あの技を受け止める技はないのか？」

「一瞬のことにて、対処できないものと思います……」

「次の秋山は柳生流だな？」

「はい、柳生新陰流にございます」

「勝てるか？」

「難しいかと思います」

「するとやはり、軍太夫しかいないか？」

「あの剣法では軍太夫でも難しいかと思います」

「そうか。あの剣を以てすれば、どこにでも仕官できるだろうが、仕官していないのは何かわけでもあるのか？」

忠隣は重信の剣法の美しさを見て一介の剣客とは腑に落ちない顔だ。

「三河屋、林崎殿が仕官しないのはなぜだ？」

「はい、以前お聞きしたのですが、今は亡き出羽楯岡城主、楯岡因幡守さまの家臣だったそうにございます。その主亡き後はご恩に報いようと、どこにも仕官はしておりませんようで……」

「仕官する気がないのか？」

「そのように聞いております。出羽の最上さま、陸奥の伊達さま、九州の加藤さま、三河の奥平さま、この小田原の北条さまなどからもお誘いがあったと聞いております」

「みな断ったか？」

「はい、楯岡さまのお陰で親の仇討ができたとか……」

「仇討？」

「はい、その恩義を感じておられます」

忠隣も長安も仇討の恩義など聞かない話だ。

武家は仕官の禄高で価値が決まるとも言える。忠隣はこの神夢想流に万石を出しても仕官させたい大名は多いはずだと思う。

乱世が終わり鉄砲や刀や槍の時代は終わったともいえるが、武家にとって剣は今でも命だ。

武士の魂などという。

「お願いします」

秋山伝八郎が木刀を握って立ち上がった。

伝八郎は長安の家臣になってすぐ、江戸で柳生宗矩から柳生新陰流を学んだ。筋の良い剣で家中一といわれている。

伝八郎の構えを見て重信は良い剣だと感じた。正眼の構えという。相手の眼にピタッと剣先を向ける。人の構えとか水の構えともいう。

「柳生新陰流ですな?」

「はい、老師は石舟斎さまと入魂《じっこん》と聞いております」

「うむ、では、まいるぞ」

互いに中段に構えた。伝八郎は一足一刀の間合いにいる。

勝てるとは思っていないが、柳生新陰流と石舟斎の名を汚すことはできない。負けるにも負け方がある。

スッと一歩間合いを詰めた。

一瞬で勝負のつく間合いだ。剣先が重信の剣気にピリピリと震えている。重信を押そうとする気迫だ。

さすがに柳生新陰流。石舟斎は活人剣を標榜する。

もう一歩スッと間合いを詰めた瞬間、上段から重信の正中を斬ってきた。一瞬早く重信の剣が走った。

剣が交差するのが見えた。斬られる。

伝八郎の左胴から右脇の下を重信の剣が斬り抜いた。

神伝居合抜刀表一本石貫、伝八郎の右脇の下に切っ先が入って、伝八郎の木刀がガリッと土を嚙んだ。

「まいったッ！」

「秋山殿、よく修行をされた。良い剣です」

重信が伝八郎を励ますように声をかける。重信が褒めることは滅多にない。だが、良い修行をした者の剣先には正義が宿る。

「有り難うございます」

木刀を前に置いて庭に正座し伝八郎が頭を下げた。

「柳生さまによしなに……」

「もう一度、江戸でお会いしとうございます」

「はい、いずれまた……」

重信が席に戻って襷を解こうとした時、白髪の老人が太刀を下げて現れた。重信の前の床几に座って頭を下げた。

「お師匠さま……」

「おうッ、軍太夫殿か？」

「はい……」

「これは久しいな」

「はいッ、松田尾張守さまの御前にて、ご指南いただきました」

「よく生きておられた……」

「大久保さまに拾われましてございます。幻海殿からお師匠さまのお話は伺っておりました」

「そうか。ょし、やろう」

「はいッ！」

若き日に小田原城で重信と立ち合った高田軍太夫が、秀吉の小田原征伐を乗り越えて生き残り大久保長安に仕えている。古き友との再会ほどうれしいことはない。重信の最も古いといえる弟子の一人だ。

二人は並んで忠隣の前に立った。

「二人は知り合いのようだな？」

長安が声をかけた。

「はい。老師はこの軍太夫の師匠にございます」

「師匠だと？」

「若い頃、立ち合いをさせていただきました。三十数年も前のことにございます」

「そうか。相分かった」

二人が主座に一礼してから対峙した。重信が乱取備前を腰に差す。軍太夫も太刀を腰に置いて二歩下がり遠間にした。

「では、まいります」

軍太夫が鯉口を切って真剣を抜くと緊張とどよめきが走った。

重信に若き日の立ち合いが蘇ってきた。今は互いに円熟した剣客だ。重信が乱取備前の鞘口を切った。

尋常ではない剣気に、軍太夫は神の剣士といわれる正体を見る。

若き日とは比べ物にならない剣気であり、焔《ほむら》立つ剣霊が重信を包みまったく隙のない美しい静かな佇まいだ。

「斬られる……」

スッと軍太夫の足が前に出て間合いが詰まった。

軍太夫が自分を励ますように叫びざま踏み込んだ。瞬間、乱取備前が鞘走り後の先を取った。

切っ先が胴に入るのが見えた一瞬、胴を真っ二つにした乱取備前が、軍太夫の左肩を砕き斬っている。

ピタッと太刀の峰が左肩を押さえていた。

神伝居合抜刀表一本山越《やまこし》、軍太夫は動けず片膝をついて崩れた。

「有り難うございました！」

「遠くなりましたな……」

若き日の思い出のことだ。

「はい、遠くなってしまいました」

軍太夫が立ち上がると緊張が解けて家臣団から拍手が起きた。老剣客の真剣勝負などなかなか見られるものではない。

重信と軍太夫は忠隣に呼ばれ、真剣の立ち合いを褒められ盃を頂戴した。

権左と悪蔵

大久保長安は重信と七兵衛のために別れの宴を開いた。

「人には出会いもあれば別れもある。わしの出会いと別れは信玄さまだった。百年は生きられぬのが人だからな……」

長安は酒好き女好き黄金好きの怪物だ。

大久保忠隣が重信の立ち合いを褒め上機嫌で城に戻って行った。

「あれを持ってまいれ！」

近習に長安が命じたのは黄金だった。袱紗《ふくさ》に包まれた黄金が三方に乗せられて運ばれてきた。

「三河屋、ここに甲州金が三百両ある。これは神の剣である神夢想流居合に奉納する奉納金だ。老師は受け取るまいから三河屋、そなたに渡しておく。剣術指南の束脩ではないぞ。神に対する奉納だ」

「殿さま……」

「三河屋、黙って受け取れ。百両は家康さまから、もう百両は伊達さまから、残りの百両はわしからの奉納だ。いいな」

「はい、それではお預かりいたします」

「老師、奉納じゃ、奉納……」

「大久保さま、一介の剣客にこのようにされましては……」

「老師、黄金などは山からなんぼでも掘ることができる。むしろ、その黄金をどう使うかが大切なのじゃ。戦に使えば黄金は何人でも人を殺す。何も言わずに受け取ってもらいたい。三河屋、命じたぞ……」

「承知いたしました」

長安は近ごろ珍しい武士らしい武士に会ったと機嫌がよかった。

師弟の真剣の立ち合いに心奪われた。

重信の人柄から家康に仕官を周旋したいが、辞退することがわかっていてはそれもできない。

そこで甲州金を用意した。

昼過ぎ、高田軍太夫が重信と七兵衛を旅籠まで送ってきた。

その時、軍太夫が朝早く釣ってきた鯛を二匹、旅籠の主人に、特別に料理して夕餉に出すよう命じて戻って行った。

軍太夫は重信の名を聞くと釣りを思いついた。

小田原は古くから海の恵みが豊富な土地柄だ。その活きのいい鯛を師匠に食べてもらいたいと思う。

師に喜んでもらえることはそんなことしか思い浮かばない。

その軍太夫の気持ちは充分に重信に届いた。

翌朝、まだ暗いうちに長安の騎馬隊は屋敷を出て、一気に箱根峠を踏破して身延の金山と甲斐の黒川金山に向かった。

三河屋七兵衛はのんびり箱根の湯に入るつもりで旅籠を出た。その一行の後ろから箱根の竜太郎の荷駄隊が追いついた。

「お師匠さま！」

「おう、竜太郎ではないか？」

「お知り合いかのう……」

「それがしの弟子です」

「ほう、老師は色々なところにお弟子をお持ちで……」

「竜太郎、江戸の三河屋七兵衛殿だ。懇意にしていただけ……」

「はい、箱根の竜太郎と申します。江戸の三河屋さまのお話は伺っております」

竜太郎が愛想よく七兵衛に挨拶した。

「箱根の竜太郎殿か、老師のお弟子さんであれば、三河屋の荷運びをお願いしましょうかのう……」

「有り難う存じます」

竜太郎は大きな仕事を手に入れた。

江戸の豪商が東西に運ぶ荷はこれから増えることが予想される。

「三河屋さま、帰り馬に乗っていただけませんでしょうか？」

「ほう、わしを乗せてくれるか？」

「どうぞ……」

「これは大きな馬だな……」

竜太郎の配下の大男が七兵衛を軽々と馬の背に押し上げた。

馬借たちの十五頭の馬のうち、三頭の馬が空荷で筵だけの裸馬だ。

鞍はないが大きな馬の背で落ちる心配はない。だが、竜太郎の配下と三河屋の家人が両側についた。

「これはいい。これは楽だ……」

七兵衛は子どものような笑顔で上機嫌になる。

竜太郎は七兵衛の心をつかんで、なかなかの商売上手だ。荒くれ馬借を配下にしている竜太郎は今や箱根の主なのだ。

愛妻のお満に九人もの子を産ませ、そのお満に頭のあがらない優しい男だ。

そんなところが馬借の親方として荒くれどもに信頼されている。そういうところをいち早く見抜くのが七兵衛だ。

「竜太郎殿は馬を何頭お持ちかな?」

「二十七頭でございます」

「ほう、ずいぶんな荷を運べますな?」

「はい、近ごろは徳川さまの荷の箱根越えも手伝わせていただいております」

「そうであったか、箱根八里の荷越えは苦労だからのう……」

「どのような荷も大切に運ばせていただきます」

箱根越えの荷駄は増えている。

西から来た船が伊豆半島を迂回して、相模湾に入り江戸に運ばれる船荷も大幅に増えていた。

荷駄が休息を取る馬つなぎ場に来て、いきなり馬借たちの喧嘩が始まった。

竜太郎組の馬借と休憩していた他の組の馬借たちだ。

馬から下りた三河屋七兵衛が重信の傍に来て、大声で叫びながら喧嘩している馬借たちの様子を見ている。

「荷の取り合いのようですな？」

「気の荒い連中だから殴り合いにならなければいいが……」

竜太郎でも怒っている配下の荒くれを抑えるのは難しい。人数は竜太郎組の方が多いようだ。

「竜太郎ッ、権左がおれらの荷を取りやがったんだッ！」

「おれは逆だと聞いている。お前の悪蔵が先に権左の荷を取ったということだが、違うか？」

「何ッ、おれは手を出してねえぞッ！」

悪蔵と呼ばれた男が、口から唾を飛ばして竜太郎に怒鳴り返す。もちろん、悪蔵というのは渾名だ。

「この野郎ッ、しらっぱぐれて隠すんじゃねえッ！」

大男の権左が悪蔵に摑みかかった。

「てめえッ、この野郎ッ！」

悪蔵が暴れて権左を殴ろうとするが大男の権左は怪力だ。悪蔵が肩を摑まれて地面に押し潰される。

「権左ッ、乱暴はするなッ！」

「親方ッ、この野郎がいつも悪いんでッ！」

「いいから、待てッ！」

竜太郎が止めたが、その権左の背中を、悪蔵の仲間のこん棒が襲った。

「痛いなッ、馬鹿野郎ッ！」

怒った権左がこん棒を奪い取ると悪蔵の親方、登兵衛に襲いかかった。

「権左ッ、殴るなッ！」

竜太郎が振り上げた権左のこん棒にしがみついた。怪力の権左に殴られたら死んでしまう。

いつものいざこざで荒くれどもは長い間の遺恨を抱えている。

箱根ではよくある話だ。

何かあるとちょっとしたことが切っ掛けになってその遺恨が噴き出す。どっちが悪いということはない。

悪いといえば双方が悪いのだ。

いつの荷争いのことなのかも定かではない言い掛かりの喧嘩で、顔を合わせるといがみ合いになる。常にはいい仲間なのだ。虫のいどころが悪いようだ。

竜太郎が権左からこん棒を奪い取って叫ぶ。

「登兵衛ッ、先に行けッ、グズグズするなッ！」

こん棒で殴られて怒っている権左を竜太郎が抑えているうちに、登兵衛たちが十頭ほどの馬を率いて急いで山を下りて行く。

竜太郎たちは登りだ。

「親方ッ！」

「分かっている。お前の気持ちは分かっているのだ。ここは堪えてくれッ、頼むから堪えてくれッ！」

親方の竜太郎に頭を下げられては、怒っている権左も暴れることはできない。

「今度、因縁をつけてきたら殺すッ！」

「駄目だッ、殺しちゃだめだ。山で仕事が出来なくなるぞ」

「くそ！」

殴られ損の権左が怒りの顔で山を下って行く荷駄隊をにらんでいる。

これまで、何度となく争われてきた縄張り争いだ。客や荷の取り合いは少なくないが厳禁だ。

客に怪我をさせたり、荷を壊したりするからだ。

「箱根の荷運びもたいへんなようだのう……」

七兵衛が竜太郎の統率力に感心している。

暴れる大男の権左を見事に抑え込んだ力量は大したものだ。馬借たちに信頼されているからだ。

「師匠、みっともないところをお見せしました」

「うむ、権左、よく我慢したな……」

「へい……」

重信が褒めるように権左に声をかけた。

権左が照れ笑いをして頭を掻く。喧嘩を見ていた野次馬の旅人たちもクスクス笑っている。

「なかなかできない我慢だ。よく辛抱した。これなら親方に荷を任せられるわな……」

七兵衛も権左を褒めた。

「へい、旦那、有り難えです……」

権左は機嫌を直し、ぺこりと七兵衛に頭を下げて荷駄隊が動き出した。もう、昼が過ぎていて山の上に泊まりになる。

旅の徒然

小田原を遅く発った一行は、箱根峠を越えて三島宿までは無理で、早々に竜太郎の家に泊まることになった。

なんとも賑やかな竜太郎一家だ。

風魔の幻海は相変わらず元気がなく冴えない顔で、炉端に座って背を丸くし重信たちを迎えた。

「老師、お連れがありますので？」

「江戸の三河屋七兵衛殿だ」

「三河屋殿？」

「幻海殿と奥方のお仲殿、それに竜太郎殿のお満殿ですな？」

七兵衛は三人のことを詳しく重信から聞いている。三人が炉端に座ったニコニコ顔の七兵衛に挨拶した。

江戸の大旦那で竜太郎が早々と仕事をもらった。

馬に乗って山を登ってきた七兵衛は疲れも見せず上機嫌だ。そこに竜太郎と子どもたちがゾロゾロ出てきた。

「おう、頼もしい子たちだ。そなた次女か三女か？」

「三女です」

「うむ、はっきりした子だ。幾つかな？」

「十一歳です」

「ほう、十一か、わしにも十歳の孫娘がいる。どうだ。江戸で働いてみる気はないか。わしの身の回りの世話をしてくれると有り難いがのう？」

「はい、お願いいたします」

「おおう、そうか、そうか……」

あまりにはっきりした答えに誰もが戸惑い、七兵衛が竜太郎とお満を交互に見る。娘が江戸に行きたいという。はきはきして良い子だ。

「名は？」

「登喜でございます」

「そうか、いい子だ」

「お登喜、良かったな。はきはきといい答えだぞ。江戸はこれから大きくなる良いところだ。頑張ってみろ」

「はい！」

重信に褒められ、励まされてお登喜がニッと笑う。

父母の後ろに隠れそうな歳ごろだが、お登喜は自分で考えて自分の意思ではっきり返事をした。

そこを重信と七兵衛は見逃さない。

「竜太郎、お満、三河屋殿から折角の話だ。お登喜も良い覚悟だ。黙って出してやることだな？」

「はい……」

「よし、お登喜、決まった。良かったな」

「はい、頑張ります」

「三河屋殿、聞かれたか。なかなか良い子だ。わしからも頼む」

「承知いたしました。孫娘が一人増えましたわい」

「よろしくお願いします」

竜太郎とお満が七兵衛に頭を下げる。

山育ちとは思えない賢い良い娘だと七兵衛も満足だ。こういう子は磨けばすぐ光り出すものだ。

「京からの帰りに寄りますので、一緒に江戸へ行こうな。孫が江戸で待っておる。友だちになってくだされよ？」

「はい！」

急に竜太郎の娘が江戸の三河屋に行くことが決まった。その様子を幻海とお仲が見ている。

その元気のない幻海を誘って重信は湖に向かった。

「小田原で高田軍太夫殿とお会いしました」

「軍太夫が……」

「大久保長安さまのご家臣でした」

「そうです……」

「ご存じでしたか？」

「何年前だったか、小田原城下で数回会いました。その頃はまだ浪人で……」

「風間出羽守さまはどういたしました？」

風魔の頭領小太郎のことを重信が聞いた。これまで、出羽守のことを幻海に聞いたことはない。

風間出羽守は別に風魔小太郎ともいう。

北条家の家老だった松田尾張守は、秀吉の小田原征伐に徹底抗戦を唱え、その責任を取って切腹して亡くなった。

北条氏政はどうしても秀吉に従うことができずに滅んだ。

小田原城は秀吉の二十万の大軍に包囲されて落城したのだった。それでも風魔は生き残っている。

「頭領は生きておられます」

「そうですか……」

「風魔は辛うじて残ったのです」

北条家の忍びは壊滅したが風魔は十数人が生きていた。

「出羽守さまはお幾つになられたか？」

「もう、八十歳を超えておられるかと、このところ体調を崩されて、熱海で養生しておられます」

「なるほど……」

「いつもは箱根山におられるのだが……」

「世話をしているのか？」

「いや、世話というほどのことはしていないが、頭領の傍には若い者が数人いて世話をしています」

幻海が風魔の秘密を重信に話した。

二人は湖の畔で持ってきた木刀を中段に構えて対峙する。相変わらず幻海の構えに剣気はない。

すべてが終わってしまった老人の剣だ。

敵の剣に対応はするが自ら斬りに行く剣ではない。木刀が杖になりそうだ。

「やはり駄目か？」

「老師、もう人を斬る気になれないのですよ」

「神夢想流の居合は人を斬ることに非ず、己の邪心を斬ることにあり。おわかりのはずだが？」

「人を斬らぬ剣……」

「そう、そこを考えて下さらぬか？」

「人を斬らぬ剣……」

「居合は行住座臥、一挙手一投足が森羅万象、天地一体、万物同根にて順和すること、人に斬られず人を斬らず、己の邪心を斬ることです」

重信が構えを解いた。

この頃、湖畔の箱根権現は秀吉の小田原征伐の折に焼失している。家康が再建するまで箱根の湖畔に神社はなくなっていた。

「熱海の伊豆山権現や三島の伊豆一ノ宮で参籠されてはどうか？」

「参籠？」

重信は幻海の迷いを見かねた。

残り少ないだろう幻海の生涯の最期を重信は心配したのだ。重信自身も「一剣を以て大悟する」という願いがある。

「伊豆山での参籠……」

伊豆山権現は源頼朝の所縁《ゆかり》の神社だ。

「老師にご心配いただき申し訳なく存じます」

「幻海殿、人は迷うものでござる。そのために神さまがおられるのかも知れません」

「誠に……」

幻海が照れ笑いを浮かべた。

「伊豆山権現で一ヶ月ほど籠って神さまと話してみます」

「それがよい、そうして下され……」

湖面に山の夕暮れが落ちてくると、師弟は木刀を担いで稽古を取りやめにして竜太郎の家に戻った。

翌朝、重信と七兵衛は竜太郎の荷駄隊と一緒に暗いうちに出立した。

伊豆山権現に行く幻海も箱根峠まで一緒で、尾根道から熱海に下って行き、重信と荷駄隊は街道を三島宿に下って行った。

竜太郎の荷駄隊と三島宿で別れ、重信たち四人は西に向かった。

箱根から三島宿まで三里二十八町、明け六つ卯の刻に竜太郎の家を発って一刻半、下り道一方で、まだ巳の刻にもなっていない。

三島宿から沼津宿まで一里半を歩いた。

三河屋七兵衛はなかなかの健脚だ。何んと言っても旅の楽しみは美味いものを食すことにあり。

この前年の慶長六年に家康は東海道に宿場を定めた。

この時の宿場数は後の五十三次よりだいぶ少なかった。五十宿にも足りず、やがて、最重要街道として整備され、宿場も増やされ江戸から京まで五十三宿、大坂まで五十七宿と定まる。

乱世が終われば人々はたくましく生きられた。

宿場に定められたばかりだが、早くも宿場ごとに珍品名物を食わせる茶屋ができ始めている。

「人の商魂はたくましいものだな。家康さまのお陰でいい街道になる」

七兵衛が懐から梅干しを一つ出し、ポイと口に放り込んで皺深い顔をくしゃくしゃにした。

小田原名物みのや吉兵衛の梅干しを買って懐に入れていた。

天正の頃からの名物で頭からツーンと抜けるほど酸っぱい。これが一つ食すと病みつきになるという天下の名物だ。

「これは特別に酸っぱいな。老師、一つ舐めないかのう……」

「それがしは結構でござる」

重信が食べてもいないのに顔を歪めて断った。酸っぱいのは苦手だ」

「クーッ、これは効くう……」

七兵衛に勧められて梅干しを買った家人も、一つ口に入れてあまりの酸っぱさに悶えている。

「沼津では美味い魚が食いたいものですな……」

街道の定番といえば甘酒と力餅、うどんに団子などだが、箱根山で疲れた時の甘酒は旅人を生き返らせた。

餅は腹持ちして空腹を忘れさせてくれる。

人の通るところに名物あり。

既に小田原の梅干し、箱根の甘酒、府中の安倍川餅、丸子《まりこ》のとろろ汁、藤枝《ふじえだ》の染飯、浜松の鰻、桑名の焼蛤などは有名だった。

海浜の宿場には季節の魚が豊富に並んだ。

東海道は陸も海も豊饒である。

三河屋七兵衛は昼を過ぎたばかりなのに、早々と旅籠に草鞋を脱いで美味い魚を持ってこいという。

鯵は獲れているか鯛はどうかなど、海の魚を細々と聞いて注文する。まるで大名旅行だ。宿の者が浜に走って食道楽の七兵衛を楽しませようと腕によりをかけた。

なかなかわがままな客だが旅籠には滅多にこない上客だ。夕刻前に活きのいい魚が次々と料理されて出てきた。酒は飲まないから専ら食意地がはっている。

夕餉にこれでもかというほど料理が並んだ。

鯵や鯛や鰈や足の早い鯖、蛸や栄螺《さざえ》や焼蛤など、贅沢も大概にしないといけないが、七兵衛の希望でこれもあれもと大贅沢だ。

宿も大騒ぎでバタバタとうるさい。

一の膳、二の膳、三の膳に乗り切れない料理が、旅籠の飯盛女によって次々と運ばれてくる。

そんなところに前触れもなく伊奈忠次《いなただつぐ》と彦坂元正《ひこさかもとまさ》が現れた。

「三河屋、このようなところで会うとはどういうことだ？」

「伊奈さま……」

「驚いたようだな。余はこれから彦坂殿と江戸へ戻って、武蔵鴻巣に戻るところだ。

そなたは伏見の内府さまのところへ行くのか？」

「はい、京、伏見、大坂と回ってまいります」

「そうか……」

「一献いかがにございます？」

「うむ、豪勢だのう」

「まずはこちらへどうぞ……」

七兵衛が伊奈忠次と彦坂元正に座を譲った。

「ご紹介いたします。こちらにおられますのが、神夢想流の林崎甚助さまにございます」

「何ッ、神夢想流だと？」

「お初に御意を得ます。林崎甚助にございます」

「これは、これは、老師とお会いできるとは思いもよらぬこと……」

「三河屋、どういうことか？」

彦坂元正が驚いて七兵衛をにらんだ。

「三河屋にとって家康さまの次に大切な命の恩人にございます」

「命の恩人……」

今や腰に刀を差すもので神夢想流居合を知らない者はいないという。

居合の技を見た者は少ないが、その秘伝の剣技は神技といわれ、いつしか武家の中で重信は神の剣士と呼ばれた。

その強さは神格化されつつあった。

防御のできない恐ろしい居合といわれている。

「伊奈さまと彦坂さまはこちらで夕餉を取られる。すぐ支度をしてこちらに頼みますよ。同じものをな……」

七兵衛が勝手に決めて宿の主人を呼んで命じた。

旅籠は二人分が増えて大わらわのてんてこ舞いだ。魚を求めて宿場を走った。

彦坂元正も伊奈忠次も、大久保長安と並ぶ家康の腹心である。

元正は前年に家康が東海道に宿場を定めた時、その宿場を巡検するよう命じられ、街道を回りながらあちこち整備していた。

剣客たちの宴

伊奈忠次は大久保長安と共にこの翌年開かれる幕府の草創期を支える重要人物になる。その二人に彦坂元正と長谷川長綱が加わって関東代官頭を務め、家康の関東支配を進めて行く。

この四人が関東の検地、新田開発、河川改修、寺社普請、知行割、一里塚設置などをしながら幕府の財政を築いていくが、ことに大久保長安と伊奈忠次の業績は計り知れないものになる。

長安と忠次こそ江戸の繁栄を実現した二人なのだ。

伊奈忠次は民百姓のため骨身を惜しまず、農民たちからは神仏のように敬われることになる。

伊奈家は三河小島《おじま》城の城主で、忠次は城主伊奈忠家の嫡男、この親子は家康の嫡男信康の家臣だった。その信康が織田信長から武田との内通を疑われ、家康は二俣城に信康を幽閉して切腹させると、伊奈忠次と父忠家は三河から出奔し和泉の堺に住んだ。

ところが、天正十年六月に本能寺の変が勃発、堺にいて明智光秀《あけちみつひで》から逃げられないと覚悟した家康は、京の知恩院《ちおんいん》に戻って切腹しようとする。

だが本多平八郎《ほんだへいはちろう》が猛反発、わずか三十四人の家臣団で逃げることになった。

後に家康が九死に一生と言った伊賀越えで主従は逃げに逃げる。

この伊賀脱出に家康を助けたのが小栗吉忠と、この伊奈忠次だった。その功績で忠次は徳川家への帰参を許され伊奈家は復活する。

父伊奈忠家の旧領小島が忠次に与えられた。

その後、小田原征伐での功績などが認められ、武蔵鴻巣に一万石の知行を家康から与えられ大名になる。

三河屋七兵衛とは三河を出奔する前からの付き合いだった。復帰してからは何かと三河屋に世話になり、江戸に出てからは切っても切れない関係にあった。

「三河屋、こんなに馳走になっていいのか。突然のことで老師にもご迷惑だったのではないか？」

「伊奈さま、こんなことでもないと旅はつまらないことになります。こういうことがあるから旅はおもしろい。小田原では大久保長安さまのお世話になりました」

「ほう、大久保殿が小田原におりましたか？」

「甲斐の黒川金山に向かわれたようです」

「大久保殿は山を預かっておられるから、それがしの何倍も忙しいのだ」

「さよう、山は難しい。金掘りは頑固だ……」

彦坂元正がボソッと言った。

関ヶ原の戦い後、彦坂元正は毛利の石見銀山を接収に行ったことがあり、山を扱うことの難しさを知っている。

一筋縄でいかないのが金山銀山を支配している山師や金掘りたちなのだ。

重信は伊奈と彦坂の話を黙って聞いている。

この四年後に代官所の資金不正使用、年貢私物化を疑われ、彦坂元正は罷免され改易となる。彦坂家は元は今川義元の家臣だったが、今川家が没落すると家康に仕えるようになった。

江戸町奉行や伊豆金山奉行などを務めた。

伊奈と彦坂はそれぞれ十騎ほどの騎馬を率いている。

三河屋七兵衛は大盤振る舞いでその騎馬隊にも酒を振る舞った。それでいて七兵衛と重信は酒を飲まない。

忠次は申し訳ないという顔で酒を飲んで、早々に自室に引き上げた。

翌朝、重信たちがゆっくり旅籠を発った時には、伊奈隊も彦坂隊もすでに出立していた。

重信たちはのんびり旅だ。名物があれば必ず食す。

江戸を出て六日目、沼津を発って蒲原《かんばら》まで七里半を歩き、蒲原の旅籠に入った。

なんともいい塩梅の旅日和だ。

急ぐ旅ではない重信一行は、一日に七里から八里を見当で歩いている。そのため、旅籠に入るのが早い。

府中、金谷でも旅籠に泊まり、江戸を出て九日目に浜松に到着した。

重信が気にしていたのは病臥している休賀斎だが、重信が奥山明神に立ち寄ると既に剣豪は亡くなっていた。

奥山流の開祖で家康にも剣術を指南した剣豪は黄泉に旅立った。

奥山明神の前で重信は笠を取り、鞘口を切ってゆっくり乱取備前を抜いた。亡き剣友に捧げる。

神伝居合抜刀表二本山越と水月を休賀斎に見せた。

「休賀斎さま、いずれまた……」

そう挨拶して重信は奥山明神から立ち去った。

諸行無常、神仏のみが知る人の生き死にである。

重信は七兵衛たちの待つ茶店に戻って、舞坂宿まで歩き新居宿まで海上一里を船に乗った。

「休賀斎さまはお亡くなりでした」

途中で重信が七兵衛に告げた。

「そうですか……」

もちろん七兵衛も休賀斎のことはよく知っている。

奥平家の家臣である休賀斎を知らない者は三河や遠江にはいない。三河屋七兵衛がそっと合掌した。

知り合いの人々が次々と鬼籍に入っていく。

一行は御油《ごゆ》、池鯉鮒《ちりゅう》、四日市、大津などで旅籠に泊まりながら、江戸を出て十八日目に京の三条に到着した。

重信には暢気すぎる旅だ。通常、江戸から京までは十三、四日というところなのだ。大津から伏見に向かう街道もあるが、七兵衛は京の豪商茶屋四郎次郎に会うため京にきた。

茶屋四郎次郎は家康の家臣だったことがある。

三河屋七兵衛とは古くからの入魂なのだ。茶屋家は中島という信濃小笠原家の家臣だった。

それが徳川の家臣から京の呉服商になった。

茶屋というのは将軍義輝が茶を飲みに時々立ち寄ったからだという。

「では、気をつけられて……」

「老師、江戸でまたお会い致しましょう」

「はい、そうなるかと思います」

三条大橋で三河屋七兵衛と別れ、重信は宜秋門《ぎしゅうもん》の勧修寺家に向かった。既に九月に入って京には深い秋の風が流れている。

なんとも贅沢三昧な旅をさせてもらったと重信は七兵衛に感謝だ。

旅で雨に降られたのはパラパラと二日ばかりだったが、京に到着した途端に大雨が降り出した。

秋の冷たい雨だ。

勧修寺家で大納言晴豊に挨拶しようと立ち寄ったのだが、五十九歳の晴豊は病臥していて会うことができなかった。

重信は大雨の中を鷹ヶ峰の将監道場に急いだ。

笠はかぶっていたが猛烈な秋の雨と風で、ずぶ濡れになって道場に駆け込んだ。

「おうッ、老師ッ！」

「お師匠さまッ！」

大吾が飛んできた。

「嵐だッ、京に入ってから降られたのよ」

「老師……」

「おう、富田殿ッ、巌流殿もご一緒か？」

道場には名人越後こと富田重政と巌流小次郎、道場主の大吾の三人がいて稽古をしていた。

「これは野分ですな……」

巌流小次郎が夜のように暗くなった空を覗き込んだ。小次郎はこの時五十歳で重信より十一歳若かった。

名人越後は三十九歳で、巌流小次郎と名人越後は共に中条流、盲目の剣豪富田勢源の弟子だ。

「稽古を続けて下され……」

「誰かッ！」

大吾が門人を呼んだ。

「お師匠さま、奥で着替えて下さるよう」

「うむ……」

重信は門弟と奥の部屋に行き、濡れた着物を着替えて道場に現れた。

「出羽まで行ってまいりました」

「出羽といえば、最上さまのご嫡男がお亡くなりと聞きましたが？」

「それがしもそのように聞いています」

名人越後は加賀前田家百万石に仕官している剣客だ。

最上家から加賀前田家に逃げた里見民部の死など、名人越後は事の成り行きを詳細に知っていた。

官位が越後守であることから名人越後と呼ばれている。

剣豪富田勢源の弟富田景政の娘を妻に迎え、小田原征伐や関ヶ原の戦いにおいてその武功が抜群と認められ、前田家からは破格の一万三千六百七十石の知行を与えられている。

剣客というより大名としての待だ。もちろん剣も強い。

前田利家に仕え、今は利家の嫡男前田利長に仕えている。この時、富田重政は前田利長と伏見に出てきていた。

そこに巌流小次郎が現れ二人で鷹ヶ峰にきたのだ。

そこへ運よく重信が出羽から戻ってきた。

巌流小次郎は九州小倉城の細川忠興四十万石の剣術指南が決まった。そのため、九州に下ることになっている。

巌流という流派を開いた小次郎は、燕返しこと秘剣虎切《とらきり》という剣を使う。

初め小次郎は安芸の毛利家に仕えていたが、修行のためにその毛利家を辞して廻国修行を続けた。

小次郎の中条流は小太刀の流儀だったが、兄弟子の鐘捲自斎の稽古相手をしているうちに、小太刀が徐々に長くなった。

今では三尺三寸という長い太刀備前長光《ながみつ》を背負っている。巌流がその長い太刀で考案したのが秘剣虎切である。

富田重政、巌流小次郎、大西大吾の三人に重信を加え、野分が吹き荒れる音を聞きながら稽古が再開した。こんな四人の剣客が揃うことはまずない。

「勢源さまはお達者で？」

「はい、上洛する途中でお訪ねいたしました。お元気にお過ごしです」

重政は越前と加賀が近いこともあり、盲目の剣豪富田勢源とも時々会っていた。

「そうですか……」

「もう、八十歳を超えましてございます」

「八十歳、もう一度お会いしたいと思っております……」

重信は富田勢源に会いたいと思っていた。だが足が越前に向かなかった。

薄暗い道場に何本も灯りが点され、天下の剣客四人の稽古が夕刻まで続いた。

その日は風雨がひどく外に出られる空模様ではなく、夜にはもっと激しくなりそうな気配だった。

夕刻から剣客四人の宴が開かれた。

古き愛

翌朝は嵐の後の秋空が広がった。

道場の前の坂道には風で千切れた小枝が、あちこちから吹き集まって散らばっている。

「老師、是非、九州にお出で下さるように……」

巌流小次郎が重信を誘った。

「九州には肥後の丸目蔵人佐さまと、豊前の新免無二斎さまがおられます。また、お会いしたいものです」

「お待ちしております」

重信は名人越後、巌流小次郎と道場の前で別れた。これが重信と小次郎の生涯の別れになった。

「大吾、越前から出雲を回ってくる」

「はい、誰かお供を……」

「いや、一人でよい。お元気なうちに勢源さまにお会いしたい」

重信は、富田重政から勢源の話を聞き、今のうちに会わないと後悔するような気がしたのだ。

京から越前はそう遠くはない。

湖西を若狭まで行けばすぐ越前だ。

「大吾、弥右衛門《やえもん》だがずいぶん腕を上げたな。そなたの後継になれそうではないのか?」

「はい、そのつもりで考えております」

「幾つになった？」

「十九歳になったと聞いております」

「そうか、鍛えるに良い時だな」

「はッ、そのつもりで厳しく稽古をさせております」

「うむ、良いことだ……」

重信は数日、道場で修行を積んでいる梅木《うめき》弥右衛門という、若者を相手に稽古をしてみた。

悪い癖のない筋の良い剣だとすぐわかった。力量もあり、重信は神夢想流居合を若い弥右衛門に伝授した。

鷹ヶ峰の道場に七日間滞在して越前に旅立った。

京を発った重信は比叡山を左に見て朽木に向かう。湖西の若狭街道を北上して若狭敦賀に出て越前に入る旅路だ。

若狭街道は若狭湾の海産物を京に運ぶ道で、古くから鯖街道とも呼ばれて大切にされてきた道だ。

京で使われる海のものは多い。

ことに若狭で生産される塩は貴重で、それを京に運ぶ道として、王城の地を支える極めて重要な道とされてきた。

湖西を熊川まで行き丹後街道を敦賀まで歩いた。

敦賀で湖東から来る北国街道と合流し、木の芽峠を越えて越前に入り、今庄からなお北上、織田信長に滅ぼされた朝倉家の一乗谷に入って、重信は懐かしい勢源道場に到着した。

盲目の剣豪富田勢源と会うのは二度目になる。

勢源は美濃の斎藤道三の嫡男義龍に剣術指南をしたこともあり、この年はちょうど八十歳になっていた。

以前から眼疾で眼が悪く見えていない。

正確には目の前二尺ぐらいは薄ぼんやりと見えている。失明は剣客には致命傷になった。

もちろん立ち合いはできない。

そこで富田勢源は弟の富田景政に家督を譲って隠居する。

その景政の娘を妻にしたのが名人越後で、勢源道場を継承してもいい立場だが、前田家から一万三千石も知行を与えられていてはそうもいかない。

「まあ、甚助さま……」

若い頃に重信を愛したお幸が道場の玄関に出てきた。

「お幸殿……」

　重信が驚いてお幸を見る。巌流小次郎からお幸は鐘捲自斎の妻になったと聞いていた。

「鐘捲さまは？」

「病で亡くなりました」

「病で？」

「流行り病であっという間でしたの……」

「先日、京で巌流殿とお会いしましたがお聞きしませんでした」

「亡くなったのはつい二ヶ月ほど前ですから、巌流殿はまだ知らないのです。どうぞお上がり下さい」

　お幸が勢源の世話をして暮らしている。重信は勢源の部屋に案内された。

「入道さま、甚助さまがお見えにございます」

「おう、神の剣士が見えられたか、大儀なことだ。会いたいと思っていたが願いが叶ったな、お幸……」

「はい、ようございました」

「たいへんご無沙汰をいたしました。先日、京で越後守さまと巌流さまにお会いし、ご老師がお元気とお聞きしましたので、早速お訪ねした次第にございます」

「そうか、重政とは四、五ヶ月前に会った。小次郎は九州に行くと知らせてきたが元気だったか？」

「はい……」

重信が挨拶して、弟子を気遣う勢源に頭を下げた。

「甚助、自斎が急に亡くなってのう、わしとお幸が寂しくなってしまったのよ」

「はい、先ほど、お幸殿からお聞きして驚きました」

「人の命などもろいものだなあ……」

「誠に……」

「そなたはずいぶん腕を上げたのであろう。あちこちから噂で聞いておる。どうだ。ここで抜いてみるか？」

「はい、入道さまに見ていただきたく……」

「よし、どれどれ……」

勢源が膝で歩いて重信と二尺以内の間合いに入った。互いの膝がつきそうで呼吸がわかる近さだ。

「おう、見えるぞ。甚助の顔がぼんやり見えるわ……」

無邪気に喜んで一尺ほどに身を乗り出し、重信の顔を勢源が覗き込んでニッと笑った。

「ほう、神さまはこういう顔をしているのか？」

「恐れ入りまする」

「抜けるか？」

「はい……」

重信が傍に置いた乱取備前を腰に差した。

「抜け！」

鞘口を切った重信の太刀がわずか一尺余の間合いで鞘走った。

重信は九寸五分の間合いで三尺三寸の太刀を抜けると考えている。前にそんなことを勢源と話し合った。

それを盲目の剣士は忘れていなかった。

瞬間、重信が刀を抜いた。殺気はない。

勢源は目の前を乱取備前二尺八寸三分が走ったのを見た。黒い影だった。お幸が思わず両手で顔を覆った。

一瞬の抜刀だ。

万一にも太刀に触れれば勢源の首が刎ね飛ぶ。

「神夢想流秘伝万事抜《まんじぬき》にございます」

「うむ、太刀の走る影が見えた……」

「恐れ入ります。いかがにございましょうか？」

「うむ、良い剣だ。それでこれからどこへまいる。北か西か？」

勢源は心眼で重信を見ていた。間合いが二尺ほどでぼんやりと人の輪郭だけがわかる程度だ。

「一剣を以て大悟できるか、そう思い定めております る」

「そうか、大悟の道を行くか。それでよい、少し遠いが……」

「恐れ入ります」

重信がスッと下がって勢源に平伏した。盲目の老剣豪富田勢源は重信の剣気を影として見た。

「お幸、自斎と甚助の立ち合いを見たかったのう……」

「はい……」

うなずいたお幸は顔を覆って泣いた。

鐘捲自斎が生きていたらどんなに喜んだことかと思う。

「甚助、今日はここに泊まって行け。お幸が首を長くしてそなたを待っていたのだ。抱いてやれ、自斎のことを忘れるほどにな。お幸、神さまに抱いてもらえよ……」

「入道さま……」

「女を抱けぬようでは大悟などほど遠いわな……」

「恐れ入りまする」

泣いていたお幸が顔を真っ赤にして、勢源をにらんだが怒ってはいない。若き日の愛がお幸の胸の中で、再びくすぶっているのを勢源は見抜いていた。古き愛はそう易々と消えてなくなるものではない。

広い屋敷には他に人の気配がなかった。

通ってくる門弟は六人だけで、二人の世話をする老夫婦がいるだけだった。

夕刻、重信はお幸の申し出を受けて道場に出た。襷がけで鉢巻をしたお幸が木刀を握って道場の中央に立った。

重信は下げ緒で襷がけをして乱取備前を床に置いた。

刀架から木刀を取ると素振りをしてお幸と対峙。中段に構えてお幸の剣がすぐ分かった。相変わらず強気の剣で、剣豪鐘捲自斎が手古摺っただろうと思わせる構えだ。女ながらに相当強いとすぐわかる。

剣先が交差した瞬間、お幸が臆することなく上段に上げて斬り込んできた。

そのお幸の剣より一瞬早く、重信の木刀が後の先を取って、お幸の左胴から横一文字に走って真っ二つにした。

「あッ！」

小さく叫んで前につんのめった。

神伝居合抜刀表一本水月、お幸は腰が崩れて床に転がった。

「もう一本ッ、お願いいたします！」

「どうぞ……」

もう若くはないがお幸は充分に体が動いた。

日ごろの熱心な鍛錬がわかる体さばきと足さばきだ。その動きを見ている。

中段に構えるとそのまま重信の胴を狙ってきた。

カッッと重信はお幸の木刀を受けると、剣先を抑え込んで剣の動きを止め、お幸に体を寄せると体当たりした。

不意を突かれお幸がヨロついたところを、重信が二歩、三歩と押し込んだ。

それを踏ん張ったお幸が押し返すと、瞬間、重信の木刀がお幸の力を右に流し、つんのめったお幸の左足を斬り落とした。

神伝居合抜刀表一本千鳥、つまずいたように踏鞴を踏んで、前のめりに転倒、お幸が床に転がった。

「もう一本ッ、もう一本、お願いいたします！」

「承知……」

立ち上がったお幸が遠間で構える。

重信が強いのはわかっていたがあまりにも強い。どう斬られても仕方がない。正々堂々、上段から重信の頭上を襲った。

一瞬、眼の前から重信が消えた。

動きが早く、お幸は胴を真っ二つにされ、左肩を砕かれている。ガクッと片膝をついた。

後の先の素早い動きについていけない。

神伝居合抜刀表一本山越、重信の木刀がお幸の左肩に張り付いて抑えている。動けない。

「まいりました！」

「では、今の三本を伝授しましょう」

「お願いいたします」

お幸が立ち上がると、重信は水月、千鳥、山越の三本をお幸に伝授した。

「居合は人を斬るものに非ず、己の邪心を斬るものなり……」

「邪心？」

「はい、剣は清浄にして美しいものにございます」

「お幸は邪心だらけです」

「それがしも同じ、それゆえにその邪心を斬るのです」

「嫌でございます……」

はっきり言うお幸ににらまれて重信は言葉に詰まった。

神の剣士もお幸のむき出しの愛に戸惑った。

女剣士の強烈な突きの一本だ。剣先がグッと重信の喉元に伸びてきて突き刺さる。

逃げられない。

「愛していたのですよ……」

「わかっておりました」

「なぜ逃げたのです」

問い詰めるお幸の言葉は過ぎ去った日々を、ここで取り戻したいという力強さだ。

重信にはお幸を説得する言葉がない。愛のために母志我井《しがのい》を失い、愛する薫を失ったとも言えない。

神との約束だといっても、お幸の愛に答えたことにはならない。

「お幸殿を幸せにできると思えなかったからです」

「幸せかどうかはお幸が決めることではありませんか？」

お幸が怒ったように重信をにらんだ。

確かにお幸の幸せを決めるのは重信ではない。お幸自身だ。重信の答えは答えになっていない。

「なるほど……」

「剣の神さまは女を愛さないのですか？」

「いや、そのようなことはございませぬ……」

「そう、お幸を愛してください」

ガラッと木刀を捨てたお幸が、体ごとぶつかってきて重信を抱きしめた。だが、重信は木刀を捨てられなかった。

「お幸を嫌いですか？」

「いや……」

泥の花

古き愛に微かな灯が点った。

その夜遅く重信の寝所にお幸が現れた。

翌朝、重信は道場に出て門弟たちの稽古を見た。中に一人だけ段違いに筋のいい若者がいた。

その若者は富田景政の孫で元服したばかりの十四歳だった。

剣豪富田勢源の後継者だろうと重信は思う。その若者と重信は五日間稽古をした。なかなか筋の良い剣だった。

六日目に朝餉を馳走になって重信は一乗谷を後にした。お幸が見送りに出て来て重信の後ろを歩いている。

「この辺りまでにして……」

「一緒に旅をしたい。駄目？」

「入道さまが寂しがる……」

「じゃ、今度いつ来てくださるの？」

お幸はもう会えないかも知れないとわかっていて聞くのだ。それを重信はわかっているだけに答えるのが辛い。

「いいの、忘れないで来るって言って……」

「うむ、またくる……」

「有り難う、お幸はいつまでもお待ちしております」

またくるという重信の言葉だけでお幸は生きられると思う。それが心底惚れた愛なのだと自分に言い聞かせた。

「待っているから……」

お幸が小さく手を振って重信を送り出した。剣客の妻がどんなものかお幸はわかっている。

遠い異国の野辺で倒れるかも知れないのが剣客だ。

重信は北国街道に出て敦賀に向かった。

越前から敦賀まで南下すると重信は京に向かわず、西に向かい美浜、小浜、舞鶴、城崎《きのさき》と六十余里を七日で歩いた。

向かったのは出雲だ。

重信が大社に到着した時、十月に入って神在祭の最中だった。諸国の神々が出雲に集まり神議りする神在月は、出雲における最大の祭りの季節だ。

この神在月が終わると巫女舞の阿国たちが京に向かう。

中村家はその出立の支度を始めていた。

「老師……」

鍛冶場の三右衛門が重信を見つけて仕事の手を止める。

「今年も京へ行くのか？」

「はい、そのつもりで支度をしております。老師はどちらまで……」

「越前から、足を延ばし、三右衛門殿と阿国を迎えに来た」

重信が照れるようにいう。こういう時の重信は神でも剣客でもない。その辺りを歩いている武家と同じだ。

「越前から？」

三右衛門が驚き「有り難いことです」と言ってニッと笑った。二人が鍛冶場で話していると気配に気づいた阿国が顔を出した。

「あッ！」

阿国が体ごと重信にぶつかってくる。重信が尻もちをつきそうになった。

「お帰りなさい……」

「うむ、迎えに来てみた」

「本当ッ、うれしい！」

阿国が重信の首にしがみつく。三十一歳になるが阿国は重信を見て一気に子どもになってしまう。

「浜に行こうよ。たくさん話があるんだから……」

「三右衛門殿、後で……」

重信が阿国に腕を引っ張られ一緒に鍛冶場を出た。

「どんな話かな？」

「もういいの、全部忘れた。ずっと待っていたんだから……」

「そうか。それがしは出羽から戻って、越前に行き、出雲まで来てみた」

「うん、出羽って遠いところでしょ？」

「京から出雲に来る倍ぐらいだな」

「まあ、そんなに遠いの？」

阿国がそっと重信の手を握ってきた。

夕刻まで二人は浜の砂の上に座っていた。海の彼方に夕日が落ちて稲佐の浜が赤く染まる。

この世とは思えない異界の薄赤い雲が、海から浜に広がり大社に覆いかぶさっていた。

まさに神在月の祭典だ。

「ここの夕日はいつもきれいでしょう？」

「神さまの夕日だからな。この国で一番の夕日だ」

「そう、そうなのよ」

阿国が重信の腕を抱いて肩に寄りかかる。三十歳を超えても神の使いの美女は天真爛漫、美貌も衰えていない。

「お腹空いた？」

「そうだな……」

「じゃ、行こう……」

二人は薄暗くなった稲佐の浜から立ち去った。

阿国たちが出雲を出立するまでの十数日、いつものように重信は阿国と一緒に、出雲の神々の社を参拝して歩いた。

その阿国一行が京に現れたのは十一月に入ってからだ。

丹波口から京に入った一行は六条河原に向かい、重信は気になっていた勧修寺家に向かった。

重信の心配が的中した。

勧修寺大納言晴豊は病臥したまま、快方に向かうことなく重篤に落ちている。嫡男光豊《みつとよ》はまだ二十八歳の若き公達だ。

重信は父数馬と共に勧修寺家には大恩がある。

既に、勧修寺尹豊は亡くなり、その嫡男晴右も亡く、孫の晴豊が病臥したまま重篤になった。

重信は大納言晴豊に会えなかった。

その日から毎日、鷹ヶ峰から宜秋門の勧修寺邸に見舞いに通う。

晴豊は武家伝奏として、織田信長に三職推任を伝達するなど、秀吉や家康などと朝廷の間に立って色々な交渉をしてきた。

信長、秀吉、家康などは一筋縄でいく男たちではない。腹の底で何を考えているかわからない者たちだ。そんな武家たちと交渉してきた晴豊の苦労は計り知れない。

秀吉に敗れた明智光秀の娘を匿い育てるなど、祖父の尹豊に似て公家にしては珍しい骨のある人物だった。

十二月八日にその大納言晴豊は息を引きとった。享年五十九。

朝廷から従一位内大臣が贈位された。

重信の周りから奥山休賀斎が亡くなり大納言晴豊が亡くなった。大切な人たちがポツポツといなくなる。

死を達観している剣豪でも忍び寄る寂しさに人恋しくなる。

そんな時、重信の足は六条河原に向かった。

この世から見捨てられたような人々がいるところだ。

そんな泥の中に一輪の美しい花が咲いている。阿国だ。泥の花はことさらに美しかった。

その阿国はフッと寂しげな顔を重信に見せることがある。

人は誰でも一人では生きられない。

どこかで人恋しいのだ。

天下一の剣客は下京に歩いて、阿国の顔を見ると鷹ヶ峰に戻った。翌日から大吾と梅木弥右衛門を相手に猛稽古を始める。

「居合の稽古は武魂の清潔を第一義とすべし……」

重信は自分にそう言い聞かせて道場に立った。神の剣士に迷いはない。神夢想流の大成こそ神との約束だ。

今や神夢想流居合は天下に知れ渡り無敵の剣法になりつつある。

やがて林崎神夢想流居合として、二百流とも三百流ともいう剣法の流派に取り入れられ成長する。

もう数日で新年という年が押し詰まった日、鷹ヶ峰の将監道場に土子土呂助が現れた。廻国修行の途次に立ち寄ったのだ。

「老師のお元気なご様子を拝見し感激にございます。ご無沙汰をお許し願いまする」

「土子殿も達者で何よりだ」

「お陰さまにて修行の旅を続けております。しばらく老師にご指南いただき、年明けには西国へ修行にまいりたいと思っております」

「九州か？」

「はい、生涯に一度の九州廻国にございます」

「そうか。九州小倉には巌流小次郎殿、豊前中津城下には新免無二斎殿、肥後の球磨川には丸目蔵人佐殿がおられる。お会いしてくるがよいぞ」

「はッ、有り難く、お教えをいただいてまいります」

「長旅は水に気をつけてな……」

土呂助は修行のため顔黒く精悍に変貌していた。

「やるか？」

「はい、お願いいたします」

剣客は剣がすべてで対峙すれば相手がわかる。

大吾と弥右衛門もサッと座を立った。もちろん、二人は土呂助をよく知っている。

四人の稽古は激しかった。

翌朝からは土呂助が加わり、五十人ほどの門弟が次々と立ち、昼近くまで稽古が続いた。

重信は自ら道場に立ち門弟たちに神夢想流居合を指南した。

剣の神が一人ひとりの門弟を見て声をかける。

それぞれの人間を洞察し、その人を分け隔てなく指南することこそ極意、重信は一人ひとりの若者が背負う人生を見つめていた。

「そこは右足を少し引きなさい。動きがよくなる……」

「剣は正中を斬るべし……」

「間合いは心にあり、恐れるな」

「その心を澄まして剣に聞きなさい」

「呼吸は静かに吐いて、吸うべし……」

京の山々に雪がきていた。

衣通姫

慶長八年の正月は雪が降った。

京の雪景色に寺々の鐘が響いている。鷹ヶ峰の将監道場は元旦の夜明けから猛稽古が始まった。

五十人の門弟が道場に集まると息が詰まる。

窓や板戸を開け放つと北山から雪が吹き込んでくる。だが、剣の神さまに指南して欲しい門弟の熱気は、そんな寒さの中でも躍動する。

「新年の稽古を始めるぞッ、気持ちを新たにして始めッ！」

弥右衛門の大声でサッと立ち上がった門弟の、寒さを吹き飛ばす激しい打ち込みが始まった。

「エイッ、イヤーッ！」

「ウオーッ！」

「トーッ！」

気合が手足の冷たさや体の寒さを忘れさせる。

雪の中に飛び出して行きそうな凄まじい若者の気合が、凍った空気を木っ端微塵に砕いてしまう。

二十人ほどの門人が道場から飛び出すと、薄く積もった坂道の雪を道端の藪に掃き捨てる。それでも鷹ヶ峰のなだらかな坂は滑る。

その坂を三右衛門と男装の阿国がゆるゆると登ってきた。

「おう、あれは阿国殿じゃないか？」

「そうだ。阿国殿だ。間違いない。老師にお知らせしろ！」

門弟たちは道場に顔を出す阿国が重信の客だと分かっている。

「よしッ、知らせてくる」

人気者の阿国を京では知らない者がいない。門弟たちが力を入れて坂道の雪を掃くが道は凍っていて滑る。

「気をつけてください……」

門弟たちが阿国の足元を心配する。三右衛門が阿国の手を引いて道場の門に入ってきた。

重信は門人と玄関に立っていた。

阿国は寒そうで泣きだしそうな顔だ。

「道場では寒い。奥がいい……」

「はいッ！」

門人が二人の世話をして奥の部屋に案内する。重信は道場に戻り木刀を刀架に置いて奥に向かった。

阿国は鼻を赤くして泣きべその頼りない顔だ。

「こんな雪の日にわざわざ……」

「今日は小屋を休みにしましたので……」

三右衛門が答える。

六条河原は比叡おろしが荒れ狂う吹雪だった。重信に会いたい阿国は父親の三右衛門を説得して雪の中を出てきた。

「明日には伺うつもりでいました」

「会いたいんだもの……」

怒ったように阿国がボソッという。

「それは相すまぬことでした」

「いいの……」

ニッと微笑む阿国は男装して子どものようだ。人は人を愛することで修羅にも童子にもなる。

阿国は三右衛門がいなければ重信に飛びつきたい。

「三右衛門殿、久しぶりに道場でいかがですか？」

「お願いいたします」

阿国も太刀を握って道場に出た。

だが、木刀を握る気になれない。弥右衛門の隣に座って重信と三右衛門の稽古を見ている。

「阿国さまもどうぞ」

弥右衛門が遠慮がちに声をかけた。

「うん……」

阿国が弥右衛門を見てニッコリと笑った。その笑顔に一瞬で弥右衛門は骨抜きにされた。傍で見る阿国の美貌は尋常ではない。

年が明けて三十二歳になった妖艶《ようえん》な美しさは噂通りの天下一だと思う。

弥右衛門は阿国より十二歳も年下だ。弥右衛門の隣にいる土呂助も阿国の美しさに仰天した。

何んとも居心地が悪い。

「弥右衛門殿、一本まいろうか?」

「お願いいたします」

土呂助が誘って二人が阿国から逃げるように立ち上がった。何んとも心定まらぬ未熟な二人だ。

阿国はうるんだ目でじっと重信の動きを追っている。

この時、阿国は重信の子を懐妊していた。体の変調にまだ気づいていない。どうしても木刀を握る気になれず座っている。

昼前に雪が降り止んだ。

空が青くなると、雪に包まれた京の景色がパッと光に満ち溢れ、東山から北山、西山まで一斉に光り輝いた。

新春の喜びが京の大路小路に広がる。

関ヶ原の戦いで乱世が終焉し、大坂城に豊臣秀頼はいるが、伏見城の徳川家康が実質的な権力を握っている。

誰もが認める天下にただ一人の実力者だ。

京は天子がいて王城の地である。家康が京に近い伏見城にいるため、このところ毎年、王城の地は穏やかな正月を迎えている。

盗賊や追剝も出ない。

その家康は朝廷に征夷大将軍の就任を奏上していた。

家康を豊臣家の家臣だという大坂城の茶々姫と秀頼には、天下の権力から遠ざかり、あきらめて欲しいというのが家康の本音だ。

一つの天下に豊臣と徳川の二つの家が並び立つことはできない。

豊臣秀頼が大坂城を家康に明け渡し、大和郡山か西国のどこかに一大名として残るならこれ以上なにも奪うつもりはない。

だが、豊臣家が難攻不落の大坂城にいる限り、家康は秀頼に油断できない。

諸大名は正月の挨拶を大坂城の秀頼にすべきか迷う。

伏見城の家康にすべきか、それとも両方にするべきか、どっちを先にするか立場によって判断が難しいところだ。

関ヶ原の戦い以後、大坂城に挨拶する大名は激減している。

伏見城下に屋敷を構えている大名のほとんどが家康に挨拶、豊臣恩顧の大名の一部だけが伏見城の後に大坂城へ挨拶に行く。

だが、家康ににらまれる。

重信はそんな難しい状況になっていることをわかっていた。

昼過ぎになって重信は三右衛門と阿国を六条まで送って行った。引き留める阿国を説得して重信は勧修寺家に向かった。

十二月に大納言晴豊が亡くなり勧修寺家は静かに門を閉ざしている。

重信は光豊と面会だけして勧修寺家を出た。

その門前で笠をかぶろうとした時、眼の前に立っている武家に挨拶されてびっくり驚いた。

「老師、良い正月になりました。ご無沙汰をしております……」

「おう、源左衛門殿、ご無沙汰はお互いさまにございます」

道端に立ったまま互いに頭を下げた。

重信の前に立ったのは吉岡憲法《よしおかけんぽう》道場の四代目吉岡源左衛門直綱だった。

重信は初代の吉岡憲法直元とその嫡男直光には、父数馬の仇討の時に一方ならず世話になった。

本来であれば、重信は吉岡道場の門人に返り討ちにされても文句をいえない立場だった。それを仇討成就に尽力してくれたのが勧修寺尹豊であり、その友人で京八流《きょうはち》吉岡流の開祖憲法直元だった。

吉岡道場の客将坂上主膳《さかがみしゅぜん》こと坂一雲斎《ばんいちうんさい》との果し合いを、直元が許さなければ仇討は成就せずどこに逃げられたか知れない。

清水寺の産寧坂《さんねいざか》に姿を見せた憲法直元と直光の姿を、今でもはっきり思い出すことができる。

「これから鷹ヶ峰にお戻りにございますか?」

「はい、雪が止みましたので出てまいりました」

「近々道場にお伺いしたいと思っておりました。旅が長いようで……」

「昨年は出羽に行っておりました。しばらく鷹ヶ峰におりますのでいつでも……」

「遠慮なくお伺いいたします」

二人は路傍の立ち話で別れた。

吉岡流も重信が二代目の将監鞍馬流も、中条流の富田勢源や念流、義経流なども京八流と言う大きな根から分かれた流派なのだ。

広く言えば中条流の系譜になる一刀流も巌流も、鬼一法眼を開祖とする京八流である。

中でも吉岡流は初代憲法直元が将軍足利義晴の剣術師範、二代憲法直光は将軍足利義輝の剣術師範、三代憲法直賢《なおかた》は将軍足利義昭の剣術師範という名門流派だった。

吉岡家は染物屋だったが憲法という屋号を持つのは、法に則して正直、正々堂々という初代直元の考えからだ。

代々憲法を名乗るようになった。

重信の仇討が実現したのも直元の憲法という信念があったからだ。

吉岡家は二代吉岡憲法直光の時に御所の裏、相国寺に近い今出川《いまでがわ》通りに面して、吉岡流今出川兵法所という道場を開いた。

そこを本拠にして数百人の門人を抱える大道場に発展する。

近ごろ、吉岡流も四代目になって腕が落ちたと言われていた。それは剣法を知らない素人の噂に過ぎない。

重信は初代憲法直元から直光、直賢、直綱とよく知っている。直綱には直重《なおしげ》、重賢《しげかた》という二人の弟がいてこの二人が兄を凌いで強い。

「直綱殿はもう五十を超えているか……」

重信がつぶやいた。

人々は名門が四代目にもなれば、初代より弱いに違いない、いや弱いはずだと思いたいのだ。

初代というのは何かと伝説化するもので大いに得をしている。

ところが逆に、初代、二代、三代、四代と代替わりするごとに強くなり大きくなることがしばしばある。

それを人々は初代が立派だったからだという。

初代の教えがまだ生きているからだと思いたい。確かに名門にはそういう面も大いにあろう。

だが、吉岡流は代々、足利将軍家の剣術指南として精進してきた。

初代の功績は大きいが二代目は初代より、三代目は二代目より大きく立派にと努力した。

名門は失敗することも多いが、より繁栄し成功することも決して少なくない。

吉岡流の三兄弟は噂以上に強かった。

その吉岡道場に昨年の暮れ、果し合いをしたいという書状が届いた。

吉岡道場当主の吉岡源左衛門直綱に宛てたもので、差出人は新免武蔵《しんめんたけぞう》こと後の宮本《みやもと》武蔵《むさし》である。

吉岡家と新免家は因縁があった。

直綱の父直賢と武蔵の父無二斎が、将軍足利義昭の御前で試合をしたことがある。その時、十手術の無二斎は直賢の吉岡流剣法に敗れた。

武蔵はそのことを知っている。

嚙みついてでも相手を倒す野獣には耐えがたい屈辱だった。他にも武蔵は名門吉岡流を倒して世に出たいという野望を持っていた。

無二斎のいうことを聞かない武蔵は、十三歳の時から力任せの剣術で敵を倒してきた。

それらの武芸者は無名で二流、三流の浪人や盗賊の類いだった。

その武蔵が遂に京に出て、天下に名の知られた吉岡流に挑戦しようという。

武蔵が天下に名乗りを上げるため、果し合いに選んだ相手が、腕が落ちたとの噂があり格好の獲物と思える名門吉岡流だ。

大男の武蔵にはどんな手を使っても、相手を叩き潰し負けられない戦いだ。戦いに敗れればそこで終わってしまう。だが、師を持たない暴れ剣法の武蔵が勝てるほど、一流の剣客の世界は温くない。

ことに吉岡流は足利将軍家の剣術師範を務めてきた。

果し合いを受けないなら、満天下に吉岡道場は逃げたと喧伝《けんでん》すると、脅迫するような内容の挑戦状を送りつけてきたのだ。

無礼にもほどがある。

直綱は父と無二斎の試合は知っていたが、無名の新免武蔵なる男の挑戦を受ける気はなかった。

無名の男を名門吉岡流が相手にするほどのことではない。

相手にするだけ損で、世に出たい二流、三流の自称剣客はきりがない。名を揚げてどこかの大名に仕官したいだけだ。

負けても吉岡流に勝ったと言いふらして歩く恥知らずの輩が多い。相手にしても吉岡流には何の得にもならない。

直綱は武蔵の挑戦状を無視した。

その頃、柳生の荘では柳生兵庫助が、肥後熊本城の加藤清正から仕官の要請を受けていた。

兵庫助は柳生石舟斎が溺愛し、膝に抱いて育ててきた剣士だ。

柳生一族の中で最も強いといわれる剣客で、猛将加藤清正がその兵庫助を欲しがるのは当然である。

その仕官をなかなか了承しないのが石舟斎だった。

清正もあきらめず再三要請してきた。これ以上、断るのは無礼になると石舟斎が了承して条件を申し出る。

「兵助はことのほか一徹な短慮者にて、いかような儀を仕出かそうとも、三度までは死罪の儀ばかりは堅くご免蒙りたい」

清正はこの石舟斎の条件を承知して五百石で話がまとまった。

一説には三千石の客分大将だったとも言う。

「お道や、そなたも九州に行くか？」

「はい、兵庫助さまと九州にまいりとうございます」

「そうか。そなたがいなくなると、柳生の荘も寂しくなるな。武骨者ばかりで……」

「申し訳ございません」

「お道、九州が嫌になったら知らせてよこせ。すぐ迎えの者を行かせるからな」

「お父上さま……」

体の不自由な厳勝もニコニコとお道を気に入っている。

石舟斎も肩を揉ませたり腰を揉ませたり気に入りなのだ。男三人を世話するのは容易なことではないが、お道は独楽鼠のようによく働いた。

短気な兵庫助だがそんなお道を大切にしている。

神の剣士と言われる林崎甚助の娘だからではない。聡明で優しく働き者、誰をも分け隔てせず、柳生の荘の磨崖仏に花を供えるお道を、村人は柳生の観音さまなどというのだ。

「法隆寺さまからお出でになった観音さまだそうじゃ……」

「乱暴者の兵助さまもおとなしくなったそうだぞ」

「だろうな。柳生の若さまがどんなに強くてもさ、法隆寺さまの観音さまにはかなうまいよ」

「そういえば誰か、その観音さまは神さまの娘だといっていたな……」

「それじゃ、わしは衣通姫《そとおりひめ》さまだと聞いたぞ？」

「誰だ、衣通姫って？」

「おめえ、衣通姫を知らねえのか？」

「知らねえ、神さまなのか？」

「うん、衣を通してその美しさが輝いたという姫さまだ……」

「そりゃ凄い、それなら柳生の若さまもいちころだ。今度、しっかり拝ましてもらおう」

「おめえの目が潰れんじゃねえか？」

「どうして……」

「てめえの胸に聞いてみろ、助べえが……」

「この野郎！」

そのお道は二十五歳の兵庫助と、三人の供と一緒に九州に旅立った。だが、お道は二度と柳生の荘に帰ることはなかった。


〈『剣神　竜を斬る』へ続く〉

本書は書き下ろしです。

中公文庫

剣神《けんしん》　風《かぜ》を斬《き》る
――神《しん》夢《む》想流《そうりゅう》 林崎甚助《はやしざきじんすけ》4

2023年1月25日　初版発行

著　者　岩《いわ》　室《むろ》　忍《しのぶ》

発行者　安部　順一

発行所　中央公論新社
〒100-8152　東京都千代田区大手町1-7-1
電話　販売 03-5299-1730　編集 03-5299-1890
URL https://www.chuko.co.jp/

ＤＴＰ　ハンズ・ミケ
印　刷　大日本印刷
製　本　大日本印刷

Published by CHUOKORON-SHINSHA, INC.
Printed in Japan　ISBN978-4-12-207303-6 C1193

中公文庫既刊より

各書目の下段の数字はISBNコードです。978-4-12が省略してあります。

あ-59-4
一路（上） 浅田次郎
父の死により江戸から国元に帰参した小野寺一路は、参勤道中御供頭のお役目を仰せつかる。家伝の行軍録を唯一の手がかりに、いざ江戸見参の道中へ！
206100-2

あ-59-5
一路（下） 浅田次郎
蒔坂左京大夫一行の前に、中山道の難所、御家乗っ取りの企てなど難題が降りかかる。果たして、行列は期日通りに江戸へ到着できるのか——。〈解説〉檀ふみ
206101-9

あ-59-6
浅田次郎と歩く中山道 『一路』の舞台をたずねて 浅田次郎
中山道の古き良き街道風景や旅籠の情緒、豊かな食文化などを時代小説『一路』の世界とともに紹介します。いざ、浅田次郎を唸らせた中山道の旅へ！
206138-5

あ-59-7
新装版 お腹召しませ 浅田次郎
幕末期、変革の波に翻弄される武士の悲哀を描く傑作時代短編集。書き下ろしエッセイを特別収録。司馬遼太郎賞・中央公論文芸賞受賞作。〈解説〉橋本五郎
206916-9

あ-59-8
新装版 五郎治殿御始末 浅田次郎
武士という職業が消えた明治維新期、行き場を失った老武士が下した、己の身の始末とは。表題作ほか全六篇に書き下ろしエッセイを収録。〈解説〉磯田道史
207054-7

い-132-1
走狗 伊東潤
西郷隆盛と大久保利通に見いだされ、幕末の表舞台に躍り出た川路利良。警察組織を作り上げ、大警視まで上り詰めた男が見た維新の光と闇。〈解説〉榎木孝明
206830-8

い-132-2
叛鬼 伊東潤
早雲、道三よりも早く下剋上を成し、戦国時代の扉を開いた男・長尾景春。悪名に塗れながらも、叛逆を続けた武士の正義とは？〈巻末対談〉本郷和人×伊東潤
207108-7

い-132-3
戦国鬼譚 惨
伊東 潤
いま裏切れば、助かるのか？ 武田家滅亡期。すべてを失うかもしれない状況を前にした人間の本性を描く、五篇の衝撃作。〈巻末対談〉逢坂 剛×伊東 潤
207136-0

い-132-4
戦国無常 首獲り
伊東 潤
手柄を挙げろ。どんな手を使っても――。首級ひとつで人生が変わる。欲に囚われた下級武士たちのリアルを描く六つの悲喜劇。〈巻末対談〉乃至政彦×伊東潤
207164-3

う-28-8
新装版 御免状始末 闕所物奉行 裏帳合(一)
上田 秀人
遊郭打ち壊し事件を発端に水戸藩の思惑と幕府の陰謀が渦巻く中を、著者史上最もダークな主人公・榊扇太郎が剣を振るい、謎を解く！ 待望の新装版。
206438-6

う-28-9
新装版 蛮社始末 闕所物奉行 裏帳合(二)
上田 秀人
榊扇太郎は闕所となった蘭方医、高野長英の屋敷から、倒幕計画を示す書付を発見する。鳥居耀蔵の陰謀と幕府の思惑の狭間で真相究明に乗り出すが……。
206461-4

う-28-10
新装版 赤猫始末 闕所物奉行 裏帳合(三)
上田 秀人
武家屋敷連続焼失事件を検分した扇太郎は改易された出火元の隠し財産に驚愕。闕所の処分に大目付が介入、大御所死後を見据えた権力争いに巻き込まれる。
206486-7

う-28-11
新装版 旗本始末 闕所物奉行 裏帳合(四)
上田 秀人
失踪した旗本の行方を追う扇太郎は借金の形に娘を売る旗本が増えていることを知る。人身売買禁止を逆手にとり吉原乗っ取りを企む勢力との戦いが始まる。
206491-1

う-28-12
新装版 娘 始末 闕所物奉行 裏帳合(五)
上田 秀人
借金の形に売られた旗本の娘が自害。扇太郎の預かりの身となった元遊女の朱鷺にも魔の手がのびる。江戸闇社会の掌握を狙う一太郎との対決も山場に！
206509-3

う-28-13
新装版 奉行始末 闕所物奉行 裏帳合(六)
上田 秀人
岡場所から一斉に火の手があがった。政権返り咲きを図る家斉派と江戸の闇の支配を企む一太郎が勝負に出たのだ。血みどろの最終決戦のゆくえは⁉
206561-1

各書目の下段の数字はISBNコードです。978－4－12が省略してあります。

う-28-14
維新始末
上田秀人
あの大人気シリーズが帰ってきた！　天保の改革から二十年、闕所物奉行を辞した扇太郎が見た幕末の闇。過去最大の激闘、その勝敗の行方は⁉
206608-3

う-28-15
翻弄　盛親と秀忠
上田秀人
偉大な父を持つ長宗我部盛親と徳川秀忠は、立場は違えどいずれも関ヶ原で屈辱を味わう。それから十余年、運命が二人を戦場に連れ戻す。〈解説〉本郷和人
206985-5

う-28-16
新装版　孤闘　立花宗茂
上田秀人
乱世に義を貫き、天下人に「剛勇鎮西一」と恐れられた猛将の、対島津から対徳川までの奮闘と懊悩を精緻に描いた、中山義秀文学賞受賞作。〈解説〉末國善己
207176-6

き-17-8
絶海にあらず（上）
北方謙三
京都・勧学院別曹の主、純友。赴任した伊予の地で、「藤原一族のはぐれ者」は己の生きる場所を海と定め、律令の世に牙を剝いた！　渾身の歴史長篇。
205034-1

き-17-9
絶海にあらず（下）
北方謙三
海の上では、俺は負けん——承平・天慶の乱で将門とともにその名を知られる瀬戸内の「海賊」純友。夢を追い、心のままに生きた男の生涯を、大海原を舞台に描く！
205035-8

き-17-10
魂の沃野（上）
北方謙三
加賀の地に燃え拡がる一向一揆の炎。蓮如や守護・富樫政親との奇縁から、闘いに身を投じることになった地侍・小十郎の青春を描く血潮たぎる歴史巨篇開幕！
206781-3

き-17-11
魂の沃野（下）
北方謙三
蓮如の吉崎退去、小十郎の恋、そして守護・政親の強権。加賀の雪が、血に染まる時が近づいていた。一向一揆を生きた男たちそれぞれの明日。〈解説〉清水克行
206782-0

き-17-12
悪党の裔《すえ》（上）　新装版
北方謙三
目指すは京。悪党の誇りを胸に、倒幕を掲げた播磨の義軍は攻め上る！　寡兵を率いて敗北を知らず、建武騒乱の行方を決した赤松円心則村の鮮烈な生涯。
207124-7

き-17-13
悪党の裔（下）新装版
北方謙三
おのが手で天下を決したい――新政に倦み播磨に帰った円心に再び時が来た。尊氏を追う新田軍を食い止めるのだ！　渾身の北方「太平記」。〈解説〉亀田俊和
207125-4

き-17-14
道誉なり（上）新装版
北方謙三
毀すこと、それがばさら――。後醍醐帝との暗闘、実弟直義との対立で苦悩する将軍足利尊氏を常に支え南北朝動乱を勝ち抜いた、ばさら大名佐々木道誉とは。
207150-6

き-17-15
道誉なり（下）新装版
北方謙三
足利尊氏・高師直派と尊氏の実弟直義派との抗争は一触即発の情勢に。熾烈極まる骨肉の争いに、将軍尊氏はなぜ佐々木道誉を欲したのか。〈解説〉大矢博子
207151-3

き-17-16
楠木正成（上）新装版
北方謙三
乱世到来の情勢下、大志を胸に雌伏を続けた悪党・楠木正成は、倒幕の機熟するに及んで寡兵を率い強大な六波羅軍に戦いを挑む。北方「南北朝」の集大成。
207178-0

き-17-17
楠木正成（下）新装版
北方謙三
巧みな用兵で大軍を翻弄。京を奪還し倒幕を果たした正成だが……。悲運の将の峻烈な生を迫力の筆致で描いた北方「南北朝」感涙の最終章。〈解説〉細谷正充
207179-7

し-15-10
新選組始末記　新選組三部作
子母澤寛
史実と巷談を現地踏査によって再構成した不朽の実録。新選組研究の古典として定評のある、子母澤寛作品の原点となった記念作。〈解説〉尾崎秀樹
202758-9

し-15-11
新選組遺聞　新選組三部作
子母澤寛
新選組三部作の第二作。永倉新八・八木為三郎・近藤勇五郎など、ゆかりの古老たちの生々しい見聞や日記で綴った、新選組逸聞集。〈解説〉尾崎秀樹
202782-4

し-15-12
新選組物語　新選組三部作
子母澤寛
「人斬り鍬次郎」「隊中美男五人衆」など隊士の実相を綴った表題作の他、近藤の最期を描いた「流山の朝」を収載。新選組三部作完結。〈解説〉尾崎秀樹
202795-4

各書目の下段の数字はＩＳＢＮコードです。978－4－12が省略してあります。

し-15-16
幕末奇談
子母澤　寛
新選組が活躍する幕末期を研究した「幕末研究」と番町皿屋敷伝説の真実など古老の話を丹念に拾い集めた「露宿洞雑筆」の二部からなる随筆集。
205893-4

た-58-21
さむらい道《みち》（上）最上義光《よしあき》　表の合戦・奥の合戦
高橋　義夫
山形の大守・最上義守の子として生まれ、父との確執、天童・白鳥・伊達氏らとの峻烈な内憂外患を乗り越え、名藩主として君臨した最上義光の実像に迫る！
206834-6

た-58-22
さむらい道（下）最上義光　もうひとつの関ヶ原
高橋　義夫
甥の伊達政宗との確執から、天下分け目の戦における上杉軍との死闘までを克明に描き、義光が追求した「さむらい道」の真髄に迫る著者渾身の歴史巨篇！
206835-3

と-26-26
早雲の軍配者（上）
富樫倫太郎
北条早雲に見出された風間小太郎。軍配者となるべく送り込まれた足利学校では、互いを認め合う友に出会い——。新時代の戦国青春エンターテインメント！
205874-3

と-26-27
早雲の軍配者（下）
富樫倫太郎
互いを認め合う小太郎と勘助、冬之助は、いつか敵味方にわかれて戦おうと誓い合う。扇谷上杉軍へ攻め込む北条軍に同行する小太郎が、戦場で出会うのは——。
205875-0

と-26-28
信玄の軍配者（上）
富樫倫太郎
駿河国で囚われの身となったまま齢四十を超えた山本勘助。焦燥ばかりを募らせていた折、武田信虎による実子暗殺計画に荷担させられることとなり——。
205902-3

と-26-29
信玄の軍配者（下）
富樫倫太郎
武田晴信に仕え始めた山本勘助は、武田軍を常勝軍団へと導いていく。戦場で相見えようと誓い合った友たちとの再会を経て、「あの男」がいよいよ歴史の表舞台へ！
205903-0

と-26-30
謙信の軍配者（上）
富樫倫太郎
越後の竜・長尾景虎のもとで軍配者となった曾我（宇佐美）冬之助。自らを毘沙門天の化身と称する景虎の前で、いま軍配者としての素質が問われる！
205954-2

各書目の下段の数字はISBNコードです。978－4－12が省略してあります。

な-65-3
獅子は死せず（上）
中路啓太
加藤清正ら名だたる武将にその武勇を賞賛された武将・毛利勝永。関ヶ原の合戦で西軍についたため、領地没収をされた男が、大坂の陣で最後の戦いに賭ける！
206192-7

な-65-4
獅子は死せず（下）
中路啓太
誰より理知的で、かつ自らも抑えきれない生命力を有し、家族や家臣への深い愛情を宿した戦国最後の猛将の生涯。『うつけの采配』の著者によるもう一つの傑作。
206193-4

な-65-5
三日月の花　渡り奉公人　渡辺勘兵衛
中路啓太
時は関ヶ原の合戦直後。『もののふ莫迦』で「本屋が選ぶ時代小説大賞２０１５」に輝いた著者が描く、反骨の武将・渡辺勘兵衛の誇り高き生涯！
206299-3

な-65-6
もののふ莫迦
中路啓太
豊臣に故郷・肥後を踏みにじられた軍人・岡本越後守と、豊臣に忠節を尽くす猛将・加藤清正が、朝鮮の戦場で激突する！「本屋が選ぶ時代小説大賞」受賞作。
206412-6

な-65-7
裏切り涼山
中路啓太
羽柴秀吉が包囲する播磨の三木城。その壮絶な籠城戦を舞台に、かつて主家を裏切って滅亡させた男・涼山が、唯一の肉親を助けるために、再び立ち上がる！
206855-1

い-138-1
剣神　神を斬る　神夢想流　林崎甚助1
岩室忍
出羽楯岡城下で闇討ち事件が起こった。父を殺された六歳の民治丸は仇討を神に誓う。居合の始祖・林崎甚助の生涯を描く大河シリーズ始動！　文庫書き下ろし。
207226-8

い-138-2
剣神　炎を斬る　神夢想流　林崎甚助2
岩室忍
仇討を果たした甚助を待ち受けていたのは、荒ぶる神の怒りであった。神の真意を悟った甚助は、廻国修行に身を投じ、剣豪塚原卜伝を訪ねる。文庫書き下ろし。
207256-5

い-138-3
剣神　鬼を斬る　神夢想流　林崎甚助3
岩室忍
信長の天下が近い。甚助は神夢想流居合を広めながら、出羽に不穏な軋みを見ていた。その軋みはやがて甚助の故郷楯岡城を巻き込んでいく。文庫書き下ろし。
207278-7